CUBA
La noche de la jinetera

COLECCIÓN
CUADERNOS DEL BRONCE

Jordi Sierra i Fabra

CUBA

LA NOCHE DE LA JINETERA

EDICIONES
DEL BRONCE

PRIMERA EDICIÓN: FEBRERO DE 1997
PROYECTO GRÁFICO: RICARD BADIA & ASSOCIATS

CALLE VILADOMAT, 135 - 08015 BARCELONA
ISBN: 84-8300-246-9
DEPÓSITO LEGAL: B. 4.606-1997
IMPRESIÓN: BALMES, S.L.
CALLE AMADEU TORNER, 111 - 08902 L'HOSPITALET DE LLOBREGAT

Esta novela está dedicada a todas las personas que la hicieron posible en La Habana y Varadero en 1994, y cuyos nombres reales aparecen en ella.

Y a los balseros. → refugee from Cuba fleeing on rafts

1

Odio viajar en verano. Odio meterme en trenes, barcos o aviones, cuando todo el mundo se mete en trenes, barcos o aviones. Odio coger el coche de junio a septiembre porque las carreteras están llenas de otros coches llenos de gentes con mis mismos calores y mis mismas prisas. Y no es cosa de meterle aire acondicionado al Mini, porque parecería un cubito de hielo con ruedas. También odio el aire acondicionado, porque siempre me deja el cuello hecho polvo y me proporciona unos resfriados aún más odiosos. Por esta razón, de paso, mi odio a viajar en verano se acrecienta: todos los hoteles tienen el aire acondicionado a una temperatura glacial. Sales de la habitación y se te empañan las gafas de sol. Genial.

El verano es para quedarse en casa, en paz, con agua fresca en la nevera, cine por las noches y tranquilidad. Mejor aún si la casa está en la playa o en la montaña, que no es mi caso.

Lo malo de todo esto es que todo Dios hace las vacaciones en verano, y aunque yo sea un espíritu libre, con un vínculo muy especial en mi periódico, cuando se me ocurre decir que me largo una semana a descansar en diciembre, o en marzo, se me quedan mirando con cara de absurdo. En cambio en julio o agosto es distinto, y dada mi situación de separado con hijo...

En el momento de abrir la puerta de mi casa, después de dos semanas fuera de ella, sentí esa especial satisfacción que proporciona el deber cumplido. Todo estaba en orden, no me habían robado, mi conserje me había dejado el correo perfectamente amontonado en la entrada, y salvo por el hecho de tener la nevera desconectada y que hacía un calor bárbaro, me encontré bien, a gusto, con ganas de pasar todo el mes de agosto escribiendo mi nueva novela.

Dejé la maleta y la bolsa en el suelo, sin el menor deseo de abrirla y ponerme a distribuir la ropa, aunque toda, toda, estaba más bien sucia y hecha un asco. Después, sólo para estar seguro, me di una vuelta por la casa. Sé que es demasiado grande para mí, pero fue ella la que se largó con mi hijo, no yo, y fue ella la que insistió, por ética, que la casa me pertenecía. Me gustó que tuviera ética. Lo que no me gusta ahora es una casa tan grande para mí solo.

La llené con un poco de música y por una vez no puse a los Beatles, sino a Led Zeppelin. Algo más fuerte para variar. Mientras Plant cantaba «Baby, I´m gonna leave you» en su habitual tono apocalíptico, acabé la inspección en el centro neurálgico de mi piso: mi despacho. La lucecita del contestador automático parpadeaba llamando mi atención, pero mi atención, de momento, no estaba para mensajes. Tampoco estaba para otras cosas, pero me fui a la sala y conecté la tele. Hora del informativo. Quería saber qué coño pasaba en el país, porque estás dos semanas fuera y cuando regresas el país siempre está un poco más de patas arriba que cuando te has ido.

Por una vez, el país seguía igual: un par de escándalos por corrupción, una docena de fuegos forestales bien repartidos por comunidades, y las mismas guerras de dos semanas antes en los mismos lugares que dos semanas antes. Lo único que variaba en ellas eran los muertos. Cada día eran distintos.

Tras eso, no tenía que haber vuelto a mi despacho.

No tenía pero... volví.

¿A ver? ¿Que puede hacer un tío solo en su casa recién llegado de un viaje a fines de julio?

Miré la correspondencia. Sobres y más sobres del banco. Propaganda. Información del Colegio de Periodistas. Una carta y dos postales, una de ellas de Paula. ¡Joder con Paula! Estaba en Bora Bora, y no precisamente sola. Me lo había dicho bien a las claras: no le gustaba estar sola ni para morirse. La otra era de mi editor. Sutilmente me recordaba que mi nueva novela tenía que estar terminada a fines de verano. Quiero a Mariano, pero a veces puede llegar a ser muy pesado.

Finalmente miré la lucecita del contestador, embobado con ella, y desplacé mi mano derecha hasta pulsar la retícula de *Play*. Algo me decía que no lo hiciera pero nunca he hecho caso de mis voces interiores. Así me va.

Quince días de mensajes, aunque sea en julio, son muchos mensajes. Lo mejor es que cuando la gente oye la voz del automático diciendo que no estás, captan lo de que te has largado de vacaciones y cuelgan, así que más de la mitad de pitidos iban seguidos del vacío. Los que sí habían dejado mensajes eran los impenitentes. La mayoría ni decían la hora o el día. El penúltimo correspondía a Paco Muntané. Creía que llegaba el día antes. El último fue el que me dejó sin aliento.

Breve, conciso, pero cargado de efectos secundarios.

—¿Daniel? Soy Luis Costa y son las siete de la tarde del treinta. Si llegas antes de las nueve de la mañana del treinta y uno, el entierro es a las diez. Ponte en contacto conmigo.

No había ningún mensaje más, pero aunque lo hubiera habido, no creo que estuviese para muchas gaitas. ¿Entierro? Alguien se había muerto, y también odio los entierros. Si pudiera, no iría ni al mío. De todas formas eran las nueve y media, pero de la noche. Doce horas tarde.

Ya no importaba eso, sino ¿quién?

Llamé al periódico. Falsa tentativa: Luis se había largado. Estuve a punto de preguntarle a la telefonista quién se había muerto pero me pareció escatológico. Probé de nuevo con Luis en su casa, y tuve éxito. No todo el mundo se va en julio o agosto a hacer el guiri. Se puso un enano —creo que tiene tres—, y me dijo que me esperase. Veinte segundos más tarde apareció él.

—¿Luis? Soy Daniel Ros.

—Hombre, hola —dijo sin ninguna emoción.

—¿Quién se ha muerto?

—¿Cuándo has llegado?

—Ahora, hace unos minutos. He oído tu mensaje.

—Ya. Por eso no dejé el nombre. Pensé que si no aparecías hasta después... En fin, chico, que ha sido una putada.

—Pero quién...

—Estanis.

Me dio de lleno. Como cuando te dan en la boca del estómago y te dejan sin resuello, o más abajo, entre las piernas, y te entra ese sudor frío que te hiela el alma. Lo mismo. Luis lo sabía, así que me dio tiempo a que me recuperara.

—Joder —suspiré.

—Sé que era amigo tuyo, así que...

—¿Accidente de coche?

En verano uno piensa siempre en eso. Los infartos ya no se llevan.

—Verás, es algo más complicado.

—¿Cómo de complicado?

—Sobredosis de heroína.

Ahora sí, fue la patada y además una mano fría hurgando en mi mente. Desde luego no encontró nada que pudiera encajar con aquella estupidez.

—Oye, hablas de Estanis Marimón, ¿no?

—El mismo.

—¿Entonces que coño es eso de una sobredosis?

—¿Te crees que no nos hemos hecho la misma pregunta? Estamos igual que tú, pero nadie dice nada, es un misterio. Lo único cierto es que le encontraron frío y con la jeringuilla en la mano. El cadáver llegó ayer y hoy se le ha enterrado. No sabemos más.

—¿Dónde estaba?

Y llegó la definitiva sorpresa.

—En Cuba.

—¿Qué dices? ¿Pero que hacía Estanis en Cuba?

—Claro, espera. —Luis suspiró sin ocultar su cansancio—. Será mejor que te lo cuente todo y así te enteras de una vez —y continuó sin darme tiempo a nada—: El jefe quería un reportaje para el dominical, uno de esos artículos de fondo, de impacto. Necesitaba a alguien responsable para que tocara bien el tema, y con la mitad de la gente de vacaciones se lo pidió a Estanis. Ni que decir tiene que Estanis le dijo que no, que estaba ya muy mayor para hacer de reportero intrépido, pero ya sabes cómo se pone de burro Carlos cuando se le mete algo entre ceja y ceja. Le dijo que iba él y punto, y fue punto. Además se lo razonó: le enviaba precisamente porque de la gente útil era el más adecuado, mayor, centrado, sin problemas, buen periodista, con dotes de escritor y experiencia. Eso fue hace algo más de una semana, y a los dos o tres días de estar en La Habana, más o menos... apareció muerto. Hasta ayer, como te he dicho, no llegó el cadáver, porque la burocracia ha sido la leche.

—Me parece tan ridículo eso de la sobredosis como si me dijeras que se ha suicidado. Es sencillamente...

—Daniel, es todo lo que hay, y todo lo que sé.

Era el punto final al diálogo. Y aunque tenía muchas más preguntas por formular, con la cabeza embotada no estaba en las mejores condiciones de ordenarlas. Acepté resignado los hechos y me despedí de mi colega.

—Vale, Luis, gracias por llamar.

—Tranquilo, hombre. ¿Vendrás mañana por la redacción?

—Sí, claro.

—Nos vemos.

—Adiós.

Nada más colgar pensé en la primera pregunta que tenía en la fila: ¿que clase de reportaje habría ido a hacer Estanis Marimón a Cuba? No era un experto en política.

Aunque sí era un buen periodista. El mejor.

Debí de pasar una hora o más sentado en la silla de mi despacho, pensando y recordando. Uno piensa y recuerda cuando acaba de enterarse de algo que afecta a alguien muy próximo a nosotros. Estanis había sido quien me tomó bajo su tutela cuando yo aparecí en el periódico, en mis tiempos activos, en la prehistoria, cuando aún no había empezado a escribir novelas policiacas con seudónimo. Taciturno, de carácter un poco agrio, serio, siempre lamentando su falta de empuje pero lleno de orgullo y nobleza, Estanis me enseñó el oficio, me pulió, me orientó. De no haber sido por él no habría hecho ni la mitad de cosas provechosas que hice después. También se ocupó de corregirme la primera novela, y me animó a que la enviara a mi editor y actual amigo, Mariano Blanch. Y sólo Estanis, con Mariano y Paco, había sabido siempre que detrás del seudónimo de Jordi Sierra i Fabra con el que escribía mis novelas policiacas, se escondía el nombre de Daniel Ros Martí.

Cuando me preguntaba por qué no revelaba de una vez mi secreto y le decía que porque odiaba el éxito y la fama, y prefería vivir tranquilo, no lo entendía. Pero era un buen tipo. Le apreciaba. Le apreciaba mucho.

Y ahora estaba muerto.

Inexplicablemente muerto.

Cogí de nuevo el teléfono, ésta vez para llamar a Elisa, su mujer, pero me detuve. Las diez y media de la noche del día en que había enterrado a su marido. ¿Y si dormía? Vacilé un par de veces, me dije que mejor lo hacía por la mañana, pero la noticia empezaba ya a quemarme por dentro, y especialmente lo de la sobredosis. Eso era absurdo. Así que a la segunda marqué el número de su casa. Aún lo sabía de memoria, por las veces que llamé a Estanis años atrás, para consultarle infinidad de cosas.

Escuché tres zumbidos, hasta que se abrió la línea y apareció la voz de Estanis en el contestador automático. Se me encogió el estómago aún más de lo que ya lo tenía encogido. En su tono habitual, distante, serio, dijo que no había nadie en casa, pero que dejara el mensaje alto y claro, y el número de teléfono.

Iba a colgar, pero no lo hice.

—Elisa..., soy yo, Daniel. Acabo de llegar de viaje y me he enterado de lo de Estanis. Lo siento. Te llamaré mañana o pasado. Lo siento de verdad, Elisa. Yo...

No sirvo para dar pésames, ni siquiera a alguien a quien quiero como a una madre y me quiere como a un hijo. Así que eso fue todo. Colgué y me sentí como una mierda.

No era la mejor forma de volver a casa.

2

Cuando llegué al periódico por la mañana eran las once pasadas. Me costó mucho dormirme, por lo de Estanis, pero de cualquier forma todo el mundo sabe que levantarme antes de las diez es matarme vivo, el peor de los palos. Privilegios de la independencia, y de no estar en plantilla como fijo. Por otra parte; después de vacaciones... un lunes primero de agosto por fuerza suena a día horrible.

En la redacción se notaba el peso de la conmoción. Cualquiera que no sea del tinglado habría visto tan sólo a un montón de gente delante de sus ordenadores, trabajando, manteniendo una actividad febril en la que no faltaban idas y venidas, movimiento. Pero los que estamos dentro sabemos cuándo hay nervios, cuándo ha sucedido algo gordo y todo el mundo está en su puesto en tensión o cuándo te ha caído un jarro de agua fría encima. En aquel momento se trataba de esto último. La mesa de Estanis Marimón tenía un singular vacío, especialmente porque ya no estaba llena de cosas, como las de la mayoría, sino limpia como una patena. La ausencia se multiplicaba así por diez, por cien, y ese vacío era como un ruido amplificado al máximo. El que menos fingía que no pasaba nada.

Pasé de entrar directamente, y me fui al archivo, para ver lo que se había publicado del caso. La primera referencia la encontré seis días antes, justo al darse la noticia. No era muy amplia y destacaba a través del titular: «Muere en extrañas circunstancias un periodista de este periódico en La Habana.»

Después el texto rezaba:

«Estanis Marimón Cubells fue hallado muerto ayer en su habitación del Comodoro Hotel de La Habana, sin que se hayan determinado todavía las causas de su fallecimiento dado el hermetismo de las autoridades cubanas al respecto. Estanis Marimón, de cincuenta y siete años de edad, trabajaba como enviado especial a Cuba en un reportaje para este medio informativo, en el que colaboraba desde su fundación. Lo poco que ha trascendido del caso...»

Me salté la paja, y pasé al del día siguiente. No por ser un camarada, uno de los nuestros, el enfoque era más favorable o más partidista. El tratamiento incluso se me antojaba demasiado profesional, aunque no podía culpar a nadie por serlo. Los datos empezaban ya ahí. Primero, lo de la jeringuilla hipodérmica. Segundo, lo de la sobredosis. Tercero, un repaso de su vida, encerrado en apenas unas líneas porque tampoco es que hubiera demasiado. Por ninguna parte salía el nombre de Elisa, el único que podía aparecer, ya que Estanis no tenía hijos.

Continué leyendo, conociendo lo poco que se sabía del tema, porque a fin de cuentas los cubanos habían dado el carpetazo al caso con lo de la «muerte accidental por sobredosis de heroína» y punto. Los cada vez menos relevantes reportajes de los días siguientes sólo hablaban de la demora en la repatriación del cuerpo y poco más. Era como si se quisiera echar un tupido velo sobre el hecho, y no por Estanis, que en otras circunstancias habría merecido un monumento a la profesionalidad, sino por las causas de su muerte.

Unas causas que me seguían siendo tan ajenas como que Claudia Schiffer y yo estábamos enrollados. A no ser que en los últimos meses Estanis hubiera cambiado mucho y tuviera problemas, o una doble vida, aquello no tenía el menor sentido.

Ante lo escaso de documentación del tema, opté por dar la cara y regresé a redacción. Media docena de rostros apáticos se levantaron al verme, y otra media docena puso distintas caras que iban desde la alegría —supongo que por estar de vuelta, no por si me lo había pasado bien por ahí—, hasta una comedida felicidad. Respondí a un par de «holas», un «¿qué tal?» y tres «¿Ya sabes lo de Estanis?» que jalonaron mi paso sin detenerme. No tengo amigos en el periódico, sólo conocidos, y no quería hablar con ellos del muerto. Así que no me detuve hasta que llamé a la puerta del despacho de Carlos.

No hubo ninguna fiesta por el regreso del hijo pródigo, ninguna emoción. Nada salvo un directo:

—Hombre, Daniel, pasa, te estaba esperando.

—¿A mí?

—¿Llegabas hoy, no? Pues te estaba esperando.

No me gustó que me esperase. Nunca me ha gustado que un director o superior jerárquico en el periódico quisiera algo de mí. Soy un columnista, escribo de política, de sucesos internacionales, y si hace falta hasta de cine o música, por afición, pero nada más. Cada vez que el director me había dicho que quería verme a lo largo de aquellos años fue siempre para meterme en algún lío, para pedirme algo. Y no es que no me guste, es que casi siempre acabo metiéndome muy mucho en lo que sea. Eso es lo que no me gusta. Mi curiosidad es la parte que más aborrezco de mí mismo, además de mi... bueno, no importa.

—Oye, espera, no te enrolles —le detuve—. Primero cuéntame que ha sido todo eso de Estanis.

Dejó lo que estaba haciendo y no me envió a la mierda, lo cual fue un punto a su favor. O eso o estaba preocupado o quería mostrarse amigable, lo cual era sospechoso. Se reclinó en su butaca, soltó una bocanada de aire y asintió con la cabeza, sinceramente apesadumbrado.

—Mal asunto —reconoció—. Nos ha dejado hechos polvo a todos.

—¿Por su muerte o por esa tontería de la sobredosis?

—¿Quién lo iba a decir de él, verdad? Es tan alucinante que no...

—¿Cómo que quién lo iba a decir de él? ¡Pero si tomaba cerveza sin y había dejado de fumar hacía tres o cuatro años!

—Daniel, siéntate —me pidió tras sostener mi mirada alucinada un par de segundos.

Nunca me pedía que me sentara, así que le hice caso. En el despacho del jefe siempre recibes órdenes, callas o discutes, pero nunca te sientas. Aquello era excepcional.

—Eras muy amigo de Estanis, ¿no es cierto? —quiso saber.

—Lo era.

—Entonces... —abrió sus manos en un claro gesto de impotencia—, entenderás tanto como nosotros, o sea nada, pero es que... no hay más. ¿Has leído los periódicos? Pues es lo que sabemos, y aún hemos tratado de ser lo más asépticos posible. Le encontraron muerto en su habitación, con una jeringuilla al lado y un golpe en la cabeza que se dio al caer al suelo. No es que me fíe de los hospitales cubanos ni de la policía cubana, pero se certificó «muerte por sobredosis». La embajada española en La Habana pudo comprobar el hecho.

—¿Se le hizo la autopsia?

—¿Para qué? Debió de extraerse algo de sangre y ahí salió todo. ¡Coño, Daniel, que por lo visto la heroína era pura, y la dosis para poner en órbita a un caballo!

—¿Y eso de que el cuerpo ha tardado cinco días en volver a España?

—Burocracia, trámites. Íbamos a enviar a alguien del periódico, pero al final se ocupó de ello Elisa, su mujer.

—¿Elisa fue a Cuba a por el cuerpo de su marido?

—No, ella está rota. Fue un sobrino suyo.

—¿El idiota de Rodrigo? Le conozco, aunque vagamente. Ahora entiendo lo de los cinco días —miré fijamente a Carlos al formular la pregunta decisiva—: Oye, ¿y para qué enviaste a Estanis allí, si puede saberse?

—Españoles en Cuba.

—Españoles en Cuba —repetí sin comprender.

—La Cuba de Batista era el picadero de los americanos, la de Fidel es el picadero de España, Suramérica y otros países europeos. El gran burdel del Caribe. Cada semana llegan a la isla miles de tíos con un único objetivo: follar mucho y barato.

—¿Y enviaste a Estanis a cubrir un reportaje como éste?

—No tenía a nadie, y estamos en pleno verano, así que se trataba de algo de primera. ¿Qué quieres, que guarde las cosas sólo para otoño, invierno o primavera? Estanis era un buen periodista, meticuloso y profesional, y el reportaje además se escribía solo. Con ir a un par de discotecas y hablar con unas cuantas niñas... En fin —Carlos se envaró recuperando una posición más profesional, con los codos sobre la mesa de su despacho—, si te hubiera tenido aquí el reportaje habría sido tuyo, pero le tocó a él.

—¿Me habrías enviado a mí? —vacilé.

—Te voy a enviar ahora —me desbordó él.

No podía creerlo. Me había pasado el día anterior en un avión, veinte horas, y me estaba diciendo que tenía que largarme con otro a unos pocos miles de kilómetros para hacer un reportaje. Me lo estaba diciendo a mí, que no soy periodista de reportajes ni de...

—Eh, eh, que yo no hago esas cosas —traté de detenerle.

—Daniel...

—Además, Estanis acaba de morir. ¿Qué quieres, que vaya allí y acabe lo que él dejó a medias? ¡Por Dios, Carlos, no jodas!

No tuvo ni que gritar, ni que ordenármelo, ni que discutir nada. Le bastó con mirarme. Como periodista no soy alguien que tenga ofertas constantes de los demás medios informativos de Barcelona. Y me gusta escribir mi parida diaria, o cuando toque, algo de mayor envergadura. Lo de los libros es más esporádico. El periódico es la vida diaria.

—¿Hablas en serio? —Dejé caer los hombros—. ¿Quieres que hable de las putas cubanas y de los españoles que se las tiran?

—No son putas —me aclaró él—. Ésa es la cosa: que aquello es distinto. Los que van allí a mojar pueden ser unos capullos, pero ellas no son putas al uso. De eso se trata. Quiero que hables del lado humano del tema: unas chicas que con un polvo al mes tienen lo que su padre gana en un año en la zafra, y que sólo buscan divertirse... y a poder ser pillar a un español que se enamore de ellas y se las traiga a España. Es otro mundo, Daniel, y quiero que lo captes y lo metas en un artículo.

—Carlos, en serio, acabo de...

—Daniel. —Conocía su tono de voz jerárquico.

—En serio, habiendo muerto Estanis allí no sé si podré...

—Su mujer tiene sus cosas —continuó Carlos pasando ya de mi—. Hizo fotografías, así que se las pediremos y nos servirán, aunque tú también puedes llevarte una cámara por si acaso, porque cuando murió no sé cómo podía tener el reportaje.

Me sentí derrotado. Mal por lo de Estanis y encima derrotado.

—¿Cuándo he de irme?

—Mañana mismo. No puede salir en el próximo dominical pero quiero que salga en el siguiente.

—¿En el siguiente? ¿Cuánto tengo para hacerlo?

—Un par o tres de días.

—¿Qué?

—¿Qué quieres, pasarte una semana en Varadero tomando el sol? ¡No me seas capullo, Daniel! ¡Con dos o tres días tienes de sobra! Entre lo que se sabe y lo que te digan allá... más unas fotos de los hoteles, las discotecas y todo eso, listo. Pero recuerda: quiero el lado humano, no el escabroso. El escabroso lo pones de parte de los que van a buscar sexo fácil en la miseria.

—¿Y después qué, me iré a Tailandia a seguir la serie?

—Daniel, me parece que no tienes ni idea de la situación cubana, ¿verdad? Y no me refiero al lado político, sino al lado social.

—Sé lo necesario —me evadí.

—¿Sabes lo que es una jinetera?

—Las chicas que se lo montan con turistas son las jineteras. ¿Qué es esto, un examen?

—¿Y por qué se llaman jineteras y no putas?

Era un examen, y me pillaba en bolas. No tenía ni idea. Había oído hablar de los españoles que iban a Cuba a pasar unos días de libertinaje y desenfreno, pero sinceramente me importaba un pito lo que hicieran unos cuantos reprimidos o buscadores de emociones o solteros ansiosos de coger a una mulata de campeonato y convertirla en «la mujer de su vida». En cuanto a lo de las jineteras... ¿si se follaba por dinero se era una puta, no?

—Si sabes tanto por qué no lo escribes directamente tú —le dije a Carlos.

Era la clásica respuesta que no se le debe dar nunca a un superior, aunque le tengas confianza.

—Será mejor que no te lleves el carnet de periodista —me aconsejó con algo de frialdad—. Tal y como están las cosas, es mejor que te hagas pasar por un simple turista más. Aquello es un hervidero.

—Como siempre.

—Ahora más. Hace tres semanas subieron precios de un montón de cosas y la gente está que trina.

—No, si encima voy a ser testigo de una revuelta o algo así.

—Pues mira, así además del reportaje me mandas unos artículos y te ganas el sueldo. No estaría mal.

Lo decía en serio. El muy cabrón lo decía en serio.

Cinco minutos después estaba ya en administración, para ver el tema del billete de avión, el hotel y la pasta para gastos, cogido por las bolas de la profesionalidad y atrapado en la marea de imponderables que, por lo general, siempre acaban metiéndome donde no me llaman. Estanis era un tío de vuelta de todo, mayor, pero yo... separado y con necesidades...

Habría preferido ir a Kenya, para hablar de los cazadores furtivos y los elefantes. Los elefantes no me despiertan la libido. Me caen bien y nada más. Con ellos no habría tenido problemas.

Porque si de algo estaba seguro era de que tendría problemas.

O me los buscaría yo solo.

3

Mi primer problema fue hacer el equipaje.

No es que no sepa hacer un equipaje, voy sobrado de experiencia en eso, pero es que toda mi ropa de verano estaba hecha caldo, y por la mañana, al ir al periódico, no la había puesto a lavar. Mi segundo problema fue, pues, hacer una lavadora urgente, confiando en que al día siguiente tuviera algo ya seco, aunque no planchado. Mi asistenta también debía de estar de vacaciones, porque no la localicé por ningún lado.

Mi tercer problema fue el más grave: llamar a Ángeles para decirle que volvía a irme.

No se lo tomó nada bien, claro. Nunca se lo tomaba bien.

—Mira Dani, tienes una jeta que te la pisas.

—¿Crees que me voy por gusto? Esto es trabajo.

—Siempre lo es, ¿recuerdas?

—Si hubieras dejado que Jordi se viniera conmigo...

—¡Eh, eh, para! No empecemos con esto, ¿vale? Yo he hecho las vacaciones en julio y he de tragar. Tu podías haber cambiado ese viaje tuyo y hacerlo en agosto.

—Ya te dije que no...

—Dani, dejémoslo estar, no quiero discutir. Me paso la vida discutiendo contigo por teléfono.

—Porque no quieres hacerlo en persona.

Eludió mi comentario, mi proposición velada de verla. Según Jordi estaba guapísima. A algunas les sienta bien la soledad.

—¿Adónde vas? —quiso saber.

—A Cuba.

Pareció entenderlo de una vez.

—¿Es por lo de Estanis Marimón?

—He de acabar el reportaje que estaba haciendo él.

—Vale —aceptó—. Sé lo mucho que le apreciabas.

—¿Puedo hablar con Jordi? —inicié una digna retirada ahora que me era posible.

—No está. Ha ido a la Picornell con unos amigos.

—Ah.

—¿Se lo explicarás?

—¿Yo?

—Total serán dos o tres días. Carlos lo quiere urgente.

—Le diré que has llamado y le diré lo de Estanis. Es lo máximo que te aseguro.

—Es suficiente, gracias.

—Que disfrutes en Cuba.

—¿Por qué lo dices?

—Todo el mundo va allá de marcha, ¿no?

Hasta ella lo sabía. Me sentí como un idiota.

—¿Que no me conoces? —traté de defender mi dignidad—. Voy a trabajar y punto.

—No, si por mí...

—Ángeles...

—No te metas en líos, ¿quieres? —suspiró rendida—. Y no creas que me preocupa tu salud más allá de un mínimo por cariño. Lo que me preocupa es que Jordi se quede sin padre.

—Le llamaré nada más aterrizar.

—Eso espero. Adiós.

No me dio siquiera tiempo a despedirme yo, así que colgué el auricular más calmado, después de ver cómo se lo tomaba pero también más inquieto porque seguía distante, fría como un témpano de hielo. Cuando empezamos, y en los primeros años de casados, era todo lo contrario. Ya sé que la gente cambia pero... ¿tanto?

No podía apartarme a Estanis de la cabeza, así que mientras ordenaba mis cosas y veía lo que tenía y lo que no tenía que llevarme, seguí pensando en él, recordando viejas conversaciones, frases, momentos de nuestra vida en común. Lo más asombroso era que él, que siempre tuvo la pequeña o gran frustración de no haber sido más aventurero, más intrépido, hubiera muerto haciendo un reportaje a unos miles de kilómetros de casa. No en una guerra, ni en medio de un terremoto, pero sí trabajando, aunque fuera en algo tan curioso como un reportaje sobre sexo. Estanis solía decirme que de joven se hizo periodista para ganar el premio Pulitzer, y que soñaba con ir de enviado especial para cubrir los grandes eventos de la historia, porque luego los escribiría en un libro y se haría rico y famoso. Eso fue cuando tenía diecisiete, diecinueve, veintitrés años. Ahora, la última vez que hablé con él más allá de cinco minutos, me había comentado que se sentía cansado, que los años ya le pesaban, y en el fondo capté ese tono del hombre frustrado que sabe que sus sueños no se han cumplido.

Era bastante aterrador.

El timbre del teléfono me apartó de mis reflexiones, y fui a él antes de que saltara el automático. Creo que esperaba a cualquiera menos a Elisa, la viuda de Estanis.

—¿Daniel?

Le reconocí la voz, pese a la densa carga de amargura y el tono fúnebre, como si la tuviese rota o le saliese de lo más profundo de su ser. Me quedé bloqueado un par de segundos, pero reaccioné antes de que ella volviera a preguntar.

—Hola, Elisa, ¿cómo estás?

—Más tranquila.

—Te llamé anoche. Acababa de llegar y...

—Lo sé, he oído el mensaje.

—No sabes cuánto lamento haber estado fuera en un momento como éste. No sabía nada. No supe nada hasta ayer cuando...

—Daniel —me detuvo—, me gustaría verte.

—Bueno, vuelvo a salir de viaje, mañana mismo, pero regreso en unos días y cuando vuelva te...

—Es por ese viaje que quiero verte —volvió a interrumpirme—. Me han dicho que vas a Cuba, a terminar el reportaje que Estanis estaba haciendo.

Las noticias volaban rápidas.

—Voy a Cuba, sí —reconocí inquieto.

—Entonces ven a verme, por favor. Primero porque tengo los apuntes que tomó Estanis y puede que los necesites o te vengan bien. Segundo porque tengo su cámara y unos rollos sin revelar que también te harán falta. Y tercero, para mí lo más importante, porque quiero hablarte de su muerte, Daniel.

Lo temía. Lo estaba temiendo. Y sabía lo que iba a decirme a continuación.

—Estanis no había tomado ninguna porquería en la vida.

—Lo sé —dije yo.

Entonces soltó la guinda, la clase de guinda que empezaba a convertir mi pesadilla de tener que irme a Cuba en algo más.

—Le mataron, Daniel —la oí decir de manera tan lúgubre que me hizo estremecer—. Alguien le asesinó y quiero saber quién fue y por qué.

4

El ambiente en casa de Elisa era aún más lúgubre que su voz por teléfono. Todo estaba oscuro, y ella, vestida de negro, parecía no existir, como si su cabeza, orlada con una cara muy blanca, flotara en mitad de tanta negritud. Cuando me abrió la puerta se me antojó fantasmal. Después, tras abrazarnos y dejar que llorara, como hace todo el mundo al fundir su emoción con la de otra persona recién aparecida, me di cuenta de que lo estaba llevando muy mal. Su aspecto era el de una anciana, no el de una mujer de cincuenta y cinco años, ojos hundidos en las cuencas, mejillas demacradas, sienes y barbilla marcando ángulos donde semanas antes hubo carne. Incluso me dio la impresión de que había encogido, empequeñecido, abrumada por el peso de lo sucedido y las circunstancias por las que atravesaba.

No hablamos hasta que llegamos dentro y me hubo sentado en una butaca de la sala, enfrente de la que siempre ocupaba Estanis. Podía apostar lo que fuera a que nunca volvería a sentarse nadie más en esa butaca. Elisa haría de la casa un mausoleo, y aunque no soy de los que cree en esas cosas, tampoco era quien para juzgarla. Y menos después de que Ángeles y yo...

—Daniel, te apreciaba tanto.

—Lo sé.

—Tu tampoco te has creído lo de la sobredosis, ¿verdad?

—No, no lo he creído, sin embargo... —traté de rendirme a la evidencia—. Eso está ahí, y no sé...

Diablos, no sabía como decirle que la vida da muchas vueltas y todo eso. No a ella.

—Me he pasado la vida con él —susurró su viuda—. Le conocía bien. No sé la causa, no sé el porqué, no entiendo nada, pero te aseguro que él no se puso esa inyección, Daniel. Alguien tuvo que hacerlo, y si es así, es que le mataron.

—¿Se lo has dicho a la policía?

—Sí, y no me han hecho caso. Todo lo más me han asegurado que cuando la policía cubana les remita el informe definitivo, me comunicarán los resultados.

—¿Informe? Pero si no le hicieron la autopsia a Estanis.

—Es todo lo que puedo decirte.

—¿Por qué no exigiste que se le hiciera aquí?

Bajó la cabeza, y temí que volviera a llorar. No lo hizo, se contuvo a tiempo.

—Estos días han sido... un infierno para mí —susurró—. Desde que llegó la noticia hasta que le enterramos ayer, he estado tan muerta como Estanis. Cada día había un nuevo problema para el traslado del cuerpo. De no haber sido porque era periodista y la embajada apretó algunas clavijas, aún estaría allí. Tuvo que ir Rodrigo para ocuparse del asunto. No he parado de meditar en lo absurdo de esa sobredosis de droga, pero ni soy policía ni soy una experta en estos temas, así que ni siquiera pensé en ello.

—Puede que debas exhumar el cuerpo para que se la hagan.

Me miró con dolor, y percibí un estremecimiento fugaz que en su cuerpo breve fue aún más evanescente. Le hablaba de algo que estaba fuera de su concepción de la vida, fuera de la normalidad de la vida y la muerte. No había querido ser brusco, pero temí haberle hablado con demasiada naturalidad.

—¿Por qué no me cuentas lo que sabes? —la invité buscando un poco de serenidad.

—No hay mucho —manifestó—. Me dijo que le habían encargado el reportaje y que estaría fuera unos días.

—¿Le gustó el encargo?

—Por una parte no, porque decía que era bastante sórdido y tendría que hablar con gente de la que después, probablemente, se acordaría el resto de su vida. Ya sabes que siempre fue una persona sensible. Pero por otra parte... era una pequeña ruptura de su rutina, así que le veía bastante dispuesto.

—Sigue. ¿Te llamó desde Cuba?

—Me telefoneó al llegar, y me comentó que todo era bastante caótico. Por lo visto en el hotel de La Habana no tenían constancia de su reserva, y todo estaba lleno. Al final en lugar de una habitación le dieron un bungalow. Me dijo que era muy confortable, y que por lo menos había salido ganando con el cambio. Eso fue todo esta primera vez.

—¿Hubo una segunda?

—Sí, cuatro días después. Y fue... —Hizo un gesto abierto a todas las posibilidades, plegando los labios y enmarcando las cejas—. Me dijo que iba a quedarse unos días más, que tenía entre manos el reportaje del año, tal vez de la década, y que por fin iba a conseguirlo.

No pude evitarlo. Me envaré de golpe.

—¿Te dijo eso?

—Sí.

—¿Con esas mismas palabras: reportaje del año, tal vez de la década?

—Sí —insistió Elisa.

—¿Qué más te dijo?

—Nada más. —Frenó mi curiosidad con la mano—. Se lo pregunté, le pedí que me lo explicara, pero no hubo forma. Dijo que no podía decirme nada, y menos por teléfono, pero que confiara en él. Le noté... tan feliz, tan excitado.

—¿Feliz y excitado? —recalqué.

—Y nervioso. Muy nervioso. ¿Te lo imaginas nervioso a él? Pues lo estaba. No me quedé muy tranquila, desde luego.

—¿No volviste a hablar con Estanis?

—No.

—¿Y en esa segunda llamada... no hizo ni dijo nada más?

—No.

—Intenta recordar, por favor.

—Fue muy rápido, en serio. No hubo más.

—¿Y Rodrigo? ¿Te comentó algo al regresar con el cadáver?

—No, sólo que había sido espantoso, por el papeleo y... qué sé yo. También estaba muy afectado el pobrecillo.

—Me gustaría hablar con él.

—Puedes llamarle aquí. Como está solo, se ha venido a hacerme compañía unos días. No quiere que me pase nada.

—¿Le hablaste a la policía de lo que te dijo Estanis en esa segunda llamada telefónica?

—Sí, y me miraron como si estuviese loca. Dijeron que hablarían con la policía cubana y con el director del periódico, pero ni siquiera sé si lo habrán hecho. Todo ha sido tan... rápido, y tan absurdo. De lo que aún no les he hablado ha sido de lo que he encontrado en las maletas de Estanis, porque no las he tocado hasta hoy por la mañana. Y tampoco sé si hacerlo.

—¿Por qué? ¿Que has encontrado?

—Ven —me pidió levantándose.

La seguí por el pasillo hasta una habitación. No era la suya, la de matrimonio, sino una de las dos pequeñas. Yo había dormido en ella una noche en la que no me encontré bien, hacía muchos años, antes de conocer a Ángeles y casarme y todo ese rollo. Siempre esperaron un hijo que no iba a llegarles, y por eso casi adoptaron al imbécil de su sobrino. Y lamenté siempre verle así, pero las cosas son como son. Para Elisa era sangre de su sangre, pero los demás no estaban ciegos. Ni siquiera Estanis.

No sé que habría encontrado ella en el equipaje de su marido, pero empecé a preocuparme. Su expresión aún me gustó menos. Al detenerse la vi todavía más pálida, desorientada, aunque decidida a todo para llegar al final de aquello. La cama estaba llena de ropa, plegada y ordenada, así como de los utensilios habituales en una maleta, cosas de aseo, etc.

—El equipaje... —musitó con voz apenas audible—, llegó con el cuerpo, ¿sabes? No me atreví a tocarlo de momento pero ayer... bueno, tampoco era cosa de dejarlo ahí, cerrado. Así que lo abrí. No estaba como lo ves. La policía cubana debió de meterlo todo de cualquier forma y ya está. Y cuando digo todo me refiero a lo que encontraron en su habitación, sólo que esto... no es suyo, por supuesto.

Me lo señaló, sin atreverse a tocarlo.

«Esto» eran unas bragas de mujer, diminutas, rojas, lo que en cualquier parte se llamaría una prenda «sexy».

Yo sí las cogí.

Estaban usadas, y no eran nuevas. En la parte de contacto con el sexo mostraban una leve pátina oscura. Casi estuve a punto de acercarlas a mi nariz para olerlas. Me detuve a tiempo, aunque no hubiera sido un gesto erótico, sino más bien profesional. Me quedé con ellas en la mano sin saber muy bien qué hacer, ni qué cara poner, y mucho menos qué decir.

—No lo entiendo, Daniel —dijo Elisa.

Tuve que enfrentarme a sus ojos.

—Yo tampoco —admití.

—Estaba haciendo un reportaje sobre los hábitos sexuales de los españoles y las chicas cubanas, pero... —le buscaba una justificación, pero no la había. Sus ojos me la imploraron a mí sin éxito—. Él no era de ésos, ¿verdad? Quiero decir que no...

—No era de ésos —le confirmé con mi mejor sinceridad—. Si le enviaron fue precisamente por ello.

—Entonces esas bragas...

—¿Hay algo más? —quise saber.

—No. El resto es suyo.

—Sus anotaciones, los rollos de película...

—Las anotaciones no las he mirado. Su letra era bastante

peculiar pero... no ha sido por eso. Sinceramente no he podido. Si vas a Cuba, deberías llevártelas, y también los rollos de película y la cámara.

Pensé que esto último me haría falta. Mi cámara se la había quedado Ángeles con el reparto. Elisa me lo entregó todo. La libreta era muy simple, pequeña, barata, de las que se venden en cualquier papelería. La guardé en el bolsillo, con los tres carretes de fotografías ya disparados. La cámara me la colgué del hombro. En ella había un cuarto carrete detenido en la foto número veinte.

Seguía con las bragas en la mano.

—Averigua lo que pasó, Daniel, por favor.

Era lo que me temía.

Lo que me temía desde el mismo instante en que ella me había dicho por teléfono que a su marido lo habían matado.

—Elisa, sólo voy a estar en Cuba un par de días —traté de justificarme.

No me hizo caso. Probablemente ni siquiera me oyó.

—No pudo inyectarse esa cosa, esto es un hecho. Y está eso que era tan importante. Alguien tuvo que asesinarle, hijo, no hay otra explicación. Y tú vas a ir ahora allá.

—Elisa, ¿te das cuenta de lo que me pides?

—Daniel...

Empezó a llorar, y un hombre no puede hacer nada frente a las lágrimas de una mujer. Lo sé por experiencia. Es de esa clase de cosas que siempre me pueden.

—Por favor, cálmate. —La abracé por segunda vez tras meterme las bragas rojas en un bolsillo.

—No quiero que... nadie le... le recuerde como si... fuera... un... —sollozó la viuda de mi amigo.

Dos o tres días. Primero para hacer un reportaje de mierda. Ahora para lavar el buen nombre de Estanis Marimón y... ¿Y qué?

¿Descubrir quién pudo haber hecho lo que Elisa suponía que habían hecho?

Ya estaba metido en un lío, hasta el cuello.

Se lo debía.

—Haré lo que pueda, Elisa, te lo prometo. Haré lo que pueda —me oí decir a mí mismo mientras me daba de bofetadas morales en el cerebro por ser tan estúpido.

5

No me daba tiempo a revelar las fotografías en una tienda, a pesar de esas cosas del «revelado en una hora». Igual se me complicaba el resto de la tarde y prefería llevarme el material conmigo, estudiarlo durante el viaje, por lo tanto la mejor opción era que se ocuparan de eso los del laboratorio del periódico. Tampoco pude echar siquiera una ojeada a la libreta de anotaciones de Estanis. Tenía un montón de cosas que hacer y otro montón por las que preguntar, antes de dormir un poco y salir al día siguiente en avión con destino al Caribe.

Sonaba bien eso de «ir al Caribe», pero a mí se me antojaba el fin del mundo, y con demasiadas incógnitas.

Una de las ventajas de circular por Barcelona en agosto es que apenas hay tráfico. Por lo menos no el tráfico habitual de cualquier día. Hice que mi Mini se diera buena maña en cubrir la distancia que me separaba del edificio del periódico y sólo en un semáforo se me ocurrió sacar las bragas rojas del bolsillo de mi pantalón. Si lo de la sobredosis sonaba raro, aquello no lo era menos, aunque también pudiera ser todo lo contrario. Ahí estaba el quid de la cuestión.

Esta vez sí olí la prenda, pero no por fetichismo o machismo. Los olores dicen mucho sobre algunas cosas. Tal vez fuera por la semana o más transcurrida desde que habían sido utilizadas por última vez, pero lo cierto es que en este caso las bragas se quedaron mudas. Lo mismo que la señora que, aparcada a mi lado, puso cara de «mayoría moral a la americana» al darse cuenta de mi gesto. Fue tal su aspaviento que no tuve más remedio que mirarla, primero curioso, y al darme cuenta de lo que sucedía, retiré inmediatamente mis ojos de su casta pudibundez. Me taladró con los suyos, de desprecio sumo, y percibí cómo me reducían a la categoría de sátiro y rata mientras me despreciaba por vicioso. Menos mal que el semáforo volvió a cambiar y que la perdí de vista en el siguiente cruce.

Las bragas no olían a nada, al menos a nada que pudiera identificar o reconocer o asociar con algo. Habían perdido los restos de su aroma femenino, aunque en la parte inferior quedaba vagamente el peculiar tufillo a lejía de un sexo. Eso era todo. Pero me las había llevado por hacerle algo más que un favor a Elisa. Quizás pudieran servirme de algo. Era tan utópico como cualquier otra cosa.

Llegué al periódico en quince minutos y subí a la carrera. Primero le di los carretes a Lázaro, todos, incluido el cuarto, del que sólo se habían disparado veinte instantáneas. Le dije que no estaría más de media hora y que era urgente. Decirle a alguien que trabaja en un periódico que algo es urgente es como..., no sé, pedir una pizza por teléfono o llamar al médico en pleno infarto, o sea, que resulta innecesario. Pero yo en ocasiones soy bastante pardillo, así que pronuncié la palabra. Lázaro se me quedó mirando con su media sonrisa de ironía, pasando de todo, aunque sabía que tendría las fotografías en media hora. Acto seguido fui de nuevo al despacho de Carlos.

—¿Otra vez por aquí? —me dijo sin el menor entusiasmo al verme—. ¿Ya tienes las cosas arregladas?

—Espero que sí. Ahora iré a recoger el billete y el dinero para...

—No te pases de gastos, ¿eh? Con lo de Estanis ya se nos ha ido demasiado.

—¿No te han devuelto el dinero los cubanos? —bromeé.

No era una broma.

—¿Los cubanos? Según la policía no tenía ni un solo dólar encima, y su mujer nos lo confirmó al llegar su sobrino con el cadáver. ¿Qué quieres?

—Estanis llamó para decir que se quedaba más tiempo.

—Sí.

—¿Por qué no me lo dijiste?

—¿Por qué tenía que decírtelo? ¿Y quién te lo ha contado a ti?

—He hablado con Elisa.

—Vaya por Dios. —No pareció gustarle esto—. Supongo que te habrá dicho que no cree que Estanis muriera por lo de la sobredosis.

—Me lo ha dicho.

—Daniel —me miró de hito en hito—, ¿no pensarás meter las narices en el asunto de su muerte, verdad?

—¿En Cuba? ¿Y en un par de días? ¿Cómo quieres que haga eso?

Yo miento fatal, se me nota.

—Daniel, no jodas, ¿vale? Que te conozco.

—¿Que te dijo Estanis?

—¿Para qué lo quieres saber, coño?

—Llámalo curiosidad, lo que te dé la gana. Pero si voy a ir, quiero saber lo que os dijo Estanis cuando llamó.

Hizo un gesto de martirio, y se resignó a duras penas. No es de los que se enrolla con la gente.

—Habló con Gracián, pregúntale a él. —Me paró con una mano para agregar—: De todas formas no fue mucho, sólo eso de que se quedaba porque tenía algo gordo entre manos. No quiso decir nada más y... Si llego a estar yo, me oye. Pero no estaba, y cuando le llamamos ya fue imposible de localizar.

—¿Qué dijo la policía de eso?

—¿Qué querías que dijeran? ¡Nada! Los de aquí pasan porque no es asunto suyo y los de allá no están para muchas gaitas.

—Vale, gracias. Hasta pronto.

—Daniel, que sea así, pronto —me advirtió.

Cerré la puerta y busqué a Gracián. Un buen tipo, callado, reservado, con ojo de lince para según qué cosas. Le encontré concentrado en lo suyo, delante de su ordenador, calculando el espacio de que disponía para meter todo lo que tenía que decir. Yo creo que me esperaba, porque movió la cabeza verticalmente al sentarme en la esquina de su mesa y me lanzó una sonrisa de resignación.

—¿Cuándo te vas? —habló primero él.

—Mañana.

—¿Qué quieres saber?

—¿Qué te dijo Estanis al llamar para indicar que se quedaba más tiempo?

—Sólo eso, que tenía algo importante y que no podía contarlo por teléfono.

—¿Ningún indicio?

—No

—¿Te pareció la voz de alguien que va a inyectarse una dosis de heroína?

No me contestó de inmediato, pero respiró con fuerza. Eludió mis ojos sólo un par de segundos. Cuando volvió a centrarlos en mí me lo soltó, aunque lo hizo como si le pesara.

—Oye, cuando hablé con él.... no estaba solo.

—¿Qué quieres decir?

—Pues eso. Me dijo que estaba en la habitación de su hotel y oí una voz, femenina, por más señas.

—¿La tele?

—No, no era la tele. Estanis tapó el auricular con la mano, pero hay retorno, ya sabes, hay una leve diferencia de tiempo entre el sonido y su recepción aquí, así que no fue lo bastante rápido. Además, él dijo algo, le gritó, no sé, aunque no lo entendí. Después ya no me dio tiempo a más, ni le pregunté, naturalmente. Yo creo que eso lo justifica todo.

—¿Qué es lo que justifica?

—Vamos, Ros. —Abrió las manos en un claro acto de evidencia—. Le mandan para hacer un reportaje sobre el sexo en Cuba, ¿tú que crees?

—O sea que lo de que andaba detrás de algo importante...

—Cayó, como cualquiera hubiera caído. Una semanita allí con una mulata de buenas tetas debe de ser como estar en el paraíso. Y algo tenía que decir aquí para justificarse, ¿no?

—¿Se lo dijiste a Carlos?

—¿Lo de la tía? ¿Estás loco? Te lo digo a ti, porque vas allá y porque te conozco, sé que harás preguntas. Es bueno que lo sepas todo y así no te sorprendes.

—Gracias, amigo.

Le puse una mano en el hombro y se lo presioné con afecto. Luego me aparté de su lado para volver a los aledaños de administración, a por mi billete, mi bono de hotel si es que ya lo tenían y mi pasta, porque no estaba dispuesto a adelantar nada. Eulalia me recibió como era habitual en ella, sin el menor afecto.

—Cualquier día lo pediréis realmente para ayer, maldita sea —rezongó mientras me daba un sobre—. ¿Sabéis lo que me ha costado conseguir un billete de hoy para mañana en uno de agosto?

Lo abrí. El billete era directo a La Habana. No había bono de hotel. De dinero, sólo 200 dólares.

—Oye, ¿que es eso? —le enseñé los dos billetes de cien pensando que, una vez más, iba a tener que poner pasta de mi bolsillo.

—A mí, que me registren.

Eso le habría gustado a ella.

—¿Que esperan que haga con doscientos dólares?

—Me han dicho que para lo que vas a estar, te sobra. Y quiero los justificantes, ¿eh?

—¿Y con qué pago yo a las que he de entrevistar o les doy una propina? ¿O te crees que ésas dan un recibo?

Me sonrió y no me lo dijo, pero se lo vi en la mirada. Era una treintañera con aspecto de Navratilova. Mientras pensaba en lo que tendría que sacar de mi cuenta, por si las moscas, además de llevarme la visa, abordé el último tema.

—¿Y el hotel?

—No ha dado tiempo para nada más. Llegas, coges un taxi y te vas al Comodoro. Allí tienen tu nombre.

—¿El Comodoro? ¿El mismo en el que murió Estanis Marimón?

—Lo he intentado en el Sevilla, el Habana Libre y el Riviera, te lo juro. —Ésta vez se lo tomó en serio, aunque no sabía si creerla—. No había nada. El único bueno era ése. Lo siento.

De todas formas hubiera ido a investigar allí, así que lo di por bien empleado. Regresé a redacción y mientras hacía tiempo antes de ir a por las fotografías me senté delante de un teléfono y marqué el número de Elisa. Tuve suerte: se puso directamente Rodrigo.

Era un tipo de unos treinta años, un perfecto borde, un cretino, un inútil, separado hacía un año más o menos, sin hijos, mimado por una madre y después por su tía Elisa. Una primero y otra después, le habían sacado de mil apuros. Le recordaba de haberle visto un par de veces, las suficientes; alto, delgado, con su bigotito estrafalario como si quisiera ser un gigoló de los años treinta. Un fantasma. No me lo imaginaba en Cuba resolviendo el papeleo para el traslado del cuerpo de su tío. Es más, creo que si Estanis hubiera sabido que su sobrino iba a buscar sus restos, se habría levantado de la caja. Él sí le tenía puesto el ojo encima, aunque por Elisa hubiera callado lo que hiciera falta.

—¿Rodrigo? Soy Daniel Ros.

—Ah, hola. —Su tono era desapasionado—. Mi tía ya me lo ha dicho.

—¿Te lo ha contado todo?

—Sí.

—¿Y tú qué opinas?

—¿Qué quieres que diga? Por un lado opino como ella, que él nunca hubiera tomado ninguna porquería, pero por el otro...

—No crees que le mataran.

—¡Por Dios! ¿Qué sentido tendría eso?

—¿Con que te encontraste allá?

—Fue un infierno —bufó—. Aquello se cae a pedazos, y la gente... ¡Dios, la gente! Incluso en la embajada de España están igual, aplatanados por el calor y convirtiéndolo todo en una pérdida de tiempo detrás de otra. ¡Cinco días para algo tan sencillo como conseguir un permiso de traslado de un cadáver!

—¿Viste los informes?

—Me hicieron firmar algunas cosas, sí, y la policía me contó otras, pero no hay nada nuevo o distinto a lo que han dicho los periódicos: le encontraron muerto con la jeringuilla, y un análisis de sangre confirmó lo de la sobredosis. Nada más.

—¿Algún testigo?

—No.

—¿Fuiste al hotel donde murió?

—No —lo soltó rápido—. La policía había recogido sus cosas.

—¿Te contó también tu tía lo de las bragas?

—Sí —se escuchó una respiración profunda y un suspiro agónico—. Las ha encontrado esta mañana y me lo ha dicho antes de irse hace un rato, al llegar yo. Ni siquiera las he visto.

—Las tengo yo.

—Mejor —dijo él.

—¿Qué opinas tú de eso?

—¿Qué quieres que opine? Mi tío se echó una cana al aire y ya está. Naturalmente eso no puedo decírselo a ella, pero entre tú y yo... Y siendo así, igual tiene sentido lo de la sobredosis. Puede que ella le volviera loco, le sedujera, qué sé yo. Dicen que las cubanas son como el azúcar y te vuelven el cerebro del revés. Tal vez esa mujer le introdujo en una nueva dimensión.

—¿Crees a tu tío capaz de perder la cabeza por una chica hasta tal punto?

—Creo que todo el mundo es capaz de perder la cabeza por una chica, y una vez perdida...

—¿Aunque sea una... jinetera, como las llaman allá?

—Aunque sea eso.

Por lo menos era directo. Tanto como yo a la hora de colgar. El muy cretino hasta me deseó suerte.

6

Me leí las anotaciones de la libreta de Estanis por la noche, pero sólo de pasada, porque como buen periodista, mi amigo no había hecho más que apuntar nombres, palabras y frases cuyo sentido principal estarían en su cabeza. Al día siguiente, ya en el avión, y con ocho horas por delante, volví a hacerlo.

Lo más destacado y destacable eran los nombres y las descripciones. Había dos masculinos: «Omar. Guía. Licenciado. Muralla y Villegas» y «Armando. Taxi pirata hotel». Otros cinco eran femeninos: «Annia. Camarera», «Olga. Veinte años. Dos hijos de cuatro y dos. Madre jinetera. Padre segundas», «Yoli. Diecisiete. Hijo cuatro», «Esperanza. Diecinueve. Hijo tres» y «Maura». De ésta última no había nada, sólo el nombre. Estaba claro que las chicas con las que había hablado tenían dos cosas comunes: juventud e hijos. Lo de Omar lo resolví por instinto, mirando el mapa de La Habana que llevaba: Muralla con Villegas era un cruce de calles.

El resto de anotaciones era muy variado y complejo, del tipo: «Taxi oficial 10 dólares», «discoteca Comodoro Havana Club»,

«Rincón Latino» y cosas por el estilo. Pero entre las páginas de la libreta, la noche pasada, encontré algo más: la tarjeta de identificación del Comodoro Hotel, con el número 523.

Cerré la libreta y pasé a las fotografías, sin duda otro aspecto relevante de la cuestión. Estanis había fotografiado La Habana y otros rincones de la isla, y también sabor y color local, ambiente, calles, casas, la famosa Bodeguita del Medio, rincón cubano de Hemingway, el Malecón, grupos de mujeres, casi adolescentes, posiblemente jineteras, al anochecer, y gente de todo tipo y condición. Pero lo que más le llamó la atención fueron ellas. Dos mujeres, o muchachas, porque rondarían los veinte cada una.

De la primera no había más que una foto, en el tercer carrete. Estaba en una calle, vestida, pero se adivinaban sus intenciones. Era negra y llenita. Según el orden de los clichés, la fotografía había sido tomada por la mañana. De la otra muchacha había tres fotografías, todas ellas formando parte de las veinte del cuarto carrete, y con ella sí que hasta yo habría perdido el último tornillo. Se trataba de una mulata de piel canela, mate, con el cabello muy largo y ensortijado, ojos turbios, labios suaves, cuerpo alto, esbelto, breve, muy delgada, sin apenas pecho. Todo esto estaba a la vista porque una de las fotografías la presentaba tal cual, con sólo las bragas, apoyada en una palmera.

Las bragas eran rojas. Las mismas bragas que llevaba de regreso a Cuba en mi maleta.

Según el orden de los clichés, las tres fotografías habían sido tomadas en tres momentos distintos. En la primera, la chica iba vestida con unos pantalones ceñidos y una blusa, y estaba en plena calle. En la segunda ella llevaba traje de baño pero no se veía ninguna playa, sino una piscina. La tercera era la de las bragas. Entre ellas, Estanis había vuelto a fotografiar panoramas, paisajes y detalles. Pero la del desnudo era la última instantánea que tomó con la cámara.

Me alegré de que Elisa no hubiera hecho revelar esas fotografías.

Estuve cerca de un par de minutos contemplando a la muchacha en la tercera foto y sintiendo algo muy raro en la boca del estómago. Era, con mucho, lo más adorable que jamás hubiese visto. Tuve que dejar de hacerlo cuando el tipo que estaba sentado a mi lado me preguntó:

—¿La novia?

Odio que se me enrollen desconocidos en los aviones.

Le miré, de lleno, y me encontré con lo que ya recordaba de cuando nos sentamos al despegar. Era un hombre de unos veintimuchos años, rostro picado, ojos porcinos y aspecto de desparpajo. Le dije que no, y antes de agregar nada más tomó la directa.

—Dicen que están todas igual, bonísimas, que es para ponerse ciego y por casi nada.

—¿Va a Cuba por eso?

—¿A ver si no? ¡Como todos!

Iba a decirle que yo estaba trabajando, pero me abstuve de dar explicaciones, aunque me molestaba que me tomara por... De todas formas, ¿y qué? Allí nadie me conocía. Mi fotografía en la columna del periódico tenía ya poco que ver conmigo. Siempre me estaba diciendo que era hora de que la cambiara. Me alegré de no haberlo hecho antes.

Para cortar cualquier posible atisbo de enrollamiento le dije que iba al lavabo y me levanté. Entonces me di cuenta de un detalle en el que antes no había reparado, y comprendí que el tipo de la cara picada tenía razón. De las doscientas cincuenta personas que viajábamos a Cuba, doscientas correspondían a cien parejas, de recién casados preferentemente o de vacaciones mayoritariamente. Los cincuenta restantes eran hombres solos, como yo, aunque algunos fueran dos o tres o más, en grupo. Hombres a la caza del sexo fácil y barato. ¿Para qué ir a Tailandia y no pillar ni una cuando en Cuba se hablaba el idioma del imperio —castellano, por supuesto? Aún así, me dio por entenderles. Allá cada cual con sus cosas. Mi amigo Àlex decía que cada uno se corre como puede —y yo agregaba que, además, como le dejen. Lo que no podía entender era a los de las vacaciones, y menos aún a los recién casados. ¿A qué iban a Cuba? ¿Cómo se tiene estómago de estar tomando el sol en una playa sabiendo que al otro lado la gente se muere de hambre por el bloqueo? ¿Como se pasea por las calles de una ciudad en ruinas sin que se te haga un nudo en el estómago? ¡Que se vayan a Cancún! ¡Allí se puede hacer el hortera como es debido, y es el mismo Caribe!

Estaba llegando al lavabo, en la parte del fondo del avión, la de los fumadores, cuando oí la voz.

—¡Daniel! ¡Daniel Ros!

Podía haber gritado más. Creo que el piloto no lo había oído.

¿He dicho que allí nadie me conocía?

Si hubiera tenido un paracaídas, salto. Mi horror no tuvo límites al verla primero a ella, la del grito, y después a él, su marido. Se pusieron en pie obligando a que todo Dios se fijara en mí. Y continuaron hablando como si yo estuviese sordo.

—¡Qué casualidad, fíjate tú!

—¡Hombre, Daniel, no te veíamos desde la última vez que estuviste en casa con tu mujer, y de eso hace...!

Natividad Molins y Bernabé Castaños. Ella era prima segunda de mi ex.

No supe qué decir. Ellos ya lo estaban diciendo todo.

—¿Estás solo? —quiso saber ella buscando a una posible pareja.

—¿Qué, a Cuba a pasarlo bien ahora que estás libre, eh? —me dio un golpe en el brazo él al decir yo que no, mientras me guiñaba un ojo cómplice.

Todas las parejas de la parte de atrás del avión, la odiosa zona de fumadores —en la que por cierto ya me estaba ahogando porque era como una nube—, me miraron como si yo fuera un sátiro.

—Estoy... trabajando —intenté decir por fin—. Haciendo un... reportaje.

Siempre he sido un poco inocente.

Nadie iba a creerme.

7

No fue el mejor de los viajes. Si me ponía en pie, me encontraba a Natividad y Bernabé, con sus voces desmesuradas, sus gestos, su verborrea. Y si me sentaba, me daba la paliza el tipo de la cara picada, que me dijo que era de Barbastro. Tornero fresador, por más señas.

—Yo es que me voy allá a joder como un loco dos semanas, ¿sabes? Me gasto los ahorros del año pero me pongo las botas. En casa les he dicho a mis padres que me iba a Egipto, ya ves tú. No quería que...

—¿Ya sabes que en Egipto los integristas están matando turistas?

—No, coño.

—Pues como pase algo mientras estás fuera, verás la alegría que les das a tus viejos.

Fui decididamente cruel, pero no me sentí ni así de culpable. De todas formas, el tipo me dio el viaje igualmente. Ni haciendo como que trabajaba se calló. Cuando llegamos a Cuba sólo faltó que aterrizáramos en medio de una tormenta tropical de narices. Todo estaba negro. La azafata, muy cachonda ella, abrió la puerta del avión y nos dijo:

—Bienvenidos a Cuba. Que lo disfruten.

Nadie se esperaba que un pasajero —yo— sacara un paraguas de su bolsa de mano y bajara del avión tal cual, el primero. ¿Quién se lleva un paraguas yendo de vacaciones o de jodienda al Trópico?

El trayecto hasta La Habana me empezó a situar. La imagen que tenía de todo aquello se correspondía bastante con la realidad, pero nada supera los hechos. Los coches que los americanos dejaron en 1959 eran los coches que los cubanos aún tenían ahora. Se caían a pedazos, ninguna ITV del mundo les habría dado el visto bueno más que para ir al desguace. Pero la sensación de las carreteras fue tan sólo un pálido reflejo de lo que empezó a impactarme nada más entrar en La Habana por el este, porque el reparto de turistas lo empezaban por los hoteles del centro y el mío estaba al oeste, apartado de ese centro. Casas agrietadas, suciedad, ninguna ventana con un cristal entero, miradas silenciosas, y el primer destello de una sensación que pronto sería familiar en mí: la de distancia.

Ya no estaba a ocho horas de mi casa. Estaba al otro lado del mundo. Yo también estaba bloqueado, como ellos. Y fue esa sensación de bloqueo lo primero que me puso la moral por los suelos.

El Sevilla era un buen hotel, y el Nacional. No estaba muy seguro de si Eulalia me había dicho la verdad con lo de que estaban llenos, o si es que el Comodoro era más barato. O tal vez tenían un acuerdo con la agencia y la agencia era la que mandaba. Ya no importaba. Pero cuanto más largo se me hizo el trayecto, máxime teniendo en cuenta la diferencia horaria, más me dio por pensar.

Incluso en Fidel.

De niño, y de adolescente, en mis tiempos libertarios, había sido uno de mis héroes. El otro, posiblemente más, por su aureola de rebelde, fue el Che. Lo que me encontraba ahora me producía un espantoso sabor de boca. Carlos lo había definido bien: la Cuba de Batista no era más que el burdel de los americanos. Pero la Cuba de Castro treinta y cinco años después de la revolución, era una ruina.

Lo curioso, o lo malo, o lo que sea, es que me seguía cayendo bien el camarada Fidel.

Había perdido de vista al de Barbastro, pero Bernabé y Natividad iban al Comodoro. Eso no me alegró la moral, más bien todo lo contrario. No quería ni compañía ni desayunar o comer con ellos. Así que me aparté lo que pude. En la parte final del trayecto, sin embargo, estábamos solos, así que tuve que soportarles. Por lo menos no me invitaron a lo de comer o cenar o hacer turismo juntos. Bernabé Castaños me miraba con sana envidia. Natividad Molins, con ese tufillo de desprecio característico de quien finge aceptar y comprender pero no entender. Me habría gustado mandarles a la mierda, pero soy educado. Y pensé en mi ex.

El Comodoro estaba lejos, muy lejos. Tenía una entrada protegida por un par de empleados, una avenida, edificios bajos a la derecha y el hotel propiamente dicho al frente. De cerca se notaba que también tenía heridas propias del tiempo, pese a que al menos estaba pintado y cuidado. La recepción, amplia, con unas butacas y sofás en el centro, fue mi primer encuentro con el aire acondicionado traidor. Lo cierto es que ya estaba sudando, y que la ropa se me pegaba al cuerpo por la humedad, superior al noventa y tantos por ciento. Una «delicia», aun para uno de Barcelona.

Dejé que ellos «chequearan» primero y se evaporaran de mi vista. Entonces me acodé en el mostrador y le sonreí al de recepción. Di mi nombre y esperé.

—Recién llegó ahorita su reserva, señor —me dijo el hombre.

—¿Y si no hubiera llegado?

—Oh, no se preocupe. Lo hubiéramos acomodado a su entera satisfacción. Queremos que se sienta a gusto y como en casa.

—¿Tienen bungalows libres?

—Su reserva es de...

—Lo sé. Pero pagaré la diferencia.

—Muy bien, señor. —Su sonrisa fue amigable.

—¿Tiene libre el 523?

Cambió de cara. Se lo noté. No es que me sedujera mucho dormir en el mismo bungalow donde Estanis había muerto, ni hacerlo en la cama donde... bueno, lo que sea. Pero era la mejor forma de empezar a investigar. Quizás encontrara algo. Sostuve la mirada del recepcionista unos segundos, pero al final le pudo el deber y la profesionalidad. Esto es: no me dijo que en el 523 una semana antes se produjo un hecho luctuoso.

—Sí —convino—, quedó libre esta mañana. Veré si está en condiciones.

Hizo una llamada. La policía debía de haberla tenido inutilizada unos días. Cuando colgó me lanzó otra sonrisa.

—Mire, señor. Los bungalows están saliendo a la izquierda. Pregunte en la recepción de allá.

Eran los edificios bajos que había visto al entrar, ocupando la parte derecha de la amplia zona. Llegué hasta el principal acompañado por un mozo que me llevó la bolsa de viaje, mi único equipaje, y me quedé frente a una recepcionista en este caso. Una chica de cara redonda, cuerpo redondo y ojos redondos. Esto último se debía a que ya sabía que yo era el que había pedido el bungalow 523. Tampoco ella me dijo nada.

—¿Puede darme su pasaporte, señor?

Esperé que tomara mis datos, y mientras lo hacía aparecieron dos hombres, cincuenta años cada uno, aspecto de ejecutivos agresivos. Se plantaron delante de la chica y sin tener en cuenta que me estaba atendiendo a mí, empezaron a gritar.

—¡El aire acondicionado ha vuelto a pararse!

—¡Joder, niña! ¿Es que nada funciona en este puto país?

La muchacha levantó los ojos, asustada. Balbuceó algo.

—¡La madre que os parió a todos! —continuó el primer hombre, con su inequívoco acento español—. ¡Sois la hostia!

No lo esperaba, pero me gustó la reacción de la recepcionista.

—¿Por qué vienen entonces, señor? —musitó despacio.

Tampoco esperaba la reacción de los dos ejecutivos.

—¡Tú te callas!, ¿te enteras, niña? —gritó uno.

—¡Si no venimos nosotros, tú no comes, y da gracias a que seas un careto, porque si no, a tragar, como todas!

—¡Cuando volvamos, queremos ese aire en condiciones!, ¿vale?

Se marcharon, riendo uno y aún protestando el otro. Parecían los amos del mundo, los dueños de todo. En España debían de ser dos mierdas aguantando jefe todo el año, tragando como cabrones, pero allí eran los nuevos dioses, tenían dólares, podían comprar lo que quisieran. Miré a la chica de recepción y le vi humedad en los ojos.

—No todos los españoles somos iguales, ni venimos a lo mismo —le dije.

No esperaba consolarla, pero lo hice. Y supe que me lo agradecía.

—Lo sé, señor.

—Hay gente así en todas partes.

—También lo sé, aunque duele. —Me miró fijamente, cambió de tono y me dijo—: ¿Está seguro que quiere el bungalow 523?

—Un amigo mío murió en él —le confesé.

Parpadeó inquieta, no asustada, pero no dijo nada más. Alguien le habría dicho un día que era mejor no hacer preguntas ni meterse en líos, porque eso aseguraba una vida plácida y una vejez tranquila. Seguía el consejo. Yo tampoco empecé a hacer preguntas. No después de la escenita de los dos cabrones.

Ella me dio finalmente la llave.

—Es por aquí, señor Ros —me indicó—. Al llegar al bar de la piscina, tome el camino de la derecha. El 523 es el segundo bungalow a la izquierda. Que tenga una feliz estancia.

Me dirigí a mi destino final pensando por primera vez en lo cansado que estaba y el sueño que tenía. Era de madrugada en España, pero lo mejor era que me habituara cuanto antes el horario cubano. Nada de dormir. Tampoco tenía mucho tiempo, y no quería perder la oportunidad de echar un vistazo al ambiente en mi primera noche. Encontré el bar de la piscina, en el que había cuatro turistas jóvenes y cuatro cubanas, muy a lo suyo, y por detrás vi la piscina. Mi bungalow era la parte baja de uno de dos plantas. Al entrar me golpeó de nuevo un aire acondicionado fuerte y directo, así que lo primero que hice fue buscar el aparato y apagarlo. Luego inspeccioné el lugar. Tenía un vestíbulo, una sala espaciosa, cocina, cuarto de baño y dormitorio con dos camas dobles. Un lujo. La sala comunicaba directamente con una terracita que, a su vez, daba también directamente a la piscina. En la terracita no faltaba una mesa y dos sillas.

Registré la habitación durante los veinte minutos siguientes, a conciencia, pero tal y como esperaba, no encontré nada. Mi desanimo se atemperó un poco dándome un baño. El agua de la piscina estaba muy cálida. Fue una bendición.

Diez minutos después de ducharme volvía a salir para cenar y ver el edificio principal del hotel. Para entonces, la recepcionista de antes ya no estaba en su puesto.

8

El Comodoro era lo suficientemente decente como para elevar un poco mi moral después de la primera impresión recibida tras mi llegada. Una pequeña playa, aunque nada que ver con la imagen del Caribe que se suele tener, una piscina a la izquierda y un restaurante cómodo a la derecha, unido todo por espacios abiertos y pasillos con algunas dependencias turísticas, una tienda de venta de postales y sellos y poco más. La vigilancia me chocó bastante. Si todo el mundo que no iba acompañado perseguía lo mismo, sexo, el celo para impedir el acceso de las chicas era excesivo. No sólo había que contar con el de la entrada al recinto, sino con los vigilantes de la puerta del hotel. A una chica que consiguió atravesar la primera barrera defensiva, la pararon ahí sin dejarla seguir. Iba tan apretada que amenazaba con romper el body si respiraba un poco más fuerte de lo normal y los pantaloncitos a la que se agachara para recoger algo del suelo. No tardé en comprender el juego. Oficialmente no hay prostitución en Cuba, así que para meter a una chica en la habitación lo más probable es que hubiera que pagar... o untar a alguien.

La discoteca, Havana Club Disco, se hallaba a la derecha según se salía del edificio principal, a unos treinta metros, discreta y apartada. Aún era temprano, así que no se veía movimiento. Una larga avenida estrecha de cemento conducía hasta su entrada. Regresé a los bungalows, donde me había parecido que la vigilancia era más relajada. Y lo era, al menos en recepción, pero al estar el lugar más abierto que el edificio principal del hotel, con una sola puerta de entrada, conté al menos tres vigilantes en los accesos y patrullando. Todavía no estaba preparado para hacer preguntas, por lo cual acabé yendo a cenar. El bufete libre era decente. La isla vivía bajo el bloqueo, sin nada, pero en los hoteles se comía bien. No me extrañaba que las jineteras no sólo quisieran un poco de dinero o de marcha: ligarse a un turista una semana representaba vivir a cuerpo de rey y comer tres veces al día.

Empecé a deprimirme, y eso que todavía no había hecho nada.

Fue al sentarme, con el primer plato servido, cuando se me acercó una camarera, blanca y bien alimentada. Le dije que de beber quería agua y entonces me fijé en la identificación que llevaba prendida del uniforme: Annia. Había una Annia en la libreta de Estanis.

—Perdona, ¿hay alguna otra camarera que se llame como tú?

—No —me miró dudosa.

—Es un bonito nombre.

—Ruso, como muchos de por aquí. —No parecía estar muy orgullosa de él—. Mi papá me lo puso.

—Annia, ¿conocías al hombre que murió en el hotel hace una semana? —le pregunté para detenerla antes de que se fuera.

Dejó de mirarme con inquietud y se puso completamente a la defensiva. No tenía que haber sido tan brusco.

—¿Quién es usted? —quiso saber con recelo.

—Un amigo suyo, nada más.

—¿Español?

—Sí.

Se relajó, pero todavía no bajó la guardia.

—No llegué a conocerle —manifestó—. Venía a comer y a cenar y nada más.

—¿Solo?

—Sí.

—¿Ninguna chica?

—No —repuso. Y luego agregó—: A los dos o tres días le pregunté cómo era eso, porque era el único que no parecía..., bueno, ya sabe. Me dijo que estaba escribiendo un reportaje. Yo...

—¿Qué? —la animé a seguir.

—Bueno, le pregunté a qué se dedicaba y me dijo que era periodista; entonces le pedí que lo contara todo, que escribiera cuanto veía, que lo necesitábamos mucho, para cambiar las cosas.

Me bastó con mirarla para saber sin necesidad de preguntar más. Iba a decirle que yo también era periodista, pero ya no pude hacerlo. Uno de los encargados la llamó, con gesto nervioso. Se apartó de mí y vi como la reñían por perder el tiempo con un cliente. Ya no le dije nada más, para no comprometerla, pero sus palabras revolotearon por mis oídos, y no únicamente por lo de que Estanis estaba solo, sin una compañía femenina, porque eso no significaba nada de momento, sino por su petición.

Acabé de cenar en veinte minutos, observando de tanto en tanto a Annia, que rehuía mirarme, y salí afuera, al espacio abierto frente al hotel y los bungalows, la avenida interior que enlazaba con la calle situada a un centenar de metros de distancia. Anochecía y se adivinaba el primer movimiento en esa calle. Caminé hasta ella y al asomarme afuera de su amparo vi a las primeras chicas, jineteras o lo que fueran, y también, al frente, a dos docenas de hombres y mujeres a la espera de los turistas para ofrecerles sus servicios, como guías o lo que fuera, y también para vender lo que vendieran. No me arriesgué. Tenía trabajo dentro, no fuera del hotel, así que regresé a mi bungalow con la única intención de coger dos fotografías, la de la chica solitaria y una de las tres de la segunda, aunque no precisamente la que iba en bragas. Cuando salí busqué directamente a uno de los vigilantes nocturnos. Lo encontré patrullando entre los bungalows y el hotel, es decir, por el camino más directo entre la discoteca del Comodoro y ellos. Me dirigió una mirada curiosa al detenerme a su lado.

—Hola —le dije.

—Hola —vaciló.

—¿Qué hay que hacer para llevarse a una muchacha a la habitación?

Se relajó.

—Darla de alta en recepción, señor. No está permitido...

—Oiga, a las cuatro de la mañana no voy a pasarme por recepción para dar de alta a una persona.

—Bueno, a esa hora yo estaré aquí. Con mucho gusto...

—¿Es el sistema habitual?

—Si puedo ayudar, ayudo. Usted me ayuda a mí con diez dólares y todos salimos ganando, ¿no cree? ¿Es español?

—Sí. Supongo que vienen muchos españoles por aquí, ¿no?

—Muchos, señor.

—¿Recuerda al que se murió hace una semana?

Reaccionó igual que Annia, no con miedo, sino con desconcierto y recelo. No esperaba la pregunta.

—No —mintió.

—Escuche. —No estaba para perder mucho tiempo—. No soy policía, sólo soy un amigo del hombre que murió. Sé que hubo al menos una chica con él, no al comienzo, pero sí al final. Me gustaría que me dijera algo acerca de ello. Si me lo cuenta a mí, se ganará esto. —Le mostré un billete de diez, y no es que fuera muy generoso, pero con tan bajo presupuesto por parte del periódico... Y de todas formas para un cubano ése era el sueldo de un mes—. Si no me lo cuenta tendré que ir a la policía y será más complicado. Porque usted no les dijo nada a ellos, ¿verdad? Oficialmente no puede dejar entrar a nadie que no sea cliente del hotel.

Sus ojos bailaron en la primera penumbra del anochecer, que rápidamente caía sobre nosotros. Miró el billete, y después a mí. Acabó cediendo, levantó una mano y lo cogió.

—Sólo hubo una chica —reconoció.

—¿Cuándo?

—Las dos últimas noches.

—¿La misma en ambas ocasiones?

—Sí, aunque su amigo no durmió aquí todas las noches.

Eso era nuevo.

—¿Dónde lo hizo?

—No puedo saberlo. Quizás en casa de una jinetera.

Saqué las dos fotografías y se las mostré.

—¿Es alguna de ellas?

—Sí, ésta —apuntó con un dedo a la chica de las tres fotos, la de las bragas rojas.

—¿La conoce?

—La he visto algunas veces por aquí —evadió una respuesta directa.

—¿Es habitual?

—Las jineteras no son prostitutas, señor —me dijo—. Vienen de tanto en tanto, bailan, se lo pasan bien, conocen a un buen cliente... y si les gusta, pueden acostarse con él. Ella suele hacer eso.

—¿Sabe su nombre?

Volvió a vacilar. Por una vez apartó sus ojos de los míos para mirar arriba y abajo del pasadizo entre los bungalows en el que nos hallábamos.

—No creo que la encuentre —inquirió.

—¿Sabe cómo se llama? —insistí.

—Maura.

El quinto nombre femenino de la libreta de Estanis. El único sin datos añadidos.

—¿Sólo Maura?

—Oí a su amigo que la llamaba así, por eso me acuerdo, pero puede que ni siquiera sea su verdadero nombre.

—¿Qué sucedió la noche en la que murió él?

—Nada.

—¿Nada?

—Pasaron por aquí, fueron a su bungalow, y eso es todo. Ella debió de irse después de hacerlo. No suelen quedarse a pasar la noche si no es para estar con el cliente más días.

—¿Cree que Maura tuvo que ver con la muerte de ese hombre?

—No, señor —fue terminante—. Ella no es más que una jinetera. Si no hay para comer, menos para drogas y cosas así. Las drogas debió de llevarlas su amigo.

—¿Vio a alguien más aquella noche?

—Verá, señor. Cada día entran veinte clientes nuevos, y cada día se van veinte clientes viejos. Yo les veo pasar, sé que son turistas, y eso es todo. No hago preguntas. Mi misión es vigilar que nadie robe en los bungalows y que no entren extraños. Los turistas no son extraños para mí. Aquella fue una noche tan normal como todas, y así se lo dije a la policía. No puedo contarle más a usted.

Era suficiente, así que le di las gracias y me fui. Por lo menos ya sabía lo más esencial: que Estanis sí había caído, y que la chica de las bragas rojas se llamaba Maura.

Ahora sólo tenía que dar con ella.

Allí, en La Habana, y en un par de días.

Rezongué por lo bajo y volví a la entrada, para ver a los dos vigilantes de la paz del Comodoro Hotel. Diez dólares habían refrescado la memoria del cuidador de los bungalows. En mi segundo intento tuve menos suerte. Ninguno de los dos reconoció a Maura, ni tampoco se traicionó cuando pronuncié su nombre. Si Estanis había entrado con ella como parecía, los vigilantes no tenían por qué decirle nada, ni molestarle. Eso lo hacían otros.

Comenzaban a llegar coches, con turistas, y también con mujeres, todas muy jóvenes. Decidí regresar a los alrededores de la discoteca para observar el ambiente y poner las baterías en marcha. Se suponía que ése era mi trabajo como periodista. Tampoco es que fuese muy complicado. En menos de una hora tenía ya un cuadro bastante exacto de cómo funcionaba el tema. Un enjambre de preciosidades, blancas, mulatas y negras, pero preferentemente mulatas, cuerpos flexibles, delgadas, pechos pequeños, ropa ajustada, arregladas sin excesos, tomaron el acceso asfaltado que conducía al Havana Club Disco. Muchas me miraban, pero ninguna se me acercó. Todas esperaban una seña, pero no la forzaban. A veces me tropezaba con una sonrisa, otras con una mirada directa, pero nada más. Supongo que ahí estaba la diferencia. Una prostituta te aborda, te lee la declaración de derechos, es decir, la tarifa: tanto por tanto. Las jineteras no. Eso me pareció lo más triste, la prueba de su realidad. Todas me parecían adolescentes, jovencitas, como las de las discotecas en España, buscando un poco de diversión, de baile. Sólo que ellas no tenían acceso a sus propias discotecas si no era con un turista. Ellas no podían pagar esa discoteca.

El turista sí. Y algo más.

Me fijé en ella cuando decidí pasar a la acción. Era negra, de labios enormes, carnosos. Llevaba un conjunto de cuello a pies que era como una segunda piel, de lo ajustado que le venía. Obviamente sin ropa interior, porque no había ninguna marca. Parecía tener algo de clase, llevaba un montón de collares y el cabello, muy largo, recogido en la nuca. Era una candidata tan buena como otra, así que me acerqué.

9

Hola —me sonrió al detenerme frente a ella.

—Escucha, no quiero sexo, sólo hablar. Tú quieres entrar dentro y tomarte un refresco, ¿no? Por mi parte ningún problema. Entramos, te invito y charlamos. A las dos en punto me voy y tienes el resto de la noche libre para hacer lo que quieras.

Se lo solté de golpe, así que su sonrisa se le congeló en los labios. Me miró como si estuviese chiflado.

—¿Oye, de qué vas? —me preguntó con el característico acento cubano, dulzón y saltarín.

—Soy periodista, español, y estoy haciendo un reportaje sobre la vida en Cuba.

No sé si me creyó, aunque como excusa estaba bastante bien. Pero se me cogió del brazo igualmente, pasando de todo. Desde que siendo adolescente alguien me dijo que las negras olían diferente, había querido estar con una. Lo primero que se me pasó por la cabeza fue que era mi oportunidad.

Aparté esa idea. Ella era un monumento, pero no mi tipo. Maura era mi tipo.

—Me llamo María Elena, ¿y tú?

—Miguel —mentí sin saber por qué.

—¿Y de qué quieres hablar?

No habíamos echado a andar, aunque ella me había cogido del brazo como si temiera que fuera a escaparme.

—De lo que haces, cómo vives de día, por qué estás aquí, quién eres...

—No hay mucho que contar, pero podemos hacerlo —continuó en el mismo sitio—. Dentro hay mucho ruido.

—¿Vienes mucho por aquí?

—De vez en cuando. Si tengo ganas de bailar...

—¿Sólo bailar?

—Si además conozco a alguien y me gusta... puede haber algo más, pero eso no depende de mí —se encogió de hombros con llaneza.

—¿Qué edad tienes?

—Veintitrés, y soy maestra.

—¿Ejerces?

—Ahora no. No hay trabajo.

—¿Tienes novio?

La pregunta le hizo gracia. Me miró como uno de capital mira al pardillo de turno que llega del pueblo.

—Tengo una hija de nueve años y un hijo de cuatro —me soltó así, como quien no quiere la cosa—. Pero soy libre.

Me quedé mudo.

Y en ese momento, como para aprovechar mi cara de pasmo, vi pasar por delante de mí a Natividad y Bernabé, mirándome con rostros de «ya lo decía yo». Con María Elena colgada de mi brazo, y yo tan recién llegado como ellos, la escena no admitía discusiones. Ni tenía desperdicio. Pasé de ellos, pero ellos no pasaron de mí. Tardaron una eternidad en llegar hasta la entrada de la discoteca, para luego dar media vuelta y volver a pasar por delante de nosotros, mientras yo fingía no verles.

—¿Te pasa algo? —quiso saber mi compañera.

—No, es que he llegado hoy y... ya sabes —evadí una respuesta directa.

—¿De verdad eres periodista?

—Sí.

Me sonrió, ensanchando sus enormes labios. Tenía un buen piano doble, arriba y abajo, sin teclas negras. Todas eran muy blancas. Los ojos eran agradables, firmes, tanto como el pecho que rozaba contra mi piel.

—Me gustas —reconoció.

No me hizo ninguna pregunta más. Así que continuamos hablando durante media hora, tal vez incluso una hora. Ya no tenía sueño. Y ella era inteligente. Reconozco que fue un buen interrogatorio. Me dijo que su hermano trabajaba en la zafra, a dos dólares el mes. Me dijo que Castro ya no tenía sentido. Me dijo que lo único que querían era comer y vivir como todo el mundo. No hablamos de a qué «todo el mundo» se refería. Finalmente yo mismo le dije si ya quería entrar en la discoteca, y me contestó que sí. Se cogió de mi mano y cubrimos la distancia que nos separaba de la entrada, pagué veinte dólares y cruzamos el umbral. Una música fuerte, salsera, fue lo primero que nos recibió. Después comencé a ver la Cuba de noche acerca de la cual tenía que escribir.

La Cuba que los españoles iban a buscar.

El local estaba ya lleno, a rebosar, con un enjambre de chicas muy jóvenes, como si las jineteras no pudieran tener más allá de veintitrés años, como mi María Elena, y un no menos nutrido enjambre de tipos no precisamente jóvenes, aunque algunos debían de rondar los veintipocos. Lo normal eran los cuarentones salidos, casi todos ya con su compañía, porque entrar allí solo era una estupidez si lo que se buscaba era un poco de rollo. En una mesa próxima a la pista vi un cuadro esperpéntico: un tipo bajito, calvo, con un ojo desviado, con una espantosa camisa a rayas y cara de locura suprema, rociaba con champán a una culebrita de no más de quince años. Una cría. Ella bailaba frente a él, frotando su pelvis contra el sexo de su compañero, con la ropa ya empapada y riendo sin parar. Cuando el champán se acabó, el hombre dejó la botella en la mesa y levantó una mano pidiendo otra. Había ya un camarero esperando. La culebrita, vestida de blanco, ceñida, se le echó al cuello y le pasó la lengua por la cara.

Miré a María Elena.

—Ven, vamos a pedir algo de beber —me arrastró hacia la barra, situada a la derecha de la entrada.

Pedimos dos Colas y esperamos. Mientras lo hacíamos seguí mirando a mi alrededor, incapaz de sustraerme al entorno. Comenzaba a darme cuenta de la belleza de la mujer cubana, al menos de las jóvenes, y comenzaba a comprender por qué Cuba era un imán para muchos, y un pozo sin fin para otros, los que acababan poniendo una cubana en su vida. Hay cierta frialdad latente en una prostituta, lo había visto en alguna ocasión, aunque jamás había pagado por una. Allí flotaba una magia especial. No diré que fuese ternura, pero tampoco había falsedad en los ojos, los gestos, los labios, las manos de muchas de ellas. Si no fuera porque sabía que al otro lado había un país moribundo, hubiera podido pensar que estaba en una discoteca de cualquier parte del mundo, con gente feliz.

María Elena señaló dos hombres, al otro lado de la barra.

—¿Ves a ésos? —me dijo elevando la voz para que pudiera oírla—. Son de tu embajada. Dos cabrones. Sacan sus credenciales de diplomático y prometen cosas. Tienen a las chicas que quieren.

Les observé. Tenían a dos preciosidades, mulatas ambas, una con el cabello muy corto y la otra con un escote muy largo. Uno bajaba un dedo en ese momento por el escote, mientras sonreía como un duro de película barata a su acompañante. No quise ver hasta dónde llegaba el dedo.

—¿Conoces a mucha gente aquí?

—No —manifestó—. Pero a esos...

—¿Conoces a esta mujer? —saqué la fotografía y se la mostré.

—No estoy segura, puede que la haya visto pero... no sé, diría que no.

—¿Te suena el nombre de Maura?

—No, ¿es el suyo?

—Sí.

—¿Quién es?

—Una amiga de un amigo mío.

—¿Le hizo un buen servicio y la estás buscando por eso?

—Ya te he dicho que no quiero sexo.

—¿Eres gay?

—No.

—Ven, vamos a bailar.

Las Colas llegaban en ese momento, así que esperamos; pagué siete dólares más, y las apuramos hasta la mitad. Luego las dejamos en la barra y caminamos hacia la pista. Nada más poner un pie en ella, María Elena se transformó, empezó a moverse como una de esas diosas negras de las películas americanas, con un ritmo y una cadencia tan cálidos como sus movimientos. Era imposible no mirarla, y más aún no pensar que podía hacer algo más, aunque seguía sin ser mi tipo.

El enano calvo del ojo desviado y la quinceañera se estaban intercambiando flujos salivares.

Los diplomáticos españoles de la barra otro tanto.

María Elena tenía uno de los mejores cuerpos que jamás hubiera visto en la vida. Poesía en movimiento.

Bailamos otra media hora, y tras eso regresamos a la barra, donde seguían, milagrosamente, nuestras Colas. Las apuramos y dimos una vuelta por la discoteca, a rebosar ya. Casi sin saber cómo, acabamos de nuevo en el exterior, debidamente marcados para poder volver a entrar, hablando de Cuba, de ella, de las jineteras.

—Aquí el sexo es distinto —le dije de pronto.

—Claro —reconoció—. Forma parte de nuestra vida, de nuestra manera de ser. Esto es el Trópico. Tenemos la sangre caliente. Si yo te gusto y tú me gustas, ¿qué tiene de malo acos tarse y hacer el amor? Y si tú te quedas a gusto y sabes que yo estoy en la necesidad, ¿qué tiene de malo que me des una propina y yo la acepte?

Todavía no eran las dos, pero me sentí muy cansado de pronto. Caminábamos, sin apenas darnos cuenta, en dirección a los bungalows. Me detuve y la miré rindiéndome.

—Será mejor que me vaya, María Elena. Gracias por contarme...

—¿Te vas? —se extrañó.

Comprendí que en ningún momento me había creído.

—Es tarde, y he llegado hoy. Para mí son las tantas de la madrugada, casi el amanecer en España.

—Estoy muy bien contigo, Miguel.

—Y yo contigo. ¿Quieres cinco dólares para un taxi?

—Dame un beso.

—¿Por qué?

—Dame un beso, y si después quieres irte, te vas.

No era como para negarse. No soy tan idiota. Por otra parte sentía curiosidad. La vi acercarse a mí, entreabrir sus grandes labios y luego... creo que sentí como si me chuparan, como si me absorbieran y me devoraran. No fue traumático, fue dulce, pero no me gustó. Tampoco me gustó que no me gustara, así que eso me hizo sentir aún más idiota. Medio mundo querría estar en mi lugar, libre, sin problemas, con una mujer como ella, y yo pasaba.

Al separarnos supo que era así.

—Déjame de nuevo en la puerta de la discoteca —suspiró un tanto desengañada, no sé si por mí o si era por ella misma—. No puedo caminar sola por aquí. Podrían detenerme.

Ya no le hice más preguntas, y unos minutos después, tras superar un segundo intento de retenerme a su lado y darle cinco dólares para su taxi de regreso a casa, me fui a mi bungalow.

El vigilante se extrañó al verme pasar por su lado solo.

10

Me desperté tarde, y fuera ya de la hora para desayunar, aunque sin excesiva hambre para hacerlo. Reconozco que dormí bien, sin problemas, a pierna suelta. No tomé una ducha: me puse el bañador, salí a la terraza, y de ella pasé a la piscina de los bungalows. Fue una bendición, un completo relax. Me permití el lujo de tirarme diez minutos en una tumbona, panza al sol, pensando en María Elena y en Ángeles y en un montón de cosas estúpidas. La mayoría de tíos del mundo sólo buscan dónde meterla, y yo, rarito, encima tenía que enamorarme. Así me iba. Porque yo ya me enamoraba, ya, y más desde mi separación, pero ellas no hacían lo mismo conmigo.

Empecé a preguntarme cómo me habría ido con mi hermosa maestra de veintitrés años, dos hijos y grandes labios chupadores.

Regresé al bungalow para ducharme y vestirme, y después de hacer lo primero, mientras me ocupaba en lo segundo, llamaron a la puerta. Tuve sólo tiempo de ponerme los pantalones, y sin nada por encima abrí liberando la cadenita de seguridad. Cada vez que abría una puerta me golpeaba de lleno el húmedo calor exterior, así que esta vez no fue menos, porque al levantarme había puesto el aire acondicionado. Frente a mí me encontré a la chica de recepción del día anterior, con carita de ángel. Lo comprendí al momento.

—Señor, mire —empezó a hablar de forma dulce—, usted ayer me pareció muy simpático, por lo que me dijo, y yo quiero agradecérselo. Usted va a comprar tabaco, claro, pero en la isla es caro para los turistas. En cambio yo puedo facilitarle algunas cajas, habanos puros, a mitad de precio que en las tiendas oficiales. Usted se beneficia, y yo también, porque ya sabe que necesitamos dinero.

A veces soy idiota. Más aún que por lo de María Elena.

—No fumo, lo siento.

—Pero tendrá alguien a quien regalarle unas cajas.

¿Paco? ¿Mariano? Había sacado setenta mil pesetas de mi cuenta y las había cambiado por algo más de quinientos dólares, pero tampoco eso era una fortuna, y menos para gastármela en tonterías. Sin embargo, tenía que hacerle unas preguntas a la recepcionista. ¿Y cómo llegar a eso si no tenía un gesto con ella? Encima me miraba con aquella carita de pena.

—Me quedaré una caja, para un amigo.

Ni que la hubiera pedido en matrimonio.

—Gracias, señor. Es usted muy amable. ¡Verá qué tabaco!

Iba a marcharse, a por la caja, imagino, así que la detuve.

—Espere, quiero preguntarle algo.

—¿Sí? —se extrañó.

La dejé en la puerta, fui a mi habitación y regresé con la fotografía de Maura vestida. Cuando se la puse delante le hice la pregunta.

—¿La conoce?

—No, no señor.

Era sincera. Se lo vi en la cara.

Después de todo, las jineteras que acompañaban a los clientes en la zona de bungalows no pasaban por recepción.

—Gracias, si recordara haberla visto...

Se marchó, sonriéndome sin parar, y acabé de vestirme. No pasaron ni dos minutos antes de que volvieran a llamar a la puerta. Imaginé que sería mi amiga, con la caja de puros habanos. Y ni le había preguntado el precio. Cogí unos dólares y regresé a la puerta, dispuesto a regatear. Pero cuando la abrí no me encontré con ella, sino con un ángel.

Y qué ángel.

Dieciocho, diecinueve, veinte años, ni idea. Cabello muy largo, ojos y labios parecidos a los de la chica que estaba buscando, Maura, aunque con mucha más sensualidad, un cuerpo también con más de todo, más curvas, más pecho, más carne perfectamente dispuesta sobre su anatomía. Y qué anatomía. Llevaba sólo una camisa de manga corta, sin abrochar, abierta, lo cual permitía ver desde su cuello hasta su tanga pasando por la parte interior de los pechos. No se le veían los pezones, pero su presencia dura y salida era manifiesta en los márgenes de la camisa. El tanga era lo único que tapaba su sexo. Un tanga minúsculo, de color carne, una especie de triangulito diminuto con dos tiras saliendo por ambos lados para unirse por detrás. Era no sólo preciosa, sino un pedazo de niña con todo lo de una mujer.

No sé qué cara pondría yo, pero la suya fue de pena, y su voz implorante lo mismo.

—Perdone, señor. Sabrá usted que en Cuba no hay jabón, que no tenemos más que un poquito cada mes y para todo, lavar la ropa, los niños, las personas... Sé que le parecerá raro, pero si fuera usted tan amable de dejarme bañar en su habitación. No sabe cuánto se lo agradecería, señor. Sólo bañarme y lavarme. Ni siquiera le gastaré mucho su jabón, aunque a ustedes, los turistas, les ponen el que haga falta. Créame que si no fuera por la necesidad que tengo de sentirme limpia no le molestaría.

Como escritor puedo imaginarme mil formas de contacto entre una mujer y un hombre, idear mil trucos, pensar en mil situaciones. Y juro que jamás se me habría ocurrido una como ésa.

Claro que estaba en Cuba.

La sola idea de tenerla desnuda en mi bañera, enjabonada, ya era demasiado. Pero sabiendo que me llamaría para que le enjabonara la espalda...

Traté de parecer correcto. A fin de cuentas, su imaginación para establecer un contacto se merecía un diez.

—Lo siento, pero iba a salir —respondí sin privarme, al menos, de su contemplación—. Probablemente cualquier otro cliente la dejará bañarse, aunque si no fuera así... Espere un momento.

Temí que se me colara dentro, porque fui al cuarto de baño dejando la puerta abierta, pero no lo hizo. Había como un pacto tácito, un respeto, que impedía el agobio. Me iba dando cuenta de ello y apenas llevaba unas horas en la isla. Cuando salí llevaba una pastillita de jabón de las del hotel. Yo de todas formas prefería el mío. Se lo entregué como mal menor y ella lo aceptó. Hubiera preferido otra cosa pero me sonrió con casi la misma gratitud.

—Gracias, señor, y disculpe la molestia.

Mi visitante sorpresa se cruzó con la chica de recepción, que ahora sí me traía la caja de puros. Fue una transacción rápida, limpia y sin discusiones ni regateos. En menos de veinte segundos ella se marchó con sus dólares y yo me quedé con mis habanos. Ya no esperé más. Salí del bungalow decidido a buscar la camarera que se ocupaba de hacer las habitaciones. La encontré en la misma callecita, un poco más arriba, limpiando el bungalow 537. Ni siquiera tuve que entrar dentro, porque la muchacha, joven como la recepcionista aunque mucho más enorme, atendía su carrito en la misma entrada del bungalow.

—¿Podría hacerle unas preguntas? —la abordé sonriendo.

Mi sonrisa no la engañó. Me observó con cierto comedido interés pero poco más.

—Sí, señor. Diga.

—¿Fue usted la que encontró hace unos días el cadáver del hombre del bungalow 523?

La cara le cambió por completo. Una mezcla de miedo y extrañeza la dominó.

—¿Quién es usted? ¿Qué quiere? —dijo muy rápidamente.

—Soy español, y amigo del hombre que murió. No tema, sólo me gustaría saber qué pasó. La policía no nos ha dicho mucho.

Pareció relajarse, pero sin bajar la guardia. Tenían demasiados problemas en sus vidas como para, encima, ocuparse de los problemas de los demás, aunque fuesen los de un hombre muerto. Se encogió de hombros, con el ceño fruncido, y me contestó:

—¿Que puedo decirle yo? Abrí la puerta para limpiar la habitación y hacer la cama, como cada día, después de llamar para asegurarme de que no hubiera nadie, entré y lo encontré muerto.

—¿Dónde estaba él?

—En la salita, caído en el suelo.

—¿En qué parte de la salita?

—Entre la mesa y una butaca.

Si se hubiera pinchado estando sentado, como era lo normal, no tenía por qué haber caído al suelo.

Fue un simple flash.

—¿Le pareció que hubiera alguien más con él?

—No entiendo.

—¿Había rastro de alguna mujer?

—No, no señor —negó con la cabeza—. Si ese hombre tuvo compañía por la noche, ella ya debió irse. Las jineteras se marchan una vez terminado el... servicio.

—¿Vio unas bragas rojas?

—¿Cómo dice?

—Olvídelo.

—Si quiere saber si su amigo tuvo compañía, debería preguntar al servicio de noche, no a mí.

—¿Qué hizo al encontrar el cadáver?

—Nada —dijo con abierta sinceridad—. Salí corriendo, avisé en recepción, y cuando llegó la policía les dije lo mismo que le acabo de contar a usted. No hubo más y eso fue todo.

—Gracias, ha sido muy amable —me despedí.

Di media vuelta, caminando despacio, y sentí su mirada fija en mi nuca hasta que doblé la primera esquina de la senda que bordeaba los bungalows. El resultado era el que yo me temía, pero no por ello me sentía más desilusionado. Existía una jinetera llamada Maura, eso era evidente. Pero nada más. Hallar una conexión, una razón para que le mataran, o el motivo, si es que no fue un accidente, podía llevarme toda la vida.

Y eso que empezaba a sentir un morboso interés por los cubanos.

Salí fuera del conjunto de bungalows y caminé hacia la docena de coches aparcados junto a la avenida interior del recinto hotelero. Había tres taxis de Cubanacán, la compañía oficial de turismo cubana, pero el resto ofrecía el inequívoco perfil de la piratería. Las anotaciones de Estanis eran claras: «taxi oficial 10 dólares carrera». Los taxis piratas podían costar la mitad por todo el día.

El primero al que me acerqué no esperó a que le preguntara.

—¿Taxi, señor?

—Estoy buscando a Armando —dije.

—¿Armando? ¿Qué Armando?

Se aproximó otro hombre. El primero le dijo:

—Oye, ¿conoces tú a un tal Armando?

—No.

El resto de taxistas piratas ya estaba cerca. No hizo falta repetir la pregunta. Uno de ellos, un hombre delgado, cabello gris, bigotito gris, pantalones grises y camisa blanca, asintió con la cabeza a menos de seis pasos.

—Yo sé quién es Armando —dijo—. Pero no le veo hace días.

Hubo una breve discusión entre ellos. Por lo visto Armando tenía un coche blanco. Alguno más puso cara de recordarle. Me dirigí al que sabía quién era.

—Sería muy importante que le localizara, y podría dar una buena propina al que lo hiciera —les abarqué a todos con la mirada—. Mañana por la mañana, a las diez, estaré aquí mismo. Si le ven...

Ya estaba dicho. Ahora de lo que se trataba era de ver quien se ocupaba de mí. El que primero se me había acercado, como si entre ellos se mantuviera un pacto de respetuosa prioridad, fue el que se interesó de nuevo por el tema.

—¿Quiere que le lleve a alguna parte, señor?

Era hora de salir del Comodoro, así que le dije que sí.

11

Me hizo sentar a su lado, delante. Lo comprendí al momento.

—Si nos para un policía, recuerde que usted y yo somos amigos. ¿Adónde quiere ir?

—Al centro de La Habana Vieja. A la calle Muralla esquina con Villegas.

El taxi enfiló la avenida, salimos por la entrada del recinto hotelero y tras otro tramo vertical a ella giramos a la izquierda. Había una enorme iglesia a mano derecha, un templo de grandes dimensiones, con una cúpula en la parte de atrás, pero con una valla metálica rodeándolo. A lo largo de varios minutos transitamos por un bulevar espacioso, con casas ajardinadas que, en otro tiempo, debieron de haber sido señoriales. El taxista no volvió a abrir la boca hasta un poco después.

—Ahí fue donde se encerraron aquellos compañeros hace dos meses, señor. En los jardines de la Embajada.

—Está mal la situación, ¿verdad? —dije tras girar la cabeza.

—El bloqueo nos está matando —fue directo.

No era el más comunicativo de los que había conocido, y deduje que era porque me miraba con cierto recelo. Traté de averiguarlo.

—En España seguimos muy de cerca lo que les pasa.

—¿Está usted aquí de turismo?

—Soy periodista.

—Se me daba que iba de camuflaje —reconoció—. Lleva una guayabera normal, unos pantalones normales, un reloj barato, y con esa piel oscura y la barba, podría pasar por cubano.

Le vi más cómodo, pero no por ello el diálogo fue más fluido. Deduje que el hecho de darle unas señas concretas cerraban la posibilidad de mantenerse a mi lado todo el día, que era lo que más debía de interesarle. A medida que nos acercábamos a La Habana Vieja empecé a ver a mucha gente con el dedo pulgar levantado, pidiendo transporte.

—No hay guaguas —explicó mi chófer—. Ellos hacen botella para que les recojan.

Lo de guagua me sonaba. En Canarias también llaman así a los autobuses. Lo otro, no.

—¿Botella?

—Autostop lo dicen ustedes allá. —Señaló un edificio bajo, feo, a nuestra derecha—. Ésa es la oficina de asuntos americanos.

Delante de la oficina había un enorme mural con dos dibujos y un lema. El dibujo de la izquierda presentaba al Tío Sam, sacando las uñas, con la cara deforme y gritando un amenazador «GGRRR». El de la derecha era el de un miliciano cubano, con un fusil, sonriendo y retándole. El lema entre ambos, en grandes letras rojas, decía: «Señores imperialistas, ¡no les tenemos absolutamente NINGÚN MIEDO!».

No fue la única pintada que vi. Comenzaron a proliferar en todas las paredes, grandes, enormes. «¡VENCEREMOS!», «Con CUBA para todos los tiempos», «¡Síguenos!». Eran algo más que consignas, y en cierta forma se me antojaron viejas, antiguas. Más bien parecían gritos de rabia, de desesperación, de resistencia por algo en lo que ya no se creía, porque es muy difícil creer en algo con el estómago vacío. Por si fuera poco, empecé a ver la auténtica realidad cubana, las colas de varios metros, con cartillas de racionamiento, frente a tiendas en las que no había absolutamente nada. Le hubiera preguntado a mi taxista, pero confiaba más en Omar o en Armando, los mencionados en la libreta de Estanis. Así que cuando me dejó en la esquina de Muralla con Villegas le di cinco dólares y se marchó.

Di con la casa del tal Omar a la segunda. En el primer patio en el que me metí me dijeron que allí no era, que preguntara enfrente. Con sólo dar unos pasos el sudor empezó a impregnarme la piel, a empaparme la camisa, la guayabera, como decían ellos. El sol caía de lleno, sin proyectar ningún tipo de sombra. El lugar por el que me metí tenía una entrada en forma de arco tras la cual se veía el patio interior del edificio, con la escalera a la izquierda. Ropa tendida, restos de una clase olvidada, y la constancia de que, en todas partes, faltaban manos y más manos de pintura, y mucho cemento para tapar grietas o ladrillos para reconstruir las paredes que se caían. Pese a todo, la sensación era cálida, agradable. Niños correteando, mujeres con rulos de colores en la cabeza, y ninguna expectación por mi presencia. Empecé a sentirme cómodo.

—¿Vive aquí Omar?

—Arriba, en el segundo piso.

Le di las gracias y subí. Cada piso tenía una balconada interior. Tuve que preguntar una segunda vez antes de dar con la puerta adecuada. Estaba abierta y dentro había dos niños de corta edad, tres años uno y como cinco o seis el otro. No tuve que preguntarles nada a ellos, porque apareció una mujer de unos treinta años; pasada la juventud era como si las cubanas envejecieran rápido. Tenía la piel blanca, el cabello corto y un generoso pecho. Se me quedó mirando con algo de expectación mal medida.

—Busco a Omar —le dije.

No me preguntó por qué, ni quién era yo. Salió afuera, miró hacia abajo y pegó un soberano grito:

—¡Búsquenme a Omar, que aquí piden por él!

Volvió junto a mí y me señaló una silla, dentro del piso.

—Puede esperarle aquí.

—Gracias.

No me senté. Preferí echar una ojeada al conjunto, aunque no había gran cosa que ver. Retratos antiguos en las paredes, muy pocos muebles, una mesa y tres sillas viejas, unas estanterías hechas con piedras y tablas, unos escasísimos libros... Los dos niños se me acercaron mirándome con ojos curiosos. Pensé en mi hijo y dejé que mi mano derecha acariciara la cabeza del más pequeño.

—¿Le gustan los niños? —oí preguntar a la mujer.

—Sí, mucho.

—¿De dónde es usted?

—De España.

Vi que le cambiaba la cara. No me dijo nada más y salió del piso. Durante dos minutos me quedé solo con los críos. Fue un soplo de tiempo. La mujer volvió a entrar, ahora acompañada por un hombre bajo y tan delgado como la mayoría de cubanos. El hombre, que iba en camiseta, se me acercó y me tendió la mano derecha. Llegué a pensar que se trataba de Omar. Me equivoqué.

—Me dice Sara que viene usted de España.

—Así es.

—¿Regresa pronto a su país?

—En un par de días.

Tenía los dos niños cerca. Cogió al mayor y lo puso delante de él, frente a mí. Noté un parecido evidente.

—Lléveselo.

Creo que le comprendí al instante, pero aún así mi cara reflejó sorpresa.

—¿Cómo dice?

—Lléveselo, por favor —me pidió—. Es muy bueno, y listo. Se llama Esteban. Estamos esperando otro, y si la cosa está difícil con dos, imagínese con tres. Sé que en España estará bien.

No me conocía. No sabía quién era ni lo que hacía, pero me estaba dando a su hijo.

No puedo explicar lo que sentí en ese momento, pero deseé estar muy lejos de allí, al otro lado del mundo.

—No puedo llevarme a su hijo, yo...

Su rostro era expectante, y me miraba como si fuera un Dios. No fue fácil convencerle de que era imposible. Sin embargo, con la misma sencillez con la que apareció y me pidió que adoptara a su hijo, me dio las gracias por atenderle y se marchó. Creo que hubiera echado a correr en ese momento de no aparecer Omar por la puerta.

—¿Me buscaba, señor?

Era joven, unos veintiún o veintidós años, de rostro agradable, cabello corto y no muy alto. Claro que yo todavía estaba conmocionado por lo que acababa de pasarme. Tenía el estómago vacío, las piernas de cristal, le mente en blanco y una sensación como jamás había sentido en la vida. Le dije que sí, y busqué la forma de reordenar mis ideas. Quería irme de allí cuanto antes, así que le dije directamente:

—Soy amigo de Estanis Marimón.

No tuve que repetírselo ni darle más detalles. Sonrió.

—¡Oh, sí, el señor Estanis! Fui su guía no hace mucho. ¿Le recomendó él que viniera a verme para que le guiara?

—¿Podemos hablar?

—Sí, por supuesto —enmarcó las cejas—. ¿Quiere sentarse?

—Prefiero caminar.

—De acuerdo.

Salimos fuera. En la parte exterior vi a la mujer. Mientras bajábamos por la escalera, mi nuevo «amigo» no perdió el tiempo.

—Es mi cuñada —señaló hacia arriba—. No es jinetera, pero creo que usted le gusta. Si le interesa...

Suspiré demasiado enfáticamente. Omar se calló. Yo tampoco me anduve por las ramas. En cuanto salimos a la calle y pese a que de nuevo sentí el azote del sol, me detuve y se lo dije.

—Estanis Marimón murió en extrañas circunstancias aquí, en La Habana, hace una semana.

Lo acusó. Abrió los ojos y se quedó más tieso que un palo.

—¿Se refiere usted al periodista español?

—El mismo.

—Pero... —le costaba creerlo.

—Yo también soy periodista, y me gustaría saber qué le pasó.

—¿Cómo murió su amigo?

—Encontraron junto a su cuerpo una jeringuilla con heroína.

—¿En serio? —su cara era de incredulidad.

—¿Estuviste muchos días con él? —le tuteé buscando una mayor complicidad.

—Sólo uno —me informó—. Le vi por la calle, solo, me acerqué, me ofrecí a servirle de guía, me dijo que de acuerdo y eso fue todo.

—¿Que hicisteis?

—Nada, pasear, ver cosas. Le pedí que alquilara un carro para irnos con algunas muchachas por la noche, pero me dijo que no.

—¿Puedes llevarme a los mismos lugares por los que él estuvo?

—Sí, claro.

—Te pagaré, por supuesto.

—Bien, de acuerdo —asintió con la cabeza.

—Es decir, si no tenías nada que hacer ahora mismo.

—¿Bromeas? —su sonrisa fue muy pesarosa—. Aquí no hay nada que hacer. Yo soy licenciado, tengo dos carreras universitarias, pero no hay trabajo para que pueda ejercerlas. Y no quiero trabajar en la zafra ni en nada por lo que me paguen una miseria. Gano más con un turista como tú al mes.

Echamos a andar, no muy deprisa, y no volvimos a hablar hasta un minuto más tarde. Me dejó la iniciativa porque sabía que si estaba allí era por una razón.

—¿Adónde llevaste a mi amigo? —quise saber.

—Al Museo de la Revolución, a la plaza de la Catedral, la de Armas, la Bodeguita del Medio... Puro turismo.

—Me has dicho que iba solo pero... ¿te habló de alguna chica?

—No, no me pareció de ésos. De hecho me extrañó que quisiera ver el Museo de la Revolución, y que se negara a que le llevara por la noche a algún lugar para que se divirtiera. Pero luego me dijo que estaba trabajando y lo entendí.

—¿Mencionó en alguna oportunidad el nombre de Maura?

—No.

Saqué la fotografía y se la enseñé.

—No la conozco, pero es preciosa —reconoció antes de agregar, cogiendo la oportunidad al vuelo—: ¿Querrás tú alquilar un carro? Puedo presentarte a muchachas tan bonitas como ésa, y no son prostitutas. Si les gustas puede que se acuesten contigo, y si tú quieres les das luego una propina.

—Yo tampoco busco eso, Omar —le advertí.

—Pero un poco de diversión por la noche... No habrás estado en Cuba si no has estado con una cubana.

En menos de veinticuatro horas una me había besado y otra se me había presentado casi tal cual, para ducharse conmigo. Eso para empezar. ¿Que pasaría si aparecía una que realmente me dejara sin aliento, lo que yo llamaba siempre «mi tipo», aunque allí más bien fuera «mi sueño»?

—¿Recuerdas alguna conversación fuera de lo normal con mi amigo? —evadí el tema.

—Me hizo muchas preguntas acerca de la situación, la última subida de precios, por qué aguantábamos tanto, los españoles que venían por aquí... Nada especial teniendo en cuenta que era periodista. Le interesaban mucho las cosas de tipo sexual.

—Es que ése era su trabajo. Hacer un reportaje sobre el sexo.

—Me lo dijo —resopló como si algo que recordara le hiciera gracia—. Me preguntó qué hacíamos aquí los jóvenes si no hay cines más que con viejas películas en blanco y negro, ni teatros, ni nada bueno en una televisión que sólo emite cuatro o seis horas diarias. Le contesté que cuando un chico y una chica se conocen, hacen el amor, porque aquí es la mejor forma de pasar el rato, y el sexo es mucho más libre que en España, más natural. De ahí que las jineteras sean simplemente muchachas con ganas de pasarlo bien. No se venden por dinero, aunque también haya prostitutas que se hacen pasar por jineteras. En cuanto a los españoles..., cualquier cubana daría lo que fuera por enamorar a uno de vosotros. Desde aquí vemos España como un paraíso. Y todas tienen mucho amor que dar, ¿sabes, amigo? Por cierto —me iba cogiendo confianza—, ¿cómo te llamas?

—Daniel.

—¿Quieres tomar un refresco, Daniel? Conozco un bar que está bien, para turistas, pero barato. Si hemos de estar todo el rato caminando...

Creo que era capaz de sacar dinero de debajo de las piedras, pero no me importó.

12

Tomamos dos cervezas en un bar de la calle O'Reilly, delante de una casa medio en ruinas en cuyo portal estaba sentada otra mujer llena de rulos en la cabeza. Pero sólo o con Omar, nadie reparaba en mí más allá de la curiosidad natural. Tal vez fuera de «camuflaje», como me había dicho el taxista pirata, pero en pocos lugares del mundo me había sentido mejor, más tranquilo. La persistencia del bloqueo en mi mente era otra cosa. Tampoco en ningún lugar del mundo me había sentido más parte de un país que allí. Como para darle una patada entre las piernas al primer yanqui que viera. Después, al echar a andar de nuevo, por zonas más «céntricas», los golpes de la realidad fueron impactándome uno detrás de otro. Zapaterías con exactamente tres zapatos —ni siquiera tres pares, uno de cada— en el escaparate, tiendas de discos cerradas con algunas portadas muy viejas quemándose al sol, puestos callejeros tan pintorescos como uno de «rellenado de mecheros» como alternativa de subsistencia, librerías con escasos libros, todos usados, y limitados únicamente a biografías de Fidel o el Che, más algún tratado de Marx, otras librerías sin libros con un rótulo muy alusivo: «Si tienes un libro, no seas egoísta, compártelo»... Y por todas partes enormes edificios en otro tiempo señoriales y ahora resquebrajados, enrejados maravillosos oxidándose al sol, coches inservibles de marcas pretéritas como Buick, Studebaker o Chevrolet.

Además de las colas.

Colas en tiendas vacías, en cruces de avenidas a la espera de un transporte, en calles sin direcciones porque todas conducían a la misma nada.

«¡Venceremos!»

Lo que comenzó como la gran aventura de la libertad en Sierra Maestra se había convertido en el juicio de todo un pueblo, aunque tal y como dijera el propio Fidel en 1953, mucho antes de que entrara victorioso en La Habana el primero de enero de 1959, «La historia me absolverá».

Parecía haber llovido mucho desde entonces.

Omar no sabía nada de Estanis, una posibilidad perdida, pero ya que me encontraba allí, decidí hacer turismo, ver y sentir, así que continué a su lado, siguiendo el itinerario que mi amigo había seguido, mientras el impacto de la realidad cubana seguía abriéndome en canal. En el Museo de la Revolución, antes el antiguo palacio presidencial, vi las fotografías y esa historia, que lo absolviera o no, tanto me impactó en la infancia. Fidel y el Che, los últimos guerrilleros, la última esperanza libertaria del siglo XX, el canto del cisne de los viejos progres de los años sesenta como yo. Todo el Museo de la Revolución, lo mismo que el Memorial Granma, junto al Museo Nacional, con el viejo Granma, el barco con el que Castro había llegado a Cuba desde su exilio mexicano el 2 de diciembre de 1956, desembarcando en playa Las Coloradas para iniciar la lucha guerrillera, era un canto, una loa a Fidel y al castrismo, al anticapitalismo y la suma expresión de una izquierda perdida, especialmente tras la caída del Muro y el fin del comunismo en la Unión Soviética. Quizás si hubiera visto ese museo diez años antes, sólo diez años antes, me habría extasiado, emocionado, sintiendo vibrar en mí el fuego de mi adolescencia en la segunda mitad de los sesenta. Pero ahora, en la Cuba en la que estaba, todo se me antojaba pasado, prehistoria. Las mismas fotografías tenían la pátina ocre de lo que un día fue. Si hubiera podido coger una de esas fotos, y estrujarla, en lugar de crujir habría llorado, seguro. Ésa era su esencia.

Al salir del Museo de la Revolución y el Memorial Granma, pasamos por la plaza de la Catedral, con sus bares acolumnados, sus piedras negras, el Museo Colonial, y unas mujeres ataviadas con trajes típicos, para las fotografías de los turistas. La Bodeguita del Medio estaba cerca, pero no tenía hambre, así que le pedí a Omar seguir. Y Omar me llevó a la Plaza de Armas. Allí me dijo que Estanis había comprado un libro, en una librería turística, y también había hablado con uno de los de dentro.

—Es un espía, seguro. Se lo dije a tu amigo. Si no, ¿por qué lleva una cámara fotográfica al hombro? Se hace pasar por turista, pero es del Partido.

Era del Partido. Husmeé entre los libros, se me acercó, me preguntó, y al decirle que era periodista y escritor, por un extraño morbo que no quería disimular, levantó su puño izquierdo al aire y me gritó:

—¡Compañero, viva la Revolución!

Periodista y escritor, igual a hombre de izquierdas.

¿Ingenuidad o...?

Me habló de ideales, de resistencia, de bastión del comunismo frente al imperialismo. Y yo pensaba en los dos niños y el hombre que me quería dar uno, y en María Elena, mi primera jinetera, y en la de la ducha, y en la recepcionista que vendía puros, y en los dos cretinos españoles que se pusieron a gritar porque se veían capaces de comprar el mundo desde su impotencia capitalista.

La Revolución había sido en los cincuenta.

Pero no se lo dije.

Al salir de la librería de la plaza de Armas, en la que por cierto se estaba rodando una película de época, volvimos a la plaza de la Catedral, y de ahí a la calle Empedrado. La Bodeguita del Medio, famosa por su vinculación con Ernest Hemingway y donde sus paredes están llenas de firmas sobre firmas sobre firmas de todos los que han pasado por ella, se encuentra en el nº 207. Bajo un letrero amarillo con letras negras, rodeada por vendedores a la caza de los turistas, su puerta me pareció un acceso al pasado, un túnel del tiempo. Todos los turistas de La Habana debían de estar allí, o acababan de estar allí, o caminaban hacia allí. Tuve suerte teniendo en cuenta que iba solo, porque Omar no quiso entrar a acompañarme. Ningún «guía» lo hacía con los turistas a los que había «adoptado» caminando por la calle. Así que me senté en una mesa del patio, bajo un arco formado por cuatro cristales triangulares de colores, y un hombre extendió delante de mí un pequeño mantel de papel con la variedad de platos. Descubrí que ahora sí tenía hambre y pedí frijoles negros, arroz blanco y pollo cacerola. Había oído hablar del pollo de la Bodeguita. Mientras bebía una cerveza trigueña leí el soneto de Nicolás Guillén impreso en el mismo mantel de papel. Un soneto dedicado a la Bodeguita y a su fundador, Ángel Martínez, que la puso en marcha en 1942. La segunda estrofa decía:

Hártase bien allí quien bien abona
plata, guano, parné, pastora, guita,
más si no tiene un kilo y de hambre grita,
no faltará cuidado a su persona.

Me estaba poniendo sentimental, nostálgico, críptico, como si el peso de la historia empezara a recaer sobre mí, como si lo que llevaba viendo y asimilando de Cuba ya me estuviese afectando, pero al mismo tiempo sabiendo que lo que estaba por llegar podía ser peor. Y encima tenía lo de Estanis. No era el mejor lugar del mundo para morir, aunque la imagen de Maura con el cuerpo desnudo y sus bragas rojas me persiguiera implacable cada vez que pensaba en él. Me conozco, y sé que me estaba pasando algo, algo que no me gustaba. Iban cayendo pieles a mi alrededor, desnudándome, dejándome en carne viva. Me pueden los sentimientos, y me estaba pudiendo el maldito bloqueo, Cuba, las jineteras...

Me sentí muy solo.

A mi alrededor la gente hablaba inglés, francés, alemán y algunos hasta español, pero no eran españoles, sino argentinos, mexicanos, chilenos y demás. Todos engullían pollo, puerco frito, puerco asado, picadillo, tasajo o postres de dulce con almíbar. No es que lo reconociera: es que ésos eran los platos del menú. Me pregunté si toda aquella gente sentía lo mismo que yo, o si por el contrario hacían turismo pasando de la realidad cubana. Casi aposté por esto último. La gente no se rompe la cabeza complicándose la vida. Si van a Cuba de vacaciones, van a Cuba de vacaciones. Sol, playas, chicas o lo que sea. Después se van a sus casas sin haber hablado con nadie, sin tener ni idea de lo que está pasando, y si la tienen, pensando que su parte ya está cumplida llevando dólares y divisas. Curiosa circunstancia.

La comida estaba buena, y el ambiente era plácido. Rodeando el pequeño patio en que me encontraba, había galerías con mesas, y en las paredes grandes y pequeños marcos torcidos llenos de fotografías también dedicadas. Fotografías en blanco y negro en su mayoría. No quedaba espacio para más firmas en ninguna parte salvo en las alturas inaccesibles de esas paredes, no así en las mesas, pero la gente se empeñaba en buscar un hueco para dejar impreso su nombre. Algunos rascaban lo que se había escrito para borrarlo y poder escribir en su lugar. Todos se guardaban el menú como recuerdo sin dejar de pedir mojitos. Algunos remataban con un buen café criollo. La Bodeguita del Medio era La Habana Vieja.

Al terminar de comer salí afuera. Omar me estaba esperando en la acera de enfrente.

—¿Qué te ocurre?

—Nada —mentí.

—Necesitas compañía. ¿Estás seguro que no quieres alquilar un carro y...?

—Omar. No.

—¿En qué hotel estás?

—En el Comodoro.

—Tiene una buena discoteca, y hay muchas chicas, aunque yo podría llevarte a otros sitios para que pudieras elegir. Vamos, amigo. ¡Esto es Cuba!

Era un buen tipo, pero le habría zumbado para que no siguiera hablándome de ello.

13

Tenía ganas de regresar al hotel, pero al mismo tiempo sabía que era mi última oportunidad de hacer el turista y patearme La Habana, así que volvimos a caminar. Sin saber cómo, me encontré delante de la Embajada de España, realmente un bello edificio colonial, con arcos en la planta inferior, balconadas acolumnadas en la esquina y una enorme parabólica en la azotea. Había mucha policía abajo, demasiada. Más que vigilarla para protegerla se la defendía de una posible invasión de cubanos decididos a poner en un brete al régimen de Castro. Estuve tentado de entrar y preguntar por quienes habían llevado el caso de Estanis, pero me dio en la nariz que sería tiempo perdido, así que pasé. La versión oficial era la versión oficial y sería la versión oficial. Omar tampoco me dijo nada. Llegamos al Castillo de San Salvador de la Punta y a mano izquierda me encontré con otro de los símbolos de La Habana Vieja: el Malecón.

Aquí, la razón de que los edificios parecieran azotados por la mano de un vendaval estaba justificada. Me la dio Omar antes de que yo preguntara.

—La Gran Ola le pegó fuerte al Malecón hace unos años. Vino de cara, y sólo dio tiempo a que la gente se marchara.

La Gran Ola.

El Malecón lo formaban distintas capas o centros de atención. Primero, las rocas, porque no había playa, sólo rocas separando el mar del muro que protegía el paseo principal. La distancia entre el agua y el paseo no era mayor de una decena de metros en sus partes más anchas. El paseo tenía una generosa acera, con algunos miradores más anchos, y luego seguía la calzada, amplia, por la que circulaban los escasos vehículos que estaban en condiciones de hacerlo. Al otro lado, se alineaban las casas, la mayoría de dos o tres plantas, con sus colores ya perdidos, azules, cremas, rosas, verdes, todos ellos uniformados por el desgaste y la embestida del temporal que se llevó otra parte de su identidad. Lo más curioso del Malecón, sin embargo, eran los pescadores de las rocas.

No hacían como todos los del mundo, sentarse y tirar sus cañas. Se internaban en el agua, a diez, veinte o treinta metros, con unos enormes neumáticos negros hinchados sobre los que instalaban una tabla de madera, y encima, aseguraban una silla. Pescaban sentados con un relajamiento que ya me era habitual en todos los cubanos. La prisa no existía. No había mucho que hacer, ni mucho por lo que correr. Y no era sólo por el calor.

—¿Hay algún local donde por la noche pueda oírse música en vivo?

—Hay muchos locales, pero en todos la música está enlatada. No se puede pagar una orquesta o un grupo. El mejor era el Maxim´s, detrás del Hotel Riviera, pero hace ya mucho que no tiene música en vivo.

Era una pena. La trova cubana, el son, la salsa y los demás estilos caribeños también huían de la isla. Mi única solución si quería ver un espectáculo nocturno era irme al Tropicana, como cualquier turista. No se lo dije a Omar. Sabía que era capaz de pegarse a mí como una lapa. De vez en cuando me miraba como si se preguntara qué hacía un tipo como yo, solo, en Cuba, sin ganas de marcha.

Yo también me lo preguntaba.

Nos sentamos en el Malecón y aproveché el tiempo. Durante una hora hablamos de la situación, y Omar se fue abriendo más y más, despacio, hasta soltar todo lo que tenía en el buche. Me habló de la división interna del país, los que defendían la Revolución y su espíritu por encima de todo y los que optaban por un cambio. Me habló de lo que podía pasar si moría Fidel y le sustituía su hermano Raúl. Me habló de lo que había sucedido desde que los cambios en la Unión Soviética dejaron sola a Cuba, sin acuerdos preferenciales y sin nada, sin gasolina a cambio de azúcar y demás ayudas. Fue una conversación instructiva, realista, pero en cierto modo deprimente. Le pregunté a Omar qué podían hacer y me miró con una sonrisa muy triste.

—¿Hacer? ¿Qué podemos hacer en una isla? ¿Sabes que ayer se voló una fábrica? Pues así es. Nadie ha dicho nada, y en los alrededores del lugar se ha querido vender la idea de un accidente. Pero fue una bomba. Lo malo es que no hay para comer, así que menos hay para bombas, o para cualquier tipo de armas. Esto no son los cincuenta, Daniel.

—Pero si esto se termina, volverán los americanos.

Omar no había conocido la Cuba de Batista, así que me miró sin hablar, como si me preguntara «¿Y qué?». Me recordó la España de los nuevos adolescentes, los que no han conocido la dictadura de Franco y dicen que en los cuarenta, y en los cincuenta, y en los sesenta, no había paro ni escándalos políticos ni terrorismo ni...

La libertad es como un huevo. Hay que romper la cáscara para hacerte una tortilla.

—Ha sido un día muy instructivo, Omar —me puse en pie dispuesto a regresar al hotel.

—¿Te marchas ya?

—Sí —saqué de mi bolsillo diez dólares y se los di.

—Te acompaño al hotel. —No los cogió.

—Puedo parar un taxi.

—Un taxi te cobrará diez dólares. Yo llamo a uno y le das ocho. Cinco para el taxista y tres para él.

—No quiero que pierdas el tiempo.

—No tengo nada más que hacer. —Acabó cogiendo los diez dólares con pesar, y lo probó por última vez—. ¿De verdad no quieres que te lleve a...?

—No.

—¿No serás... ? —vaciló—. También puedo llevarte a lugares de muchachos muy guapos.

—No soy gay —le aclaré.

Se dio por vencido, y en menos de un minuto ya estaba hablando con un taxista pirata. Nos subimos al coche los dos y a través del Malecón, bordeando la costa, llegamos a la zona de mi hotel. El coche, viejo como todos, aparcó en la parte exterior, discretamente, y me despedí por fin de mi guía después de darle los ocho dólares al taxista. Mientras bajaba calle abajo, empezaron a rodearme hombres y mujeres ofreciéndome de todo, incluso hierba. Sólo hierba. No me detuve, atravesé la puerta exterior del Comodoro y fui a mi habitación, aunque no me quedé en ella más de lo necesario. Me cambié y volví a salir. En la oficina de turismo del hotel me apunté a una visita nocturna al Tropicana. Sesenta dólares con copa. Hora de salida: las ocho y media. Tenía tiempo de cenar antes, y de irme a la discoteca a mi regreso del famoso cabaret. Como aún disponía de tiempo pasé directamente a la acción. Con la fotografía de Maura en la mano le pregunté a todo dios que pareciese trabajar en el hotel, desde los vigilantes del edificio principal hasta los recepcionistas. El resultado fue siempre el mismo: nadie la conocía, pero si quería una chica...

Cené a las ocho y me recogieron a las ocho y media para ir al Tropicana. Me sentaron en una mesa de pista, la llamada «zona especial», con un sistema de distribución del personal parecido al que recordaba en Las Vegas, y vi un show realmente de primera, con armonía, marcha, morbo, mujeres bellísimas y gusto, muy buen gusto. Durante una hora y media logré no pensar en nada. Cerraba los ojos y casi podía imaginarme a Xavier Cugat por allí. Sólo al terminar el espectáculo, y recordar que ahora me tocaba «trabajar», en el doble sentido de la palabra, por el periódico y por lo de Estanis, volví a sentirme incómodo. No tenía demasiados deseos de buscar a Maura porque me daba miedo lo que pudiera encontrar, y en cuanto al reportaje... creo que ya tenía suficiente.

A veces lamento ser tan profesional, tan curioso, tan pesado.

Cuando el autocar me dejó en la entrada del Comodoro, no volví a mi habitación, caminé directamente hacia la discoteca. La noche anterior había sido testigo de la invasión del personal, la proliferación de las jineteras. Ahora todo el mundo ya estaba allí, y aunque parecían las mismas, eran otras. Lo sé. Tenía muchas de sus caras grabadas y aquellas eran distintas, pese a tener los mismos cuerpos jóvenes, flexibles, hermosos, medidos, sin un ápice de grasa, con los pechos perfectos y la ropa ajustada a sus carnes. Vi dos docenas de María Elenas, de pieles negras, relucientes unas y mates otras, y dos docenas de mulatas y blancas. Era como para perder la cabeza.

No la perdí. Saqué la fotografía de Maura y comencé, cuanto antes.

—¿Conocéis a esta chica?

No. No. No. Las respuestas se fueron amontonando. Todas iguales, aunque con distintos matices. Unas miraban la foto, contestaban que no y me miraban esperando que las descubriera a ellas. Otras, aprovechando que estaba a su lado, me sonreían con intención. Una me dijo que no parecía gran cosa, pero que hiciera lo que hiciera, ella era mejor. No me quedó la menor duda. También tenía cuatro o cinco años más que las restantes. Una veterana a la que aún no habían desbancado las jóvenes. Media hora después, sin ningún resultado, me dispuse a entrar dentro. Entonces la vi.

Estar en Cuba, rodeado de mulatas y negras, y fijarme en una rubia de ojos azules es demasiado. Pero me fijé. No sé si porque era muy hermosa o por el contraste. Lo cierto es que ella también me miró a mí, y más su compañera, una negra absolutamente generosa de formas.

Fue la negra la que me dijo que me acercara, elevando el dedo índice de su mano derecha y moviéndolo entre ella y yo en señal de reclamo.

Me aproximé.

Supongo que lo esperaba todo menos aquella pregunta:

—Oye, ¿por qué tú te dejas barba?

Me gustó cómo lo dijo. Me gustaba cómo hablaban, cambiando las palabras de sitio. Tenían ritmo hasta en la voz. Me sonó: «¿Poquetú te-eja barba?»

—Para parecer mayor.

—Pues mira: lo pareces, lo pareces.

Y se fue dejándome con la rubia. Touché.

Era demasiado. Su cabello, sus ojos. No estaba precisamente delgada como las demás, pero tenía otra clase de morbo y atractivo. Iba a entrar dentro, así que tanto me daba hacerlo con una como con otra.

—Me llamo Daniel y soy español —me presenté.

—Yo me llamo Suarmis, y no soy jinetera —me advirtió.

—Perfecto, porque no busco sexo.

—¿Qué buscas? —dijo sin creerme.

—Información.

—¿Que clase de información?

—Estoy escribiendo un reportaje. ¿Quieres ayudarme?

—De acuerdo —asintió—. Pregunta.

Dos horas después, seguíamos hablando, ya dentro, observados a veces por la amiga que me había destrozado con lo de la barba. Suarmis tenía voz nasal, pero era encantadora. Sus padres eran de Puerto Príncipe, y la madre no precisamente caribeña, de ahí su aspecto. Me contó que lo único que le importaba en la vida era divertirse, pasarlo bien, pero sin necesidad de venderse por unos dólares. Su padre trabajaba de funcionario y ella podía permitirse el lujo de comer bien, vivir bien, conocer gente y no preocuparse de nada. Odiaba a Fidel. Lo odiaba de una forma densa y profunda. Fue la única vez que sus ojos desprendieron chispas. También me enseñó su especie de carnet de identidad, casi un pasaporte, con páginas para que la ley escribiera lo que de malo pudiera hacer en la vida. Creo que precisamente por haberme dicho que no era jinetera, pensé por primera vez desde mi llegada a Cuba en acostarme con alguien, con ella.

Le mostré la fotografía de Maura.

—No la conozco, pero aquí hay tantas que a lo mejor la he tenido delante muchas veces y ni me he fijado.

Iba a despedirme de ella, dando por concluida nuestra instructiva charla, cuando de nuevo reparé en que alguien me estaba mirando. Levanté la cabeza y me encontré con Bernabé Castaños y Natividad Molins. Esta vez habían entrado en la Havana Club Disco. Los ojos de él, calientes por todo lo que estaba viendo, picoteaban las agrestes y exuberantes formas de Suarmis.

Ya me importaba un pito la pareja. Nadie iba a creerme.

Le pasé un brazo por los hombros a Suarmis y me aproximé a su oído. Era para despedirme, pero a ellos les pareció lo que yo quise que pareciera: que estaba a punto de comerle la oreja y el cuello y...

Siguieron su camino, casualmente de regreso a la puerta de la discoteca.

Dejé a Suarmis sentada, feliz, inocente y despreocupada, como si nada fuera con ella, como si la protegiera su aura, bloqueándola de lo que para los demás era una constante pesadilla de la que huir. Ni siquiera su odio a Fidel la hacía perder su sonrisa. Quería vivir. Tenía diecinueve años y quería vivir. Nada más.

Fui a la barra y quemé mis últimas energías y esperanzas enseñándoles a los camareros la fotografía de Maura. Uno ni la miró. Todos me dijeron que no.

Una jinetera entre jineteras. Una aguja en un pajar. Y nunca mejor dicho.

No tenía mucho sentido seguir en la discoteca. Reconocía para mi pesar que Suarmis me había dejado tibio. Así que opté por iniciar la retirada, aunque dada la breve distancia que me separaba de mi bungalow, antes pensé en darme una vuelta por el lavabo del lugar. Entré en él, vacié mi vejiga, y al salir ella apareció ante mí.

Maura era una fotografía, y también una muñeca. La que tenía delante de mí no era una fotografía, y también era una muñeca. Alta, muy delgada, con un pecho que brotaba por entre su blusa liviana, una cintura muy breve y dos piernas perfectas asomando por debajo de su minifalda. El cabello ni corto ni largo, hasta la nuca, pero muy rizado, formando un casquete sobre su cabeza. Sus ojos eran dos rendijas, estilizadas, porque en ese momento me estaba observando con suma atención. Cuando los abrió un poco más, vi unas pupilas cargadas de fuerza, con un morbo auténtico y real que no era intencionado ni ficticio, sino que formaba parte de sí misma. Los labios eran suaves, rosados, y destacaban lo mismo que su mirada por encima de su tez mulata, casi blanca. Era como si sólo le hubieran dado una mano de pintura y ésta aún estuviese húmeda. También me fijé en sus manos. Dios... sus manos. Nunca podré dejar de ser un fetichista con las manos y los pies de las mujeres.

Iba a suceder.

Ella sí era mi tipo, mi ideal, mi sueño, mi...

Pero cuando empezó a hablarme, con una voz envolvente y tan suave como lo parecía ella, lo esperaba todo menos aquello.

—¿Estás buscando a Maura?

14

Me costó dejar de verla como a una aparición, porque era, de largo, lo más bonito que además de la fotografía de Maura había visto en mucho tiempo. Sin embargo me recuperé. Tuve que hacerlo.

—¿La conoces?

—Sí.

—¿Dónde está?

—No lo sé, hace días que no la veo.

—¿Sabes dónde vive?

—En Varadero.

No lo esperaba, aunque no dejaba de tener sentido que Estanis hubiera ido a la zona turística por excelencia para escribir su reportaje.

—¿Varadero? —repetí pese a todo.

—Ella es de allá, pero va y viene.

—Espera, puede que no hablemos de la misma persona —saqué la fotografía del bolsillo. Empezaba a estar algo arrugada.

—Sí, es Maura —asintió tras una simple ojeada mi nueva compañera.

—¿Cómo sabes que la estoy buscando?

—Dos amigas lo estaban comentando. Decían que parecías ansioso por dar con ella. He oído el nombre y me han dicho que tú eras el que la buscaba.

—Ya no creía que pudiera hacerlo —suspiré.

Me costaba no mirarla. Su sonrisa era un puro hechizo, y especialmente me sentía atrapado por sus ojos, llenos de embrujo, con el hechizo de una dimensión desconocida en la que era muy fácil caer.

Dios, Suarmis me había puesto a tono y ahora ella.

—¿Cómo te llamas?

—Daniel.

—Yo Anyelín.

—¿Cómo?

—Anyelín. —Me lo deletreó. Era la primera vez que lo oía pero me pareció tan hermoso como su propietaria—. ¿Para qué buscas a Maura? ¿Algún amigo español te ha hablado de ella y te dio la foto?

—No, no es eso.

—¿Estarás muchos días en Cuba?

—No.

—Yo puedo acompañarte igual. —Se acercó hasta rozarme por primera vez. Fue electrizante—. Si estás solo a estas horas es porque debes de buscar algo muy especial, y yo lo soy.

—No busco sexo.

—¿No? —Movió sus ojos sin ocultar su extrañeza—. ¿Entonces qué es lo que buscas?

—Información.

No me creía, era evidente. Se cogió de mi brazo y sus dedos, muy delicados, tocaron por primera vez mi piel. Fue mi segunda descarga. Y sabía cómo jugar con sus encantos. Se revestía de una falsa inocencia que era la máscara de su poder. Bajo ella latía una sensualidad desnuda, casi pura, con algo que la hacía etérea. Habría naufragado de inmediato de no saber que era una jinetera. Ni siquiera llegaba a los cánones establecidos, no era una «tía buena». Sólo era una mujer joven, una muchacha, exquisitamente bella y delicada, con las proporciones mágicas y exactas de una pequeña diosa.

—Escucha, Anyelín. —Traté de apartar de mi mente todo aquel caudal de sensaciones y emociones recién surgidas, que se desparramaban a borbotones y en tropel por mi cabeza y mi cuerpo—. Soy periodista, y estoy cumpliendo un trabajo. Necesito hablar con Maura, pero sólo hablar. Tu puedes ganarte una buena propina si me ayudas.

—¿Te hospedas aquí?

—Sí.

—Bien —asintió—. Vamos.

—¿Adónde? —me resistí a seguirla.

No hubo forma de detenerla, y no quería dejarla escapar, así que la seguí. De cualquier manera era ella la que no me soltaba, cogida de mi mano. Camino de la puerta de la discoteca, vi a Suarmis, mi rubia celestial, bailando. Me guiñó un ojo cómplice y luego desapareció. En un minuto Anyelín y yo salimos afuera, bajo la calma de la noche aunque en los alrededores de la Havana Club Disco la calma no existía. Los coches seguían llegando, sustituyendo a los que ya se iban, cargados de energía al más alto voltaje. Anyelín no se detuvo hasta que alcanzamos una zona tranquila, casi frente a la rotonda que presidía la entrada y la puerta del hotel. Los bungalows quedaban a menos de cincuenta metros.

Cuando mi nueva amiga dejó de caminar, se quedó frente a mi con los labios entreabiertos y los ojos nuevamente llenos de aquella turbia mirada que tanto me había fascinado. Sabía como jugar con ella.

Y con todo lo demás.

—Varadero está a dos horas de aquí —me dijo por fin—. En taxi son unos ochenta dólares, aunque hay otras formas de llegar.

—De acuerdo, iremos mañana —asentí.

—Bien.

No se movió.

—Te daré dinero para un taxi —me llevé la mano al bolsillo—, y te espero a eso de las once, porque tengo qué hacer antes de...

Detuvo mi gesto.

—No puedo irme —dijo.

—¿Por qué?

—Tal vez mañana no pueda volver, y si tanto te interesa encontrar a Maura...

—No puedes quedarte conmigo.

No hizo falta ni que contestara. Se cruzó de brazos. La elección era mía, y era muy sencilla: o me arriesgaba a perderla, o la mantenía junto a mí para asegurarme de que me llevaría hasta Maura.

—Anyelín —suspiré bastante fastidiado—, no quiero...

—Mira, ¿ves? —Me enseñó su bolso, o más bien su bolsa—. Aquí llevo todo lo necesario. Yo te ayudo, y tú me ayudas. Nada más. Si no quieres sexo lo entiendo, pero he de quedarme contigo. Si mañana tengo problemas, y siempre hay problemas, no podría venir, y aunque viniera, los de la puerta no me dejarían entrar. Necesito el dinero para mi familia y si me quedo sola y me encuentro con otro turista como tú, guapo y que me guste, no tengo elección, ¿entiendes? Te conviene que estemos juntos, para que estés seguro.

Tenía toda su lógica, y yo lo sabía. Pero imaginármela en la habitación, aunque no durmiera junto a mí, sólo en el mismo bungalow, ya constituía de por sí un atentado contra toda mi ética. Nunca había pagado por una mujer.

Jinetera o... lo que fuera.

—¿Cuántos años tienes?

—Diecinueve.

Mentía. Todas debían de decir diecinueve, o la mayoría. Pero tampoco era mucho mayor, dos años más a lo sumo.

—¿Estás casada?

—No. —Abrió los ojos.

—¿Hijos?

—Sí, uno de tres años.

Tampoco la creí. Según las anotaciones de Estanis, todas las suyas tenían hijos. Debía de ser otra forma de inspirar pena, de provocar simpatía. Los hijos siempre tiran mucho, demasiado.

Era un maldito lío.

—Anyelín, ¿de verdad no puedes...?

—Tranquilo. —Me acarició la mejilla con una mano. Seguía siendo muy suave, de terciopelo—. Respeto lo que hagas, en serio. Yo no haré nada que pueda molestarte. ¿Tienes una cama o dos?

—Dos.

—Entonces aún hay menos problemas. Tú me necesitas a mí y yo necesito esa propina. Nos acostamos, dormimos, y mañana vamos a Varadero. Hablas con Maura y después...

—¿Crees que voy a poder dormir mucho contigo cerca?

Se encogió de hombros y sonrió. Tenía una sonrisa franca y abierta, muy especial, llena de encanto.

—Eso es cosa tuya —dijo sinceramente.

Era cosa mía, desde luego.

—Está bien —me rendí—. ¿Quieres volver a entrar en la discoteca, tomar algo...?

—Lo que tú quieras.

—Entonces vámonos ya. Necesito descansar.

Eché a andar hacia los bungalows, con ella trotando a mi lado. Ya no me cogió de la mano ni del brazo, pero sentía su roce a través del aire que nos unía. Por supuesto no se me ocurrió tratar de explicarle la situación al vigilante de los bungalows, el mismo que me había hablado de Maura, el único que la había identificado, tal vez por ser el único que las veía pasar de una en una y de cerca. Le di diez dólares, los cogió sin hablar, y fingió mirar la luna dándonos la espalda. Cuando rodeábamos la piscina por la parte derecha, Anyelín suspiró.

—Me gustan los bungalows. Son preciosos, y tan cómodos.

—¿Has estado en muchos?

Era una pregunta muy cabrona. Había mejores formas de recordarle lo que era.

—No —lo dijo en voz muy baja, y al hacerlo vi que bajaba la vista al suelo.

Me sentí fatal.

—Te agradezco lo que haces —dije.

—Debe de ser muy importante para ti.

—Lo es.

—Para mí lo es cada dólar que gane, así que estamos a la par.

Me detuve en la puerta. No hacía ni diez minutos que la conocía, y estábamos en la puerta de mi bungalow. Siempre había pensado que no podría tirarme a una mujer a la que acabase de conocer, por el simple deseo sexual. Los influjos románticos, el toque idealista, aún perduraba en mí. Pero nunca había estado en una situación igual. Jamás.

Abrí la puerta y el aire acondicionado nos golpeó de lleno. No me esperó. Entró e inspeccionó el lugar. Dejó su bolsa en la salita, se acercó a la terraza, miró la piscina desde ella, y luego desanduvo lo andado, pasó por mi lado y se metió en el cuarto de baño.

—Puedes ducharte si quie...

Se había quitado ya la blusa, y al asomarse le vi los pechos, puntiagudos, moldeados por la magia de la madre naturaleza, altos y firmes, nada pequeños pero tampoco grandes. Me lanzó una sonrisa mitad divertida mitad maliciosa, pero en modo alguno provocativa.

—Iba a hacerlo. —Me guiñó un ojo—. Conozco a muchas que darían su vida por un pedazo de jabón.

Como la de la mañana.

No quise entrar a lavarme los dientes. No quería verla. Sabía que estaba caminando por la cuerda floja y aunque me jodía sentirme como me sentía, estaba decidido a resistir. Una parte de mí se reía de mis estupideces. Otra me recordaba que ella había estado con muchos hombres, y me hablaba de sida y de... Entré en la habitación principal, me desnudé lo más rápido que pude y tras apagar el aire acondicionado me metí en la cama llevando tan sólo los calzoncillos. Luego apagué la luz.

La oí canturrear, y oí el sonido de la ducha y el del agua cayendo en la bañera. Podía imaginármela desnuda, enjabonada, con gotas de humedad moteando su piel ligeramente oscura. Cerré los ojos pero la visión no desapareció. Empezó a dolerme la ingle.

No había cerrado la puerta, ni la luz de la sala, así que cuando ella salió, desnuda, ya seca, la imagen fue una apoteosis de los sentidos. Tenía el cuerpo más bello que jamás hubiese visto, y por entre las piernas, separadas unos centímetros en su nacimiento, pude verle sin ningún disimulo el vello púbico, como una suave alfombra recién perfumada.

Si me estaba provocando, lo hacía muy bien. Si no, era ingenua, pero para mí daba lo mismo.

Entró en la habitación y su silueta siguió recortándose contra la claridad. Lo hizo simplemente para ver en qué cama estaba yo. Cuando se hubo asegurado, regresó a la sala y cerró la luz. Luego volvió y se metió en la cama, en silencio.

La oí moverse por debajo de la sábana, suspirar. Parecía feliz. La cama estaba fresca y aun sin saber dónde dormía ella, me dio por imaginar que era mucho mejor que la suya.

Transcurrió un minuto.

Una eternidad para mí, porque sabía que no iba a poder dormir.

—Daniel.

—¿Qué?

—No sé cuál es tu problema, pero aquí estamos solos, lejos de todo. Y todos necesitamos a alguien alguna vez.

—¿Por qué lo dices?

—Quería que lo supieras.

Nadie me había dicho «ven» de manera tan dulce en la vida.

Ya no lo pensé más. Era inútil. Me levanté de mi cama, di el paso que me separaba de la de ella y la encontré ya abierta, con la sábana retirada. Me bastó tocarle la piel desnuda, y me bastó con su primer beso para que me olvidara del maldito mundo.

15

Al despertar, bajo la leve penumbra del día que pugnaba por colarse a través de las persianas bajadas y las cortinas echadas, me di cuenta de que había dormido como pocas veces recuerdo haberlo hecho, en paz y sin intermitencias. Cogí el reloj, inicialmente asustado por si era muy tarde, y comprobé con alivio que no eran más que las nueve y cinco de la mañana. Si Armando aparecía a las diez como había pedido, disponía del tiempo justo para un baño y el desayuno.

Anyelín dormía boca arriba a mi lado, con el pecho aplastado y el triángulo de su vello pélvico recortado sobre la blanca oscuridad de su cuerpo. Fue una imagen balsámica, un regalo visual. La verdad es que había sido mejor de lo que pudiera esperar, dulce, tranquila, relajada, con muchos toques de encanto. Ya no me importaba haberlo hecho. Si Estanis había caído con su Maura, comenzaba a entender por qué.

Claro que tal vez eso fuera lo peor.

A una prostituta se la paga y se la olvida. A Maura o a Anyelín sería difícil olvidarlas. Ellas eran Cuba.

Me levanté de la cama despacio, y por poco no piso el preservativo que había dejado caer al suelo, incapaz de moverme la noche anterior después de mi bis a bis sexual. No sé qué habría pasado, pese a mi miedo al sida, de no haber sido porque ella iba preparada. Caminé hacia el baño, me duché, y después me vestí en la sala sin que mi dulce jinetera se moviera. No la desperté. Después de todo, no podía pasearme con ella por el hotel, ni meterla en el comedor. Fui a desayunar, provisto de una bolsa de mano, y entre viaje y viaje al bufet libre para servirme metí en ella un poco de queso, un par de croissans y un bollo azucarado. El bacon opté por dejarlo para no manchar nada. También compré una botella de agua, por si quería beber. Para mi alivio no me tropecé con Natividad y Bernabé. No estaba para sus miradas ni para dar explicaciones. Al diablo. Nadie me habría creído antes ni me iba a creer ahora. Anyelín tenía razón: estábamos lejos de todo el mundo. Yo mismo había sentido el bloqueo durante el día. Cuba era un corazón que se desangraba despacio en mitad del paraíso en el que le había tocado vivir, y ahora yo era tan cubano como ella.

Aunque yo tuviera un billete de salida.

No, no era cubano. Me miré en un espejo del vestíbulo del hotel y me sentí aún más extraño. ¿A quién quería convencer? Me había tirado a una jinetera. Nada más. Romanticismos aparte, ésa era la realidad. E iba a pagar por ella.

Salí del hotel rezongando en voz baja. Nunca he entendido porque le doy tantas vueltas a todo en la cabeza, buscando justificaciones cuando no hacen falta y comportándome como si fuera especial, o diferente. Todavía andaba metido en mis circunloquios mentales cuando entré en mi bungalow, sin apenas recordar haber cruzado por entre los taxis o por el vestíbulo de esa parte del hotel. Anyelín seguía dormida, y ya eran las diez menos cuarto. Dejé mi carga en la salita y me senté a su lado en la cama. La contemplé un largo minuto, después la acaricié. Primero el vientre, a continuación el vello, finalmente los pechos.

No abrió los ojos. Sólo levantó un brazo, me cogió por el cuello y tiró despacio de mí.

Fue un beso de buenos días, pero de muy, muy buenos días.

—Te he traído algo de comida —le dije—. Tengo una cita ahí fuera a las diez.

—Gracias.

—No es mucho, pero te matará el gusanillo.

—No me refería a eso.

—No entiendo.

—No he estado con muchos hombres, aunque puedas pensar lo contrario —me dijo con su característica voz susurrante, sensual—. Y tú fuiste un encanto.

—Tú también. Eres... —no encontré ninguna palabra que le hiciera justicia. La más próxima era «delicada».

Volvió a besarme, con la ternura de una esposa. Esa imagen me pudo. Después de separarme de Ángeles nadie me había besado igual. Bueno, mejor decir que no había besado a nadie que pudiera besarme igual. Aparté a mi ex de mi mente, porque no quería que me estropeara también eso, y dejé que las cosas fluyeran por sí mismas.

Tuve que levantarme para que no fluyeran del todo. Hubiera llegado tarde a mi posible cita.

—Estaré ahí fuera —le dije—. He de ver a un taxista.

—Bien —aceptó.

Salí, bastante alucinado, y fui directamente al grupo de taxistas piratas aparcados junto a la avenida interior del hotel. No localicé a ninguno de los del día anterior, pero pregunté igualmente por Armando. Nada. Ni una noticia. No tuve más remedio que esperar, con la aprensión de quien sabe que está perdiendo el tiempo.

A las diez y cuarto la aprensión era total. Aún así esperé otros diez minutos, que se convirtieron en quince.

A las diez y media volví al bungalow. Tenía la llave. Abrí la puerta y entré despacio. Puede que esperase encontrar a mi invitada revolviendo mis cosas, buscando un dinero que, por si las moscas, llevaba encima, porque no lo había dejado en la caja de seguridad del hotel. Pero ni siquiera estaba en la habitación, y tampoco en la sala. Temí que se hubiera ido, y con ella mi esperanza de encontrar a Maura. Lo temí hasta que vi entornada la puerta de la terraza y al asomarme por ella la encontré. Su bolsa debía de contener lo necesario para una subsistencia prolongada, porque llevaba un traje de baño blanco muy especial. Un dos piezas que, de todas formas, hubiera cabido en cualquier parte, por lo diminuto. Cuando uno abre una puerta y se encuentra algo así en una terraza, con plantas de fondo y una piscina de agua azul rodeándote, sí está seguro de encontrarse en el paraíso.

—¿Que tal tu cita? —se interesó amablemente.

—No ha venido nadie.

—¿Era por algo relacionado con Maura?

—No estoy seguro.

—Me gustaría darme un baño —suspiró ella—. Pero si me ven... ¿Cuándo nos vamos a Varadero?

—Ahora mismo.

No tuve que decírselo dos veces. Se levantó, entró adentro, y dado que tenía la bolsa en la sala, donde había dejado su ropa la noche anterior, se quitó el bañador allí mismo. Tuve que apartar los ojos para no caer en ninguna tentación, pero acabé enviando a la tentación a tomar por el saco y opté por no perderme su imagen. De día, sin penumbras ni oscuridades —de noche, cuando volvió con el preservativo, dejó las luces de la sala abiertas lo mismo que la puerta de la habitación—, su cuerpo aún era más hermoso, rotundo y perfecto. Al darse cuenta de que la estaba mirando me envolvió con una sonrisa cálida, pero no intentó nada, y se lo agradecí. Estaba claro que ya no iba a resistirme.

Salimos un par de minutos después. Dejé recado en recepción por si aparecía Armando. Que dejara un teléfono, una dirección, lo que fuera. La recepcionista —no la de los puros—, ni siquiera miró a Anyelín. Una vez fuera se me planteó la alternativa: taxi y ochenta dólares hasta Varadero o...

—Ven —mi compañera tiró de mí.

Llegamos hasta el vestíbulo del edificio principal y nos sentamos en una de las butacas. Yo en la parte cómoda y ella en el respaldo de la derecha. Todos los hombres que pasaban, fueran solos o acompañados, la miraban sin ambages. Era un lujo visual, pero me sentí incómodo. Algunos estaban acompañados, como yo, por una cubana, una jinetera. Pero ninguna era como Anyelín. Y no se trataba de que fuese un portento, una mujer de bandera. Simplemente eran sus ojos, sus labios, su cuerpo, lo que desprendía y lo que la envolvía. Podía darme cuenta de ello.

Dejé de pensar en esas circunstancias cuando un autocar con capacidad para cuarenta personas bajó por la avenida y se detuvo a la izquierda de la entrada del hotel. Cuatro personas fueron al encuentro del chófer, un tipo joven y uniformado. Anyelín me lo señaló con un dedo.

—Pregúntale si va a Varadero, dile que te han dejado tirado y ofrécele una propina si nos lleva.

La obedecí. Sabía más que yo. Y conocía el percal.

El autocar iba a Varadero. El chófer me dijo que estaría encantado de ayudarme. Llamé a Anyelín y subimos. Las cuatro personas, dos parejas, una de mediana edad y otra muy joven, se acomodaron delante. Nosotros hacia la mitad. Oímos a los mayores preguntarles a los jóvenes si eran recién casados. Ella dijo que sí. Eran de Granada. Y él trabajaba de bombero. A los diez kilómetros incluso sabía que el conductor tenía cuatro hijos, dos de su primera mujer, uno de la segunda, y uno de la tercera, que con los dos hijos de ésta última, pues había estado casada antes, formaban un buen total.

Decidí que la propina debía de estar a la altura. Me ahorraba ochenta dólares, así que muy bien podía darle diez, o tal vez quince.

Después de todo, me largaba al día siguiente.

La idea de la partida me hizo mirar a Anyelín. Iba cogida de mi brazo, y había cierto orgullo en eso. Disponíamos de dos horas de viaje hasta Varadero.

—¿Cómo es Maura? —quise saber.

—Como cualquier chica. —Se encogió de hombros—. Hace lo que puede por sobrevivir.

—¿De qué la conoces?

—Una noche, hace unos meses, la golpearon. La recogí y la dejé estar en mi casa. Eso fue todo. Luego volvimos a vernos y me invitó a Varadero. Allí hay menos oportunidades, pero las que surgen son más buenas. Apenas hay media docena de hoteles de lujo en una larga playa. Yo prefiero estar en La Habana. Si tengo necesidad de algo...

—¿Lo haces a menudo?

—No, ya te lo dije. —Me miró con los ojos tristes—. Con veinte dólares puedo comer un mes, dos incluso. No soy una prostituta. Si te enamoraras de mí y me llevaras a España, verías que soy decente, y que estoy limpia. Podría ser la mejor de las esposas.

Ése era su juego, no el de Anyelín, sino el de todas ellas. Esa era su esperanza, ahora lo sabía. Un polvo eran veinte, treinta dólares, tal vez cincuenta. Pero la gran apuesta era que alguien se enamorara de ellas y las sacara de allí. No me extrañaba que muchos cayeran. Dios, cualquiera podía caer con Anyelín.

—No es tan fácil —repuse.

—Lo es —aseguró—. Vas a la Embajada de España, te dan un certificado prenupcial, y en unos días... —Señaló mi mano—. Tú no estás casado, ¿verdad?

—Lo estuve. Tengo un hijo.

—Yo dejaría a mi hijo aquí, con mi madre. Sé muy bien que no podría llevármelo, pero al menos le enviaría dinero, y con ese dinero tendría una mejor oportunidad.

Seguía creyendo que me engañaba, que lo de los hijos era un truco efectivo. A fin de cuentas estaba conmigo, se iba sin avisar a nadie. Pero no seguí con ese tema. Ella tampoco. Pero no perdía el tiempo.

—Me gustaría quedarme contigo toda la semana, el tiempo que estés en Cuba.

—Me voy pronto. —No le dije que era más que pronto, al día siguiente.

—Estaríamos muy bien juntos.

Cuando me miraba con sus ojos en plan de súplica, y también con acento mórbido, a mí es que me fundía. Traté de imaginarme una semana o quince días con ella, casi como en una luna de miel. Para mí, un pequeño gasto. Para ella, tres comidas al día y unas vacaciones pagadas. Sólo tenía que darla de alta como mi pareja.

—No voy a poder.

—Puede que no encontremos a Maura hasta la noche, y si es así... no sé cómo vamos a regresar a La Habana. Tendremos que quedarnos a dormir en Varadero.

Puse cara de resignación, pero la idea de una segunda noche con ella era en el fondo lo que más deseaba antes de regresar a España.

Ya no tenía por qué engañarme.

—¿Por qué estás buscando a Maura?

Se lo dije.

—Un amigo mío murió hace una semana en Cuba. Llevaba unas fotografías de Maura. Yo he venido a hacer el trabajo que él no pudo acabar debido a su muerte. Como todo fue un poco extraño, quería hablar con ella. Eso es todo.

—¿De qué murió tu amigo?

—Al parecer de una sobredosis, pero eso es bastante incongruente. No tiene el menor sentido.

—¿Y crees que Maura...?

—Estuvo con él, probablemente aquella noche. Incluso se dejó sus bragas, o él se las quedó como recuerdo. Y si se las dejó...

—¿Eres policía? —Me cubrió con una mirada dudosa.

—Periodista y escritor.

La mirada cambió. Se convirtió en admiración.

—Me gusta —dijo—. La gente que puede ordenar las palabras y hacer que digan cosas... es diferente a los demás.

Siempre quise ser escritor, desde niño. Pensaba que eso merecía un respeto. De mayor había visto que no era así. En parte por eso firmaba con seudónimo, aunque mi fotografía saliera en mi columna del periódico. Anyelín me acababa de dejar en paz conmigo mismo.

—También eres extraño —confesó.

—¿Por qué?

—Anoche llegué a creer realmente que no querías hacer el amor conmigo.

—Te vi desnuda —suspiré.

—Vamos, no te justifiques. Realmente me gustas, y mucho. Es agradable encontrar a alguien diferente y que te trate con respeto.

Pensé en los dos energúmenos del día anterior y la entendí, aunque no me la imaginaba con ninguno de ellos. A ella no.

Ni siquiera la conocía, pero...

Miré por la ventanilla. ¿A qué estaba jugando? ¿A quién quería convencer? A veces no entiendo cómo puedo ser tan... ¿inocente? Bueno, engañarse a uno mismo no siempre es malo. Muchos se ahorran no pocos problemas, sustos, dolores de cabeza. Ni en mis mejores fantasías habría imaginado a alguien como Anyelín.

No hablamos durante unos minutos, y volví a ser testigo de la realidad cubana de cada día. En algunos cruces había doscientas y hasta trescientas personas esperando el paso de un transporte, una guagua, un camión que les recogiera. También había letreros señalizando no un pueblo o una dirección, sino el número de accidentes y el de muertos y heridos contabilizados en ese punto. El recién casado le comentó al conductor el hecho, y el conductor le miró riendo.

—¡Eso era hace años —le dijo—, cuando había coches! ¡Ahora ya nadie se muere porque no hay coches y por lo tanto no hay accidentes!

Atravesamos un viaducto, el puente más alto de Cuba. Por debajo se abría una vegetación exuberante y las dos parejas bajaron a hacer fotografías. Nosotros nos quedamos. Inesperadamente ella me dio un beso, y la correspondí dejándome llevar. Era fácil engañarse, y estaba dispuesto a engañarme. Lo tenía decidido. Cuando se apartó de mí, por la vuelta al autobús de los otros, recordé algo y saqué la libreta de Estanis del bolsillo. Era cuanto llevaba encima: el dinero, el pasaporte, el billete de avión, la fotografía de Maura y la libreta. Se la enseñé a Anyelín.

—¿Te suena algún nombre?

Leyó atentamente las anotaciones de mi amigo. Creía que no tendría éxito hasta que se detuvo al final de la última página.

—El Rincón Latino —señaló.

—¿Qué es?

—La discoteca del hotel Bella Costa, en Varadero.

—Puede que Estanis conociera a Maura en ese lugar —se me ocurrió—. Eso justificaría que nadie la recuerde en el Comodoro a excepción del vigilante que escuchó su nombre.

—Tendremos que pasar la noche en ese hotel, ya verás—me dijo por segunda vez—. Es muy bonito.

De nuevo la imaginé acompañada, y aún me gustó menos que la primera vez.

Dentro de un mes, o dos, o un año, otro pardillo como yo también la imaginaría conmigo, y probablemente le jodería y le dolería tanto o más que a mí.

Continué mirando por la ventanilla. Llegábamos ya a Matanzas.

16

En otro tiempo Varadero debió de ser un pueblo muy hermoso, con sus casas de madera pintadas contrastando unas con otras. Pero de ese tiempo hacía mucho, una eternidad. Las casas de madera que quedaban en pie se caían tan a pedazos como las de La Habana Vieja, estaban sucias, sin sus primitivos colores, con los techos llenos de agujeros y los soportales apenas con fuerza para sostener los voladizos de los porches, las ventanas sin marcos y las paredes medio arrancadas en algunos casos. Entre ellas, en los amplios lugares donde antaño hubo otras casas, ahora inexistentes, se abrían extensiones de tierra verde y escasas palmeras, árboles con flores muy rojas y basura. Una basura testimonial formada por autobuses pudriéndose al sol y coches incapaces ya de dar un solo paso. Los únicos vehículos que circulaban por el pueblo eran los taxis de Cubanacán y las guaguas de servicio hotelero. Tal y como me había dicho Anyelín, Varadero era una larga playa en forma de istmo, de veinte kilómetros de largo, con apenas media docena de hoteles de lujo orientados al Caribe. El pueblo se hallaba a la entrada de la lengua de tierra a cuya espalda se abría la bahía. Otro paraíso de aguas claras, blancas en la orilla, azules a los pocos metros y verdes después, con palmeras y arenas también blancas.

El transporte nos dejó en el pueblo, a pesar de que mi compañera trató de convencerme de que fuéramos directamente al Bella Costa, y bajamos de él repartiendo sonrisas a las dos parejas. Las mujeres me miraban a mí. Los hombres a Anyelín. Le di al conductor quince dólares, y me dedicó una sonrisa de amplia gratitud, así que deduje que el trato había sido favorable. Cuando se marchó nos quedamos solos.

Anyelín me cogió de la mano.

—¿Y ahora? —le pregunté.

—Vamos a buscar la casa de Maura, si es que consigo orientarme y recordar cuál era.

Se detuvo en mitad de la calle, sin soltarme, y miró a derecha e izquierda. Teníamos delante una pequeña iglesia cerrada, con el nombre escrito en el muro frontal, bajo la campana y sobre el oval de la puerta: Santa Elvira. El sol pegaba ya de lleno, y envidié a unos turistas que, lejos de estar en la playa, paseaban aunque bien protegidos con gafas de sol y gorras. Anyelín acabó tirando de mí para dirigirse a la derecha.

Caminamos en silencio durante unos minutos, mientras ella buscaba algún indicio, hasta que abandonamos lo que parecía ser la calle principal y nos internamos por una secundaria. En la siguiente esquina me dejó para preguntar a una mujer que barría la entrada de su casa. Regresó y reemprendimos la marcha. Hizo lo mismo otras dos veces, en ambos casos con sendas mujeres. En Varadero, como en La Habana, las casas no estaban cerradas, las puertas se abrían sin problemas para facilitar un mínimo de aire. La sensación era relajante, libre, tranquila. Después de preguntarle a la tercera mujer, Anyelín me dijo:

—Ya está, es por aquí.

Anduvimos apenas cien metros más. Al llegar a un cruce de calles señaló un edificio pequeño, de una planta, más viejo y en apariencia más destartalado que ningún otro, de madera reseca y medio en ruinas. Nadie podía vivir allí con un mínimo de condiciones, pero vivían. Iba a tomar la iniciativa pero mi amiga me detuvo.

—Déjame que vaya yo —me dijo—. Le extrañará menos..., si es que está en casa. Podría pensar que eres policía o algo así, y que me obligas a acompañarte.

Tenía su lógica, así que la dejé ir. La vi cruzar la calle, como una pluma, grácil de movimientos, y entrar en la casa. Desde el otro lado de la calle me pareció ver que hablaba con un niño, pero me daba el sol de lleno y no pude estar seguro. Creía que me llamaría pero no lo hizo. A los dos minutos volvió a salir y vino hacia mí.

—No está —anunció—. Pero al menos no parece haberse ido con ningún turista, aunque eso... nunca se sabe. No ha pasado la noche en casa. He dicho que la esperamos hoy en el Rincón Latino. ¿He hecho bien?

¿Había hecho bien? Miré la casona con aprensión, pero me di por vencido. Evidentemente Anyelín había tenido razón: nos tocaría pasar la noche en el Bella Costa, porque nadie nos llevaría de regreso a La Habana a las dos, las tres o las cuatro de la madrugada.

Confieso que empecé a no lamentarlo.

—¿Vamos al hotel? —me sonrió ella—. Me apetece un baño, y después comer algo.

Detuvimos un taxi oficial y le pedimos que nos llevara al Bella Costa. El trayecto fue relativamente corto, pero el hotel se encontraba bastante alejado, siguiendo la lengua de tierra de Varadero hacia el este. Cuando nos detuvimos me encontré frente a un edificio no muy alto, de pocas plantas y techo rojizo, con una entrada majestuosa. Allí el lujo se hacía más ostensible que en La Habana. Allí el turismo sí era el amo y señor. Entramos en el hall y nos acercamos a recepción. El hombre que nos atendió nos miró con cierta sorpresa al ver que no llevábamos equipaje y le preguntábamos si disponía de una habitación libre... por una noche. Luego la miró a ella.

Su cara no cambió.

Me pidió el pasaporte, me dijo el importe —excesivo, pero sin discusión posible dadas las circunstancias—, y nos dio la llave de la habitación 235. Los mismos números que en el Comodoro, sólo que con otro orden. No sé por qué pero se me antojó sintomático. Ningún botones nos acompañó porque no había nada que llevar, así que subimos arriba directamente. Al abrir la puerta de la habitación me golpeó como era de esperar la bocanada de aire helado. Al entrar dentro me golpeó otra realidad. La habitación era enorme, pero estaba a tono con la cama, o viceversa. Allí podían dormir tres personas sin tocarse, o cuatro rozándose. También teníamos una terraza, individual, con paredes a ambos lados, pero no daba a ninguna piscina, sino a la parte delantera del hotel, de espaldas a la playa. Anyelín se tumbó en la cama y se desperezó como una gata. Traté de no acercarme a ella y fui al baño. Resultó inútil. Al salir me estaba esperando, desnuda. Fingía ponerse el bikini.

—Daniel —susurró.

Se aproximó a mí, y se quedó muy cerca, lo suficiente como para que pudiera verla y admirarla. Mis manos continuaron caídas.

—Por favor —casi fue una súplica—. Ahora no...

—No te arrepentirás de estar conmigo.

Ésa era la cuestión, que no me arrepentía, y que se estaba apoderando lentamente de mi razón, hasta el punto de no dejarme pensar, ni en el reportaje ni en Estanis. Bastó con que me tocara con su mano derecha, en la mejilla. Fue una caricia sutil. Después pasó su pulgar por mis labios y cubrió la breve distancia que nos separaba hasta fundirse con mi cuerpo. El resto sucedió rápido. Noté su calor corporal, su boca de miel contactando con la mía, y una neblina muy tierna me hizo cerrar los ojos.

Dejé que me desnudara, que me acariciara, que me tendiera en la cama, que siguiera besándome y se pusiera encima de mí, abierta de piernas, rozando su sexo con mi sexo en una cadencia llena de delicadezas, y volví a alegrarme de no haber dado con

Maura. El resto fue un afrodisiaco para mis sentidos. Aun así, no pensé en ella como en una profesional. Probablemente no quería verla así. Me dije que estaba en Cuba, en un lugar en el que el sexo era mucho más libre, y las niñas a los nueve años ya son mujeres.

Fue mi excusa, y lo sabía, pero me arropé en ella.

Media hora después, hasta las excusas se me antojaban idiotas.

No me habría cansado de mirarla, porque seguía pareciéndome el animal más bello que hubiera visto en mucho tiempo. Por lo menos desde el comienzo con Ángeles, cuando nos enamoramos de aquella forma directa y brutal, sin concesiones. Y de eso hacía mucho tiempo, demasiado tiempo. Ahora tenía más años. Tal vez la clave fuera ésa: los años. Ahora sabía apreciar a alguien como Anyelín, aunque cuando me fuera tuviera que ser generoso con ella.

Me giré y me encontré con sus ojos. También me estaba mirando. Sonrió al instante, como si acabase de activar un muelle sensor en su rostro, y se puso de lado, lo mismo que hice yo. Teníamos una distancia de casi un metro entre ambos, y la mantuvimos. La cama era ahora territorio neutral después de la batalla de los sentidos.

No hablé hasta un par o tres de minutos más tarde.

—La primera noche una jinetera me dijo que no podía ir sola por el hotel porque podían detenerla. ¿Cómo...?

—¿Estuviste ya con una chica? —Me fulminó con una mirada eléctrica, llena de intempestivos celos.

—No pasó nada —me encontré justificándome como si fuera mi esposa—. Le hice unas preguntas.

—¿Y te dejó marchar?

—Sí.

—Sería tonta. Eres un hombre muy interesante, Daniel.

Lo pasé por alto. Empezaba a darme cuenta de que una de sus mejores habilidades era el pico. Sabía utilizarlo bien, escoger las palabras, decir lo justo en el momento adecuado, adobándolo debidamente con los diversos brillos y las intenciones de sus ojos. Dios, estaba claro que iba a ver los ojos de Anyelín en mi memoria por los siglos de los siglos, amén.

—Quería preguntarte si realmente la policía detiene a las jineteras o si...

—Una jinetera no puede moverse sola por un hotel. El hombre ha de acompañarla hasta la salida. Y mucho mejor que en la calle, si ya es de madrugada, le busque un taxi. Cualquier policía puede detenerte si cree que ejerces la prostitución.

—¿Qué os hacen?

—Anotan en nuestra cartilla el incidente, y si se llega a las tres detenciones, pasas dos años en la cárcel.

—¿Qué? —aluciné.

—Nunca se llega a eso —me tranquilizó ella—. Los policías buscan que les des el dinero que lleves encima, y si no llevas nada, porque no todas se acuestan con un hombre y menos cada noche, entonces nos obligan a hacerlo con ellos.

—¿Alguna vez tú...?

Era otra de mis preguntas idiotas. Pero la respondió. Lo que no sé es si lo hizo sinceramente.

—No, nunca —musitó—. Te dije que era una buena chica, y que sólo de vez en cuando necesito..., bueno, ya sabes. —Apartó sus ojos de los míos y los ubicó en un punto intermedio situado en el vacío que se abría entre los dos, allá donde las sábanas formaban un revoltijo.

—¿Cómo funciona el sistema aquí, en Varadero?

—Si quieres subir a una muchacha a la habitación, debes registrarla en recepción, y ella ha de dar su cartilla para que anoten el nombre. No pasa nada. Pero son cincuenta dólares.

—¿Cincuenta dólares además de la propina para ella?

—Sí. Es un abuso.

—¿Y cuando una chica pasa una o dos semanas con un hombre?

—El hombre puede negociar con el hotel. Una amiga mía pasó dos semanas aquí mismo, en el Bella Costa, con un español como tú, y como el hombre amenazó con irse, le redujeron el costo adicional de ella a veinte dólares por día, todo incluido.

El negocio daba para todos. Y empezaban a exprimirlo bien.

A fin de cuentas, sería un buen reportaje.

Miré el reloj. Casi no era ya ni hora de comer, así que me puse en pie de un salto y ella me imitó al momento, sin preguntar nada. Me vestí contemplándola abiertamente y en cinco minutos estuvimos dispuestos para salir.

—Deberías comprarte un bañador —me sugirió.

—Primero vamos a comer. Después de hacer la digestión nos daremos un baño, y volveremos al pueblo por si Maura hubiese llegado ya. ¿De acuerdo?

—¿Puedo decirte algo?

—Claro.

Cada vez que se acercaba a mí, caminando como si flotara sobre un lecho de plumas, una campanita se disparaba en mi mente, mientras otra en forma de voz la obligaba a callar. No fue diferente, aunque acabásemos de hacerlo.

Se puso de puntillas y me besó en los labios. Apenas un roce.

—Te quiero, Daniel.

Mentía. Pero mentía mejor que mil mujeres sinceras.

Me costó moverme, pero acabé consiguiéndolo.

Salimos de la habitación y volvimos al mundo real.

17

Comimos de primera en el restaurante del Bella Costa, y salimos a inspeccionar el lugar para ayudar a hacer la digestión. Con Anyelín colgada de mi brazo o cogida de mi mano, la sensación de normalidad se me hacía tan evidente como si la conociera de toda la vida y estuviéramos de vacaciones o nos acabásemos de casar. Ésa era la parte irreal de esa realidad, o viceversa. Otras parejas nos observaban, y otros hombres con sus jineteras comparaban. No me gustó la sensación, y escapamos de ella saliendo al exterior. Bajamos hasta la playa, maravillosa, abierta y prácticamente vacía, y caminamos en dirección a un bar recortado sobre una pequeña loma de escasos metros de altura, que formaba parte del mismo complejo hotelero. Cualquiera podría haber escrito el mejor de los libros en un sitio así, frente al Caribe, tomando un refresco bajo las palmeras, bañado por un cielo azul y con el verdor del agua dominando el horizonte. Cualquiera que no tuviera algo que admirar y contemplar perpetuamente, como era mi caso con ella. Porque por hermoso que fuera el paisaje y mágica la paz, los sentidos chocaban con la turbulencia suave de su presencia.

Se lo dije entonces.

—Anyelín, mañana regreso a España.

—¿Y si lo que te dice Maura te obliga a quedarte?

Era rápida. Muy rápida. No necesitaba ayuda para hacer lo que me rondaba por la cabeza, pero fue la mejor y la más decisiva que podía darme.

Y a la mierda el reportaje.

Sostuve su mirada como pude, y nos sentamos sin decir nada en una de las mesas del bar, aunque no tenía sed. Ningún camarero vino a preguntarnos si queríamos tomar algo y lo agradecí, así que tampoco les llamé. Me habría gustado zambullirme en el agua, pero respeté mi digestión de dos horas. Un largo tiempo para emplear teniendo en cuenta que la idea de volver a la habitación me seducía pero también me aturdía. Y quedaba la noche.

—¿Puedo preguntarte algo?

—Claro —asintió ella.

—¿Cual es tu historia?

—¿Vas a escribir sobre mí?

—Tal vez.

—Me gustará que lo hagas, aunque no hay mucho que contar. —Sonrió con su habitual sencillez—. ¿Dónde quieres que empiece?

—Tu familia.

—Mi abuelo luchó con Castro en Sierra Maestra, y entró con él en La Habana. Era uno de tantos, así que trató de comer de su orgullo, pero no pudo. Y murió veinte años después, aún joven, pero sin nada. Mi padre también luchó en una guerra, en África, y desapareció en Angola con muchos cubanos que fueron allá para ayudar en otra revolución. No sé si está muerto, aunque mi mamá dice que no, que debió de quedarse con alguna mujer capaz de consolarle. Mi mamá volvió a casarse y hace cinco años él la abandonó. Desde entonces estamos solas.

Me había resumido toda una vida, más aún, un puñado de vidas, en apenas quince segundos. Me sentí abrumado. Cualquier otra pregunta que pudiera formularle se me antojaba estúpida, anecdótica.

—¿Y tú? —inquirió.

—No tengo mucho que contar —le dije—. Escribo en un periódico y hago libros policiacos.

—¿Eres famoso?

—No, porque firmo los libros con un seudónimo. Prefiero el anonimato. Mi seudónimo sí lo es, aunque en el periódico aparezca mi fotografía en la cabeza de la columna que escribo regularmente.

—¿Por qué acabó mal tu matrimonio?

—Porque pasaba muchas horas solo, escribiendo, y muchos días fuera de casa, viajando. Nos distanciamos.

—¿Hubo otra?

—No.

—¿Otro?

—Tampoco.

—¿Sois amigos?

¿Lo éramos? Pensé en ello. Ángeles me pegaba broncas y más broncas por lo mal que ejercía de padre. Aun así...

—Sí, somos amigos.

El día que ella volviera a casarse, o lo hiciera yo, tal vez las cosas cambiaran.

¿Había pensado alguna vez en ello?

Dos negros pintarrajeados se acercaron por la playa. Uno tocaba dos bongos o tambores instalados sobre un pedestal que apoyaba en el suelo, y el otro bailaba. El de los bongos llevaba una corona de color rojo, el mismo color que el tapete del pedestal, en el que había adherido una máscara tribal, y el danzante unos cuernos. Su cuerpo estaba moteado de blanco y sostenía dos ramas con las que acompañaba sus movimientos. Su baile nos distrajo unos segundos, y después pasaron la mano en busca de propinas. Les di un dólar.

La idea de seguir hablando con Anyelín se me hizo inquietante tras ello, así que acabé levantándome.

—Volvamos a Varadero.

—No creo que... —trató de detenerme ella.

—Puedo ir solo. Ahora sé la dirección.

—No, te acompaño —aseguró como si le diera miedo perderme de vista.

No pasamos por la habitación. Tomamos un taxi a la puerta del hotel y en menos de diez minutos estuvimos en el pueblo. Tampoco hizo falta despedirle, por si acaso. Anyelín bajó delante de la casa de Maura, entró y volvió a salir al cabo de unos pocos segundos. No hizo falta que me lo dijera de viva voz, aunque lo hizo.

—No ha regresado. Deberás esperar a la noche, Daniel.

Si no acudía al Rincón Latino, la discoteca del Bella Costa...

Volvimos en el taxi al hotel y ahora sí fuimos a la habitación, pero no para hacer lo que ella pensaba. Nada más entrar caminé hasta el teléfono y pedí a la telefonista que me pusiera con el aeropuerto de La Habana, con la oficina de billetaje. Tardó unos minutos. Desde la puerta de la terraza, pero sin abrirla, para aprovechar el frío interior, Anyelín me dirigía alguna mirada fugaz, tensa. Su rostro cambió por primera vez cuando me oyó decir:

—¿Señorita? Mi nombre es Daniel Ros Martí. Tengo un vuelo para Barcelona y Madrid mañana... Sí..., de acuerdo, espero. —Lo comprobó, y tras preguntarme qué deseaba, concluí—: Quisiera cambiarlo para otro vuelo, dentro de dos días más a partir de mañana. Es decir, para el domingo día siete.

El rostro de Anyelín era un éxtasis. Casi me halagó. Se acercó a mí mientras hablaba con la telefonista y se subió a la cama para situarse a mi espalda. Me abrazó, pasando sus manos por debajo de mis axilas hasta unirlas en mi pecho, y empezó a besarme el cuello. Traté de quitármela de encima pero no pude. Tampoco puse demasiado ímpetu. Durante los cinco minutos que duró mi conversación con el aeropuerto, y tras dar el número de mi habitación en el Comodoro, por si acaso, sentí sus manos en mi cuerpo y sus labios en mi piel. Me costó mucho más vencer mis instintos al colgar.

—¡Oh, Daniel, va a ser estupendo! —la oí cantar—. ¡Dos días más, y con el de mañana tres! ¡No te arrepentirás!

Esperaba no arrepentirme, aunque seguía repitiéndome que no lo hacía por ella, sino por mí, y por Estanis, y por...

En el periódico me matarían.

—Anyelín...

La detuve antes de que empezara a desnudarme y se quedó mirándome con ojos de niña absolutamente inocente. Y no era una ninfómana. Estaba seduciéndome. Era como si supiera que desde la noche pasada estaba pinchando en carne viva. Como si leyera a través de mí. Se quedó quieta y la besé en silencio, inmóvil, sin que tratara de repetir su asedio. Cuando me separé le dije que nos íbamos a la playa, a bañarnos, y después cenaríamos y buscaríamos a Maura en la discoteca. Eso excluía el sexo hasta la hora de acostarnos. No hizo falta decírselo con palabras.

Era una buena compañera de viaje y aventura, empecé a comprobarlo desde ese instante. No hizo falta que comprara un bañador. Hacia la derecha de la playa no había nadie, ni siquiera construcciones. La casa más cercana se hallaba situada en una colina rocosa, a un kilómetro o dos del hotel. Anyelín me dijo que era la célebre Casa Dupont, conservada tal cual desde la Revolución. Había oído hablar de ella. Por eso después del baño, desnudos, jugando en el agua como niños o amantes —éramos ambas cosas—, nos secamos y caminamos hasta ella. Había un bar en la planta baja y nos tomamos dos limonadas viendo el anochecer. Un anochecer suavemente cálido. Mientras lo hacíamos, un camión del ejército con un potente reflector se situó en la parte más elevada del promontorio rocoso. Fue la única realidad cubana que percibí en aquellas horas de absoluta distancia. Y si he dicho que Anyelín era la compañera perfecta de viaje y aventura es porque fuimos capaces de hablar durante todo el tiempo de infinidad de cosas, sin transgredir para nada una especie de pacto secreto que apartaba lo negativo. Sólo de vez en cuando, ella citaba algo de su situación, y evocaba sus sueños. Jinetera o no, era el ser más vivo que había conocido en mucho tiempo. Vivo porque jugaba la partida de su existencia con todas sus consecuencias. Para ella yo era, primero, una generosa propina, pero después, con suerte, un pasaporte a la libertad.

Y eso era lo peor, porque yo era consciente de que no podía dárselo, ni se lo daría jamás, aunque ella estuviese dispuesta a intentarlo, sin nada que perder, con todo a ganar.

Caminamos hasta el hotel por la carretera, bordeando lo que en otro tiempo fue el campo de golf de la Casa Dupont, bendecidos por el silencio de la primera penumbra. Íbamos cogidos de la mano, y a veces ella me atrapaba por la cintura, me miraba, se detenía y me besaba. Otras lo hacía yo. Por segunda o tercera vez no quise arriesgarme a subir a la habitación y fuimos directamente al comedor, para cenar. No tenía hambre, pero ella sí. Su cuerpo tenía las formas y las proporciones justas, y no parecía seguir dieta alguna, aunque ese pensamiento fuese una necedad por mi parte. Comió cuanto quiso, casi hasta reventar, pero no me dio la sensación de que fuese a hacerlo. Del comedor pasamos a la entrada de la discoteca, ubicada en este caso dentro mismo del hotel. Se accedía a ella por una escalinata que nacía al otro lado del vestíbulo. Sabía que seríamos los primeros, pero estaba dispuesto a buscar a Maura aunque sólo fuese como excusa para justificarme y justificar mi estancia allí.

¿Le habría sucedido lo mismo a Estanis con Maura?

¿Lo de que tenía el reportaje de su vida entre las manos no sería más que una excusa para quedarse unos días más allí?

¿Estanis?

El Rincón Latino se fue animando en la hora siguiente, hasta adquirir un tono apropiado a eso de las once de la noche. No era tan grande como la Havana Club Disco del Comodoro, pero eso le daba un tono de mayor intimidad. El disc-jockey era del tipo «gritón», y animaba al personal de vez en cuando, pronunciando arengas, recordando que a tal hora habría tal cosa y a tal otra algo aún mejor. Las jineteras eran tan jóvenes y tan atracti-

semi darkness

explode

admitted

flight of stairs

stay

harangue, address

vas como en La Habana. Me habría sentido bien, compartiendo bailes y más conversación con Anyelín, de no ser porque la búsqueda de Maura empezó a convertirse en una obsesión para mí.

No sólo miré, también hice lo mismo que había hecho en la dicoteca del Comodoro: sacar la fotografía y ponérsela por delante a medio mundo, empezando por el personal del hotel, desde el vestíbulo hasta la entrada de la discoteca, y acabando con algunas de las jineteras, solas o acompañadas. La respuesta fue siempre la misma: negativa.

De no ser por el nombre de Maura escrito en la libreta de Estanis, las tres fotografías, el hecho de que el vigilante de los bungalows la recordara y Anyelín la conociera... era como si la aguja del pajar encima fuera invisible.

—No te preocupes. Puede que mañana la encontremos.

Trataba de animarme, pero eran ya las tres y me sentía cansado.

Quería meterme en cama.

Ya no hacía falta fingir nada.

Meterme en cama con ella, hacer el amor y dormir. Nada más.

Lo hicimos después de dar una vuelta por los alrededores del hotel, preguntar a otras jineteras que esperaban, y acercarnos al hotel contiguo, para echar un vistazo a su discoteca. A las cuatro, cansado, pero ávido de lo que iba a suceder, como el drogadicto colgado de su dosis, Anyelín y yo entramos en la habitación sin hablar, y sin hablar empezamos a besarnos y a desnudarnos.

Todas mis guerras quedaron borradas por la turbulencia de su paz.

18

Al despertar, por la mañana, faltaban apenas diez minutos para el límite de la hora asignada al desayuno en el hotel. Yo tampoco tenía hambre, pero deduje que Anyelín sí la tendría. No sólo era compartir con un turista una noche, o unos días. También era comer con abundancia en ellos. Así que, superando la atracción que su imagen dormida y desnuda me producía, la desperté, le dije que no tenía tiempo ni de ducharse y saltó de la cama como impelida por un resorte. Un par de minutos antes de la hora, y para cara larga del encargado de anotar nuestros nombres y el número de la habitación a la entrada del comedor, cruzamos el umbral del mismo y nos sentamos en una mesa cercana al bufet libre. En un simple viaje llenamos los platos y recogimos zumos, un vaso de leche para mí y un café para ella. Vi que su plato abultaba el doble que el mío, y no me extrañó cuando la vi introducir un par de panecillos en su inseparable bolso.

—Vamos a estar juntos, no tienes por qué hacer de hormiga —le dije.

—Nunca se sabe cuándo puedes tener hambre —aseguró.

A veces, y ése era uno de esos momentos, me parecía una niña. Tenía que cerrar los ojos y recordarla en la cama para darme cuenta otra vez de que no lo era. Por mucho que allí crecieran rápido, y se hicieran mujeres antes, mantenían de una forma peculiar la inocencia, hasta que de pronto la edad las alcanzaba de lleno. Sin olvidar que la mitad de los diez millones de cubanos tenían menos de veinte años según las estadísticas. Quizás por esa razón no había visto jineteras adultas, de más de treinta años, a excepción de la cuñada de Omar. Ni siquiera me parecía haberlas visto de edades comprendidas entre los veinticinco y los treinta. O podía ser que los Estanis y los Danieles de turno las quisieran siempre jóvenes.

Diecinueve años.

No era un consuelo pensar que en Tailandia eran mucho más niñas, doce, trece, quince años.

Era la misma cerdada.

—¿Qué te pasa?

Desperté de mi abstracción.

—Nada —mentí.

—A veces te quedas serio, y te pones triste.

—No es difícil sentirse culpable, ¿sabes?

—¿Por qué?

—Nunca había hecho nada como esto, ni creía que pudiera...

Me cogió de la mano. Casi se abalanzó sobre mí. Su vehemencia fue hermosa.

—Daniel, si vivieras en Cuba te darías cuenta de que la vida sólo es ahora y hoy, y la aprovecharías. Coger lo que se tiene a mano, si se puede, si no se hace daño a nadie, es bueno.

—¿Estás segura de que no se hace daño a nadie? —La miré a los ojos.

—Yo no me vendo, ni tú me compras. Estoy aquí porque me gustas y es fácil quererte. Ni siquiera querías hacer el amor conmigo. Además, te estoy ayudando. Podría amarte toda mi vida, ¿sabes? Eres distinto.

—Por favor, Anyelín.

—Mírame y dime si te miento.

La volví a mirar, y casi estuve por jurar que todo era tan sencillo como ella lo planteaba. Según su teoría del «vive aquí y ahora», todo era posible, hasta un amor loco y contranatura. Me habría gustado pellizcarme para ver si estaba soñando o estaba despierto. Pero no me hizo falta. Me bastó con recordar que era un hombre adulto.

Aunque hubiera dejado la madurez en Barcelona al hacer la maleta.

—Soy distinto porque te he tratado bien, o al menos eso creo. —Volví a recordar a los dos energúmenos del día de mi llegada, los que humillaron a la chica de recepción, o el calvo deforme que rociaba con champán a la quinceañera en la discoteca—. Pero eso no me hace diferente a los demás.

—Te sientes mal no por estar conmigo, sino porque yo también te gusto.

Dios, sabía hasta filosofía.

—Hemos de irnos. —Me puse en pie—. Hay que dejar la habitación a mediodía.

—¿Vas a volver a La Habana sin haber dado con Maura? —se extrañó ella.

—No puedo pasarme aquí la eternidad. Iremos otra vez a su casa. Según lo que nos digan, decidiremos si nos quedamos otra noche o nos marchamos.

La vi vacilar, pero no le di importancia. Sólo pensé que lo único que temía era perderme, y eso, mientras yo siguiera en Cuba, estaba claro que no sería así. No ya por ella, sino por mí.

No hizo falta regresar a la habitación, aunque pensé en llamar al periódico aprovechando que la diferencia horaria era la adecuada para encontrarles, para decirles que me quedaba un par de días más. Al final decidí que ya me darían la bronca en otro momento. Por parte de Anyelín, ella nunca se maquillaba ni hacía otra cosa que no fuera peinarse, cardándose el pelo. Era capaz de despertar fresca como una rosa. Todo su mundo estaba en aquel bolso que llevaba sujeto del hombro. Aproveché para darle la fotografía de Maura. Se me estaba quedando demasiado arrugada de tanto llevarla en el bolsillo. La guardó en alguna parte oculta y secreta de su interior. Me habría gustado saber cuántos preservativos almacenaba en él, porque ya llevábamos tres gastados.

Quizás alguien le había dejado el sobrante de toda una caja después de...

Ése era mi cáncer. Pensar. Y no pensaría si no me importase.

Salimos fuera del Bella Costa Resort LTI, que era el nombre completo del hotel, y bajo un sol de justicia abordamos uno de los taxis aparcados en la parte izquierda. Anyelín me cogía de la mano, y no me la soltó durante todo el trayecto hasta Varadero. A veces, con los dedos de la otra, jugaba sobre la que me tenía retenida, trazando caminos invisibles sobre mi piel con una delicadeza maquinal pero muy tierna. El taxista nos lanzó un par de miradas a través del retrovisor, pero no habló. Debió de calcular que yendo acompañado por una indígena no hacía falta. Cuando llegamos al cruce de calles en el cual ya habíamos estado dos veces el día anterior, Anyelín me soltó de la mano e hizo ademán de ir a bajar del vehículo. La detuve antes de que lo hiciera.

—Esta vez iré yo —le dije.

—No, espera, a ti no te... —Trató de detenerme.

Fue vehemente. Se cogió de mi brazo. Pero en esta ocasión su misma rapidez la traicionó tanto como el destello inquieto de sus ojos.

—¿Qué ocurre?

—No te dirán nada —concluyó la frase adoptando inmediatamente su aire de ingenuidad.

—Aquí todo el mundo te cuenta cosas con una propina.

—Yo soy su amiga, a mí...

Abrí la puerta del taxi. Su presión sobre mi brazo se hizo primero más fuerte, pero a continuación, al ver mi determinación, me soltó.

—Te acompaño —dijo.

—Anyelín. —Me bastó con mirarla, serio, para que se quedara muy quieta. Aún así se lo dije de viva voz—: Voy solo.

Bajé del taxi con una inquietud fría subiéndome por la espalda húmeda, y no desapareció, sino que fue en aumento al cruzar la calle y acercarme a la casa medio en ruinas. El efecto de choque cuando me detuve en la puerta fue aún más demoledor. Desde fuera no se veía lo de dentro, y dentro no había absolutamente nada, salvo suciedad, miseria, dos niños pequeños en un rincón y otro más visible en un patio trasero a través de una puerta frente a la mía. Nadie con un mínimo de posibilidades podía vivir allí, y si Maura era jinetera, por poco que trabajara...

Apareció una mujer, cuarenta años, aunque eso era tan difícil de calcular como medir a ojo la distancia entre dos montañas. Se acercó curiosa, pero también con un atisbo de miedo en los ojos, y por si acaso lanzó una mirada de precaución en dirección a los dos niños pequeños del rincón. No esperé a que llegara hasta mí.

—Estoy buscando a Maura —le dije para tranquilizarla—. Es muy importante que dé con ella, y se ganará una buena propina sólo por hablar conmigo, señora.

La mujer frunció el ceño.

—¿Maura, señor? Aquí no vive ninguna Maura ni nadie que se llame así.

La inquietud fría me alcanzó la nuca.

—No entiendo. Ayer vino una amiga suya, la señorita que está en el taxi...

Miré hacia atrás. Anyelín estaba fuera del coche. Sus ojos ya no expresaban otra cosa que no fuera miedo. Podía percibirlo pese a la distancia que nos separaba.

—Esa muchacha sólo me preguntó de quién era la casa, porque me dijo que alguien quería comprarla. Y cuando volvió fue para preguntarme si había encontrado un anillo que decía haber perdido.

Sentí una fuerte presión en el cerebro, y un zumbido en los

oídos. El ridículo era lo de menos. El ridículo desaparecería dando media vuelta y marchándome de allí, aunque entonces tendría que enfrentarme con ella.

Casi deseé que hubiera echado a correr.

Pero no lo había hecho. Seguía de pie junto al taxi, tal vez creyendo más en su influjo y en mi debilidad que en la reacción que su mentira pudiera provocarme.

—Perdone, señora.

Retrocedí, sin que ella me dijera nada. Sólo me miró como si estuviese loco. Ésa debía de ser mi imagen. Cuando eché a andar, mis pasos ya no tenían nada de cautos o pacientes. Eran los pasos de un hombre enfurecido, cabreado, muy cabreado. Atravesé la calzada enfrentándome de forma directa a la mirada de Anyelín. Ni siquiera la apartó. Creo que eso me enfureció aún más.

Intentó hablar la primera.

—Daniel, yo...

No la dejé. La cogí de un brazo, con fuerza, haciéndole daño, aunque no se quejó, y la aparté unos metros del taxi. El sol nos pegaba de lleno, pero yo habría estado igual de encendido en el Polo Norte. Cuando me detuve llegué a zarandearla, justo antes de soltarla con una súbita descarga de rabia. En realidad no sabía si estaba más enfadado por su engaño o si era por la certeza de que ya no iba a dar con Maura.

—Daniel... —Empezó a llorar.

—¡No lo hagas! —la previne—. ¡No me llores!

—Lo siento. —No me hizo caso.

—Dime sólo una cosa, y quiero la verdad: ¿conoces a Maura?

Tardó un par o tres de segundos en contestar. Estaba abrazada a sí misma, temblando, y debía de haberle hecho daño porque con una mano se tocaba el brazo que acababa de presionarle con violencia. Pero no apartó sus ojos de los míos.

—No —reconoció finalmente.

—Entonces...

—Perdóname, por favor.

—¡Dios! ¡Dios!... ¡Joder, Dios! —empecé a perder los estribos.

—Quería estar contigo —justificó—. Te había visto hacía rato, y me gustabas. Me gustabas mucho, Daniel, te lo juro. No lo digo para... Me gustabas mucho.

—¿Cómo se te ocurrió...?

—Vi que preguntabas a algunas chicas y enseñabas esa fotografía, así que me acerqué a una y me dijo lo que buscabas y el nombre de ella. Fue suficiente con ir hacia ti y decírtelo. Lo único que quería era una oportunidad de estar a tu lado, que me conocieras.

—Pero ¿por qué Varadero?

—Si te hubiera dicho que esa tal Maura vivía en La Habana, ¿me habrías dejado pasar la noche contigo? Quería quedarme contigo esa noche, y traerte hasta aquí para pasar otra. Incluso cuando me enseñaste aquella libreta y vi el nombre de la discoteca del Bella Costa... Todo me vino muy bien. Sabía que si estábamos juntos ese tiempo yo te gustaría.

—¡Me gustas, pero eso no tiene nada que...! —tampoco esta vez acabé la frase—. ¡Has hecho que anule mi viaje de regreso, que pierda el tiempo siguiendo una pista falsa! ¿Crees que eso va a hacer que me sienta feliz?

Sus lágrimas ya eran constantes. Resbalaban por sus mejillas dejando surcos brillantes en el ópalo suavemente oscuro de su piel, y caían desde la barbilla dando un salto mortal en el vacío que la apartaba de mí. Pese a todo, me miraba, fijamente. Había en ella tanta rabia como frustración, y tanto miedo como desesperación. Lo podía entender todo, menos el miedo.

—Me he... portado bien... contigo —suspiró.

Intentó tocarme. Movió su mano derecha para acariciarme las mejillas, pero no lo permití. Di un paso atrás, quedando fuera de su alcance.

—Mierda, Anyelín, ¡mierda! —suspiré agotado.

Quería odiarla y no podía. No después de habérmela tirado tres veces.

El resto fue más bien compulsivo, visceral. Cerré los ojos para apartarla de mí, y lo hice antes de dar media vuelta y caminar hasta el taxi. Ni siquiera trató de detenerme. Tampoco me llamó. Entré en el vehículo y le pedí al taxista que me llevara de regreso al hotel y rápido.

Mientras nos poníamos en movimiento, no miré hacia atrás.

Realmente temía convertirme en una estatua de sal.

Tampoco quería recordarla así el resto de mis días.

19

No perdí mucho tiempo.

Subí a mi habitación, sentí el peso de mi primera nostalgia al ver la cama vacía, eché un vistazo por si me dejaba algo y volví a bajar para abonar la cuenta en recepción. Una vez libre, se me planteó de nuevo la disyuntiva de pagar ochenta dólares por un taxi o jugármela con un autobús turístico. No estaba para muchas gaitas, y me daba lo mismo tardar una hora más o menos. Ya no tenía nada que hacer, y sí en cambio dos días por delante.

Quería pegar a alguien.

Pacifista o no, quería pegar a alguien.

Pregunté en recepción si esperaban algún autobús para traslado de turistas y me dijeron que no lo sabían. Casi nunca sabían nada. Me acerqué a la media docena de personas sentadas en el vestíbulo con bolsas y maletas. Cuatro me dijeron que se iban al aeropuerto de Varadero, pero una pareja de mexicanos me dio la respuesta correcta: iban a La Habana y tenían que recogerles en media hora como mucho. Esperé.

La media hora se convirtió en casi una hora, pero al final apareció una guagua de Cubanacán. Me acerqué al conductor, le pregunté si disponía de plazas libres, me dijo que sólo tenía que recoger a siete personas, y entonces le ofrecí mis habituales diez dólares por llevarme hasta La Habana. Me dijo que por diez dólares me dejaba donde quisiera. ¿El Comodoro? Ningún problema.

Él también tenía una cuñada que no era jinetera, pero a la que yo seguro que iba a gustar. En fin, sólo era por si me interesaba. Le dije que no y le di las gracias de todos modos. Evidentemente en Cuba todo el mundo quiere que estés contento, y que mojes. Servicio completo.

Lo triste era su amabilidad.

Porque realmente eran amables.

El Bella Costa era el más alejado, así que la pareja de mexicanos fue la primera en subir al autobús. Después pasamos por otros dos hoteles. En el primero subió un hombre solo, treinta años, cara de bobo pero también expresión de habérselo pasado de puta madre. En la vida habría hecho lo que en Varadero. Anyelín, con él, habría conseguido el pasaporte para España. Podía apostarlo. En el segundo hotel subieron dos matrimonios en vacaciones, ruidosos, con el desparpajo del que se cree tan lejos de casa que puede hablar en voz alta aunque estén en un país con su misma lengua. Porque eran españoles. Yo me había puesto delante, para ver el panorama y distraerme con él. Así que todos se sentaron detrás.

Me pregunté dónde estaría ella.

La había dejado tirada, a dos horas de La Habana.

Me dije que eso no era problema. Era una gata, y las gatas caían de pie.

Ningún problema.

Salvo que, estúpido de mí, me sentía igual de mal.

Culpable.

Cerré los ojos, pero eso no me ayudó. Ahora empezaba a ver las cosas con más calma, con una nueva perspectiva. Tampoco soy un ciego sin sentido. Si ella me había engañado, era porque «yo» había querido que me engañara, y no por mí mismo, aunque la desease desde el primer momento, sino porque ese «yo» representaba a todos los tíos que iban a Cuba a por todas las Anyelines capaces de lo que fuera por sobrevivir. Ése era el círculo vicioso. Anyelín no había hecho más que actuar de cebo, hacer uso de su astucia de superviviente. Una trampa simple, sencilla. Sabía que si lograba meterse en mi vida, aunque fuera por una rendija, aunque fuera un segundo, ya no iba a dejarla marchar. Sí, el culpable era yo.

Abrí de nuevo los ojos al pegar un brinco el autobús, y entonces la vi.

No lo esperaba, así que el shock fue aún más brutal. Lo curioso es que primero sentí una llamarada de alivio, una explosión de alegría imposible de ocultar. Fue tan sólo cosa de una fracción de segundo. Maté ambas sensaciones y me quedé muy quieto mientras el autobús se acercaba a ella.

Estaba en la carretera, fuera ya de los límites de Varadero, y hacía botella con el pulgar levantado. Casi me pareció asombroso que nadie la hubiera recogido todavía, aunque los depredadores salían de noche, y nadie habría esperado encontrar a pleno sol a una muñeca como ella. Dios..., se me antojó un oasis en mitad del desierto, una pequeña obra maestra de la naturaleza allá donde sólo quedaban residuos de humanidad. Su cabello agreste, su rostro delicado, los labios y los ojos que no podía apartar de mi mente, su cuerpo, el pecho y el sexo ocultos por la ropa...

El autobús pasó por su lado, la rebasó, la envolvió en una bocanada de aire caliente y humo pestilente que la obligó a apartar la cabeza. No me vio. Después siguió su camino.

Aquella noche, según quién se detuviera para llevarla, podía estar en otra cama, y con otro hombre.

Pero no fue por eso por lo que me levanté.

Lo hice porque sentía como si tuviese una segunda oportunidad, no ya con ella, sino conmigo.

—¡Pare!

—¿Aquí? ¿Por qué?

—Pare y serán diez dólares más.

Paró, sin hacer preguntas, y me abrió la puerta delantera. Cuando salí del autobús, Anyelín ya corría hacia él, dándose cuenta de que no era casual la parada. Al verme asomar se detuvo en seco.

Yo también lo hice.

Fue al ir a dar ella media vuelta cuando la llamé.

—¡Anyelín!

Sentía los ojos de los turistas del transporte fijos en mí, pero pasé de ellos olímpicamente. Sólo me preocupaba mi ex compañera.

Tenía ya una ex mujer, y ahora una ex compañera. Mi vida pronto sería un ex todo.

—¿Qué quieres? —me preguntó desde la distancia.

—Ven.

Se lo pensó cinco segundos, y debió de calcular que fuera lo que fuera, siempre sería mucho mejor que caminar bajo el sol a la espera de algo que tal vez no llegase. Así que se acercó a mi, despacio. Todavía tenía los ojos rojos, debía de haber vuelto a llorar después de dejarla yo. No se detuvo hasta que llegó frente a mí, y lo hizo a un par de pasos.

Siempre miraba a los ojos, directamente, sin manías. Y esta vez no fue menos.

—Sube —le pedí.

No me lo discutió. Subió al autobús y se encontró con otros ojos, los de los siete pasajeros y el conductor. Especialmente los del tipo de treinta años bailaban dentro de sus órbitas, alucinados. Yo subí tras ella, pero no ocupé el mismo sitio de antes. La seguí por el pasillo hasta casi el fondo. Lo único que no hice fue sentarme a su lado. Ella ocupó un asiento en la ventanilla de la parte derecha, y yo hice lo mismo en otro de la izquierda.

El autobús arrancó de nuevo.

Fueron las dos horas más largas de toda mi vida.

Por una parte, estaba tan lejos de mí como la Tierra de la Luna. Lejos en un estado real y en una dimensión tangible. Pero por otra parte, la sentía no ya cerca, sino metida en lo más profundo de mi cerebro. Tenía su aroma en mi nariz, su gusto en mis labios, su sexo en mi sexo. Era una sensación demasiado fuerte para ignorarla. Ni siquiera lo entendía. Había estado con suficientes mujeres como para...

Pero no como ella, era evidente.

Sentí un par de veces la necesidad de hablarle, y el deseo de sentarme a su lado, decirle que no la perdonaba aunque la entendía. Pero no me moví. Esta vez no. Tenía el culo soldado al asiento, y la voluntad cerrada a mis emociones y estímulos. También era estúpido decirle eso de que no la perdonaba aunque la entendía. ¿Quién coño era yo para perdonar o no perdonar, o siquiera para entender? Yo era un tipo con dólares que podía comprar lo que quisiera en el escaparate, y ella estaba en el escaparate, era el mejor pastel, de chocolate puro. Así que ya estaba bien de hacer el gilipollas.

Por eso seguí sentado, percibiendo su sensualidad, lleno de sus vibraciones, capturado por sus sentidos, pero fuera de su alcance físico. Incluso de sus ojos. A veces la miraba yo, mientras ella tenía la cabeza baja o la frente apoyada en el cristal de la ventanilla, y otras me miraba ella, mientras yo me asomaba a la Cuba que pasaba al otro lado de la mía. Una Cuba que cada vez me gustaba más en el fondo, aunque no en la forma, porque iba metiéndose en mi sangre y en mi corazón. Y en uno y otro caso, los dos sabíamos que esa mirada estaba ahí, pero no hacíamos nada para encontrarla. Probablemente si ella o yo la hubiese buscado, el primero habría apartado los ojos.

Al llegar a La Habana me la habría tirado como un salvaje.

Puro deseo.

Soy experto en controlarlos, así que los reprimí.

Mi hotel estaba al oeste, y entramos por el este. Pensé que había más gente de lo normal en las calles, pero sólo fue un reflejo. No estaba para fijarme en detalles. Aproveché la primera parada que hizo el conductor en el centro, frente al Hotel Nacional, para levantarme. No tuve que decirle nada a ella. Me secundó. Bajé el primero y esperé a que Anyelín se detuviera a mi lado. Cuando lo hizo yo ya tenía en la mano un billete de cincuenta dólares. Pensé que no era demasiado, pero que allí era mucho. Pensé que lo que ella me había dado valía... Y al final no pensé en nada más. No quedaba mucho tiempo.

Le puse el billete en la mano, y nuestros dedos se rozaron.

Lo miró. Creí que me lo iba a tirar a la cara.

No fue tan tonta. O por lo menos su orgullo no fue superior a su razón.

—Cuídate —le dije como un idiota.

No contestó. Sus ojos volvieron a decirlo todo sin necesidad de palabras.

Subí de nuevo al autocar y ya no me di cuenta de nada más hasta que me encontré en el Comodoro.

20

Fui directamente al comedor, y tras beberme una botella de agua de una sola vez, tomé una sopa y un poco de pollo. Descubrí que tenía hambre y recordé a Anyelín, por la mañana, guardando provisiones y diciendo que nunca se sabía cuándo podían hacer falta. Probablemente estuviese devorándolas ahora.

No tenía muy claro qué hacer ni adónde ir, así que opté por visitar mi bungalow mientras trataba de decidirme a llamar al periódico antes de que fuese demasiado tarde para hacerlo. Carlos me pegaría unos gritos, me recordaría que también Estanis había decidido prolongar unilateralmente su estancia, y que estaba muerto. ¿Y si llamaba mañana, que era cuando me esperaban en vivo y en directo en redacción? También tenía que ir al bungalow a por otra de las fotografías de Maura. Recordé de pronto que la primera se había quedado en el bolso de Anyelín. Desde luego no iba a llevarme la de las bragas rojas.

Atravesé la avenida y la zona de los taxis aparcados, y vi que un hombre, al verme aparecer, me miraba con atención y se levantaba del bordillo en el que descansaba. Pensé que buscaba un cliente y no le hice demasiado caso, pese a la persistencia de su mirada. Era de mi estatura, delgado aunque fornido, con barba, bigote y gafas oscuras. Me olvidé de él al entrar en recepción y pedir la llave. La recepcionista de los puros me lanzó una sonrisa de afecto y me dio algo más que la llave.

Un mensaje.

—Llamaron no hará ni diez minutos, señor —me informó.

No podía ser del periódico, pero sí era del periódico. Lo asombroso era el texto:

«Dicen que aún no te has ido. Esperamos sea por acontecimientos en Cuba. Si estás a punto de irte no lo hagas. Tómate un día o dos más y haz fotos. Informa cuanto antes por teléfono. Suerte.»

Firmaba el mismísimo Carlos.

Tuve que leerlo un par de veces además de la primera lectura, camino del bungalow. El frescor de mi habitación, por una vez, me ayudó a bajar la temperatura de mi interior. ¿Acontecimientos en Cuba? Todo parecía en calma, tranquilo. ¿De qué demonios estaban hablando? Lo único bueno de aquello era que mi decisión de quedarme dos días de pronto venía aprobada por las alturas. Descolgué el teléfono y le pregunté a la chica de recepción si el mensaje era correcto. Me dijo que sí. Después le pregunté qué estaba sucediendo en Cuba, si es que sucedía algo, y se calló de pronto. No sé por qué recordé la moda española de pinchar teléfonos o interceptar conversaciones.

—No sé de qué me habla, señor —acabó contestándome con tanta sinceridad como la de Anyelín la noche en que nos conocimos.

Puse la televisión. Desde los hoteles y gracias a las parabólicas es fácil atrapar una docena de canales. Busqué la CNN y di con ella a la de tres. No tuve que esperar demasiado.

Las escenas parecían filmadas en el mismísimo Malecón, aunque la voz de la locutora hablaba también de Cojímar. Por la posición del sol, aquello daba la impresión de haber sido filmado por la mañana, mientras Anyelín y yo nos dedicábamos a dormir, desayunar y finalmente pelearnos en Varadero. Varios centenares de hombres y mujeres, pero esencialmente hombres, protestaban a gritos y lanzaban piedras. En una sucesión de planos fulgurante, vi desde tiendas con los cristales de los escaparates rotos —la zapatería de los tres zapatos, ahora con sólo uno como mudo testimonio de la barbarie— hasta los primeros botes que se lanzaban al mar con la sorprendente intención de echarse al agua para algo más que pescar. Unos llevaban velas, otros remos, pero esencialmente, lo más dantesco era que en cada uno se apretaban diez o doce personas. Me costó entender a la locutora, porque mi inglés es normal y siempre me ha sido difícil pillarles el acento a los yanquis, pero empecé a colegir la situación a las primeras de cambio.

Se había desatado una oleada de protestas en La Habana. Al entrar en la ciudad hacía un rato ya me había parecido que las calles estaban más animadas que de costumbre. Idiota de mí. Cientos de personas habían dicho «basta» a la penuria. Se hablaba de la primera «revuelta popular» desde la Revolución a fines de los cincuenta. Se había abierto la veda para cruzar los escasos ciento cuarenta y ocho kilómetros que separan Cuba de Florida, pero una veda «de por libre», porque según «informes oficiales», el régimen había suspendido todo el tráfico por la bahía. Por otro lado, la CNN aseguraba que la presencia de miles de manifestantes en el Malecón de La Habana se debía a la información difundida en la capital de que allí había barcos dispuestos para llevar a quienes quisieran a los Estados Unidos. Al no encontrarse esos barcos, muchos desesperados se habían lanzado al Caribe con sus precarias embarcaciones, a la brava. Todo ello entre el caos de las primeras noticias y la cifra de los primeros heridos. Sólo heridos.

Me quedé tan conmocionado como si mi ex acabara de entrar por la puerta diciéndome que no podía vivir sin mí.

Había estallado una revolución y yo estaba en medio. De articulista para hablar de «sexo y españoles en Cuba» me acababa de convertir en corresponsal de guerra.

La CNN concluyó su informe de la situación, y pasó al efecto que todo ello estaba produciendo en Miami, donde otros miles de cubanos se agolpaban a la espera de noticias y algunos navegaban ya al encuentro de los posibles evadidos que consiguieran alcanzar el mar abierto. Los guardacostas estadounidenses se preparaban para la situación. La Casa Blanca aún no había emitido comunicado alguno.

Tuve que levantarme. No sé por qué esperaba que el ejército tomase el Comodoro o algo así. Salí afuera, a la terracita de mi bungalow, y me encontré con el mismo plano bucólico de todas las veces. Gente bañándose, gente tumbada al sol, gente sentada en los taburetes del bar de la piscina devorando mojitos... Además, la gente era española. Cuatro desgraciados de unos veinte años, de los que también creen que sólo ellos saben hablar el idioma del país, mantenían un diálogo adecuado de punta a punta de la porción de piscina situada a mi izquierda.

—¡Eh!, ¿te la chupó la tuya?

—¡Joder, como que me entraba la sábana por el culo, tú!

—¡A mí se me peleaban por el nabo! ¡Querían que las dejara contentitas a las dos!

—¡Anda ya, fantasma!

Era delirante. Volví adentro. Si el mundo estallaba, aquellos cuatro imbéciles morirían satisfechos. Pero más bien daba la impresión de que todo seguía igual, o sea, que Cuba se caía a pedazos, ahora más en serio todavía, pero el turismo permanecía ajeno. No pasaba nada. Los que tomaban el sol en las playas o se preparaban para el nuevo desenfreno sexual nocturno, podían estar tranquilos.

Yo no lo estaba. Continué viendo la CNN hasta que cambiaron de información y pasaron a Bosnia. Me sorprendió que los yanquis supieran dónde estaba Bosnia, aunque con la de meses que hacía que duraba el conflicto, habían tenido tiempo de buscar un mapa.

Me sentía esencialmente peleón.

¿Y ahora qué? ¿Querían un corresponsal de guerra? Iban a tener un corresponsal de guerra. Si me quedaba en la habitación el primero que se sentiría hecho una mierda sería yo, no ellos. Así que cogí la cámara de Estanis y media docena de carretes que introduje en los bolsillos del pantalón. Como fotógrafo no era ninguna maravilla. Y no lo decía por mí, sino por el equipo. Ni un solo tele, ni un mísero gran angular, nada de nada salvo el 50 mm. clásico. Pero menos daba una piedra. Para fotografiar jineteras no hacía falta un zoom.

Cogí la fotografía de Maura casi de milagro, sólo porque las vi en la habitación antes de irme. Salí afuera, y nada más abandonar la recepción de los bungalows me topé de bruces con el mismo hombre de antes. Detrás de sus gafas oscuras no le veía los ojos, pero ahora supe que me buscaba, y que no era por si necesitaba transporte. Le tomé la delantera dejándome guiar por mi instinto.

—¿Armando?

—Puedo llevarle hasta él.

Bien por mi instinto.

—Vamos. —Le demostré que tenía prisa.

—¿Para qué le busca? —Él no tenía tanta. Bueno, no tenía ninguna, porque no se había movido.

—Conoció a un amigo mío.

—¿Qué amigo?

—Oiga, están pasando cosas y necesito verlas de cerca, ¿entiende? ¿Por qué no hablamos de camino al Malecón?

—¿Qué amigo? —insistió impertérrito.

—Estanis Marimón.

Era de piedra. O no me creía o esperaba algo más, tal vez una prueba. Se me ocurrió que debía de ser esto último, y siendo así, se me ocurrió algo más: que él era Armando.

Saqué del bolsillo la libreta de Estanis.

No hizo falta ni que la cogiera. Su cara cambió, se apreció la distensión en sus facciones, la pérdida de rigidez. Me miró a los ojos y asintió levemente con la cabeza.

—Vámonos. —Se puso en movimiento.

Caminamos en dirección a un coche blanco con dos tiras plateadas arriba y abajo del cristal delantero, para evitar el sol de forma directa. En la parte superior derecha había algo más, un trébol de cuatro hojas de color verde. Ya había ido en un taxi pirata, así que abrí la portezuela delantera y me senté. Armando lo hizo en su puesto de conductor. Tenía demasiadas preguntas en la cabeza, pero empecé por la más normal dadas las circunstancias.

—¿Qué está pasando?

—Nada.

—¿Nada? —salté.

—Hay unos miles de cubanos protestando, gritando que ya está bien, pero eso es como si no pasara nada. Otra cosa son los balseros.

—¿Quiénes son los balseros?

—Los que se están echando a la mar. De eso sí va a hablarse.

—Por televisión parecía una revuelta.

—¿Qué televisión?

—La CNN.

—Oh. —No le dio la menor importancia.

—¿Es normal que la gente se eche a la calle para protestar aquí en Cuba?

—No, no es normal —reconoció—, pero esto es sólo una parte más del proceso de cambios que estamos sufriendo. ¿O cree que está en medio de la verdadera revolución?

—No sé, yo...

—No tenemos armas, señor. ¿Cómo va a haber una revolución sin armas?

—Tampoco tienen barcos y acaba de decirme que hay balseros.

Me sonrió. Con ironía.

—Muy agudo, amigo. ¿Cómo se llama?

—Daniel Ros.

—¿Por qué tiene la libreta de Estanis Marimón, Daniel?

—Porque era amigo suyo, y me han enviado a completar el trabajo que él no pudo hacer. —Le miré de pronto sintiendo un ramalazo de inquietud—. ¿Sabe que él ha muerto, no es cierto?

—Lo sé.

—¿Cómo lo sabe?

—Era su taxista —me dijo en forma natural—. Aquella mañana no apareció, y luego supe...

—¿Nada más?

—¿Por qué debería haber algo más?

—Hay quien piensa que no murió por lo que se dice.

Conducía rápido por la Tercera Avenida, pero ahora sacó el pie del gas mientras me lanzaba una mirada de soslayo.

—¿Quién cree algo tan terrible?

—Su esposa, por ejemplo.

—¿Y usted?

—Estanis Marimón no tomaba drogas.

Me dio por pensar que iba a meterse en un callejón para abrirme en canal. Todavía no me fiaba de él, ni de su misteriosa actitud. Y sin embargo ahí íbamos los dos, en dirección a La Habana Vieja, para meternos de cabeza en...

—¿Murió por una sobredosis de drogas?

—Sí, ¿no lo sabía?

—No. Nadie lo dijo. ¿Es usted periodista, Daniel?

—Sí, ya le he dicho que me han enviado aquí para acabar el trabajo de Estanis.

—¿Lleva su pasaporte?

—¿No me cree?

—Por favor.

Me tendió la mano derecha, y tuve que hacer lo que me pedía. Saqué el pasaporte, y el billete de avión doblado junto a él. Me lo cogió todo. Redujo la velocidad para ver, primero, mi fotografía, y después la hoja con la fecha de entrada en Cuba. También examinó el billete de avión.

—Me temo que ha perdido usted su vuelo de hoy —repuso cauto.

—Lo he cancelado por un par de días.

—¿Por qué?

—En mi periódico me han pedido que me quede a escribir sobre lo que está pasando —mentí sólo a medias.

Me devolvió mis cosas y las guardé de nuevo. Al hacerlo recordé el punto esencial de mi interés en hablar con él. Saqué la fotografía de Maura y se la puse por delante, sin soltarla. Esperé.

—Maura —susurró él.

Después de lo de Anyelín había llegado a pensar que era una ilusión.

21

Me quité un peso de encima, aunque sólo fuera parcialmente.

—¿La conoce?

—Estaba con Estanis el último día. Es una jinetera.

—¿Sólo el último día?

—Sí, me dijo que la había conocido la noche anterior, y que no había podido resistirse.

Podía entenderlo. Vaya si podía. Y más después de lo de Anyelín.

—¿Cuántos días le hizo de taxista a Estanis?

—Algunos, no recuerdo —evadió la respuesta.

—¿Sabe dónde vive Maura?

—No, nunca la había visto.

—¿Les llevó a alguna parte?

Pasábamos por debajo del túnel de la Ensenada de La Chorrera, a mitad de trayecto del Malecón. Volvía a conducir más despacio que de costumbre.

—No —dijo—. ¿Por qué le interesa tanto esa mujer?

—Estuvo con él la noche de su muerte, y si le mataron...

—¿Pudo ver algo?

—¿Me lo dice o me lo cuenta? —Me estaba hartando de tanto misterio—. ¡Sabe perfectamente que si a Estanis le mataron ella pudo ver o saber algo! ¡Mierda!, ¿quién es usted?

—Un cubano como tantos. Trato de sacarme unos dólares con el coche, nada más.

—¿Y entonces a qué ha venido eso de pedirme el pasaporte y ver hasta el billete de avión?

—Precaución.

—¿Precaución? —Volvió a cabrearme—. ¡Maldita sea! ¿Que está pasando aquí?

—¿Puedo hacerle unas preguntas más?

—¡No!

Se calló, y con su silencio me di cuenta de que el más perjudicado era yo. Así que me resigné a mi suerte.

—De acuerdo —le invité—. Pregunte —y le advertí—: pero luego me tocará a mí.

—Es justo —asintió con la cabeza—. ¿Cómo se llama la esposa de Estanis?

—Elisa, ¿por qué?

—¿Y sus hijas?

—No tienen hijos.

—¿Algún pariente?

—Un sobrino, Rodrigo.

—Muy querido por él.

—Le aborrecía, pero por su mujer...

—¿Qué tipo de música y qué autor era el favorito de Estanis?

—Estaba loco con Stravinsky. —Me estaba cansando ya de esas tonterías—. Armando...

—Está bien, está bien, ya he terminado —suspiró—. Sólo quería estar seguro. Él me contó esas cosas, ¿sabe? Lo de la mujer aún es fácil, pero lo de que no soportaba a su sobrino y lo de Stravinsky...

—¿Quién creía que podía ser yo?

—Nunca se sabe. —Se encogió de hombros.

—Le mataron, ¿verdad? —le solté a bocajarro.

Tardó tres segundos en responder.

—Creo que sí —suspiró por segunda vez, y había pesar en su voz.

—¿Quién?

—No lo sé, pero no pudo ser casual, y si lo fue...

—¿Maura?

—No era más que lo que le he dicho: una jinetera.

—¿Entonces?

—No lo sé, Daniel. De verdad.

—¿Creía que yo era de la policía o algo así?

—Ya le he dicho que tal vez.

—Pero...

—Por favor. No haga preguntas ahora. Estamos llegando y no hay tiempo. Tampoco es el momento.

El momento era tan bueno como cualquier otro, pero lo del tiempo era exacto. Durante la mayor parte del trayecto las calles habían estado asombrosamente desiertas. Ahora, a medida que nos acercábamos a la parte del Malecón más próxima a La Habana Vieja, se empezaba a ver gente, pero no como la había visto desde mi llegada, siempre sin prisas aparentes, hombres apoyados en cualquier parte y mujeres con rulos sentadas en las puertas de sus casas, o niños jugando al béisbol con pasión infantil. Ahora se movían, corrían, hablaban, hacían aspavientos. Incluso empujaban bidones vacíos, maderas y grandes pedazos de tela en dirección al Malecón.

—¿Que está pasando realmente, Armando?

—Mírelo usted. Después, si aún no lo sabe, pregúnteme.

Detuvo el coche en el cruce de San Lázaro con la Avenida Italia, la primera paralela al Malecón. No hizo ademán de bajar. Tampoco tuve que preguntarle si me esperaría. Iba a hacerlo. En cuanto a las causas de que no me acompañara... aún no estaba muy seguro de ellas. Incluso mis intuiciones podían ser apresuradas y estrambóticas a veces. Con mi cámara al cuello caminé en dirección al Malecón y nada más salir a él, por la derecha, vi al gentío. Los gritos los había oído desde el instante de bajar del coche.

Todo lo que hacía un rato había visto por televisión, estaba ahí, sólo que corregido y aumentado. En vivo.

En directo.

Era la primera vez que estaba en el ojo del huracán.

Primero di unos pasos sin mucha convicción, más preocupado de mantener libre la retaguardia que de otear el movimiento constante frente a mí. Fue hasta que me di cuenta de que nadie, absolutamente nadie, reparaba en mí, sino en sí mismo. Ni siquiera vi a la policía ni al ejército hasta unos minutos después. Pero no intervenían. Tal vez en el centro de La Habana Vieja los disturbios fueran más graves, más intensos y directos, pero allí todo se producía de cara al mar. Los hombres y mujeres que llegaban con sus pobres balsas, no eran ni detenidos ni molestados. Aparecían, subían la barandilla de piedra del Malecón, saltaban a las rocas, y se echaban al agua. El mar estaba moteado de neumáticos que ya no sostenían a tranquilos pescadores, sino que soportaban atados entre sí a decenas de personas. Y lleno de maderos con velas de risa, bidones unidos con cuerdas, remos que se rompían a la tercera embestida. No sólo era esa presencia marina de embarcaciones imposibles, si es que llegaban a tanto. La síntesis del dramatismo llegaba con los que, atrapados por la espiral de la locura, se echaban al agua y nadaban en busca de uno de los instrumentos flotadores. La carga ya había hundido a varios, y otros zozobraban con la presencia de nuevo peso. Los que estaban arriba trataban de impedir a los del agua que subieran, y los del agua acababan regresando a nado. A pesar de ello, no había un exceso de tragedia griega. Algunas personas incluso reían, despedían a los que se iban o recogían a los que regresaban. Otros sí, se abrazaban y lloraban, y les oía decirse que volverían a encontrarse, que les mandarían dinero desde Miami, que ahora o nunca.

Hice mis primeras fotos, venciendo mi pasmo, recordando que era periodista. Por primera vez en la vida.

—¡Señor, señor! ¿De dónde es?

—De España.

—Amigo. —Me palmearon la espalda—. ¿Nos sacará en la portada de su periódico?

—Mire cuántos balseros, ¡mírelo! Esto es el fin de todo.

—Nos dejan salir, ¿ve? —Señalaron hacia los hombres de uniforme, inmóviles al otro lado—. Los americanos dicen que podemos ir, y nos vamos.

No era lo que la CNN había dicho. Algo fallaba. Pero no podía decirles nada. ¿Para qué? La espiral de la locura les tenía contagiados a todos.

Recordé la odisea de «los marielitos», cuando Estados Unidos abrió sus fronteras en 1980 y Castro les mandó desde el puerto de Mariel ciento veinticinco mil «refugiados políticos»... que resultaron ser, en su mayor parte, ladrones e indeseables, la pura escoria de las cargadas cárceles cubanas. Una jugada maestra.

Sólo que esto era diferente.

La Habana estaba allí, Cuba estaba allí, sin distinción de edades ni posición, como eco de la revuelta. Los balseros eran el símbolo.

—¡No puedes irte en un neumático!

—¡Serán únicamente unas millas! ¡Ellos están ahí, fuera de las aguas jurisdiccionales, esperándonos!

—¡Sois demasiados, Roberto, por Dios! ¡Espera al menos unos días, para ver qué pasa, para saber...!

—¿Unos días? ¡Es ahora o nunca! ¿No te das cuenta de que si todo el mundo quiere irse, sí volverán a poner trabas? ¡Los primeros ya estaremos allí, y con lo primero que gane te vendrás conmigo, tú y las niñas!

—¡Roberto, no!

Roberto se echaba al agua, y ella, llorando, se quedaba en el Malecón, al lado de unos hombres ya ancianos que miraban con ojos de haberlo visto todo, aunque no tanto como para no sorprenderse con ello. Y muchos seguían riendo, animando a los que se iban, como si aquello fuese una fiesta rompiendo su monotonía. La gran fiesta de su primera revuelta en treinta y cinco años.

—Locos —dijo una voz a mi lado.

Le miré. Era uno de esos ancianos, con su bastón. Era lo más recto y liso de sí mismo, porque su piel estaba surcada por miles de arrugas y su cuerpo se torcía lo mismo que un sarmiento, doblado hacia adelante.

—¿Todo ha sucedido así, sin más? —le pregunté.

—No todo, amigo. Nos gusta el embullo, ¿sabe? Nosotros somos así, nos apuntamos a todo. La mitad de ellos —señaló al mar— hace una hora ni sabía que iba a lanzarse al agua para huir de la isla. Pero han visto a los demás y... Puro embullo.

No tenía que preguntarle por el significado. Acababa de decírmelo: «apuntarse a algo». Parecía absurdo pero... era así de sencillo. Y seguían cayendo personas al agua, la mayoría jóvenes, sin nada que perder.

—¡Dile a mi mamá que me fui!

Ella se llevaba la mano a la boca, y se mordía la carne mientras él nadaba. Podía ser su hermana, o su novia, o una simple amiga. Lloraba viéndole marchar, y lloró al verle volver después de ser apartado por una de las últimas balsas. Regresó, salió, se abrazaron y le oí decir:

—Bueno, mañana lo intento de nuevo. Vamos a casa y así me llevo algo.

—Dios —gemí sin fuerzas.

Disparé un carrete entero de fotografías, mientras el sol declinaba y a su compás la crecida de balseros menguaba en progresión geométrica. No era necesario que preguntara nada, porque todo estaba allí, delante de mis ojos. Me pregunté si cuando lo escribiera, alguien me creería. Las fotografías tal vez no bastasen. Algunos decían que en Cojímar el éxodo era aún más fuerte. Quise saber dónde estaba eso y me dijeron que al este, al otro lado de la Bahía de la Habana y de Ciudad Camilo Cienfuegos. De hecho no era más que un barrio extremo de La

Habana, un pueblo dominado por otra bahía. El Malecón no estaba solo, y ni siquiera sabía qué podía estar sucediendo en otros rincones de Cuba, aunque lo más próximo a Florida estuviese allí, en el norte, entre Mariel y la propia Habana.

Cuando regresé junto a Armando, bajo el efecto de cuanto acababa de ver, ni siquiera me di cuenta de que él me estaba esperando en el cruce del Malecón con la Avenida Italia. Fue al orientarme por ella, para bajar hasta la siguiente, San Lázaro, cuando apareció frente a mí.

Y no hizo falta hablar.

Caminamos juntos hasta su coche, y me dejé caer agotado en mi asiento mientras él daba la vuelta, entraba adentro y lo ponía en marcha.

22

¿Qué sabe de la situación política del país, Daniel?

—Creía saberlo todo, pero he estado un par de semanas de vacaciones y puede que me haya perdido algo.

—Hace tres meses el gobierno llevó a cabo una drástica subida de precios en algunos de los servicios básicos, como la electricidad, la gasolina, el agua, el transporte y diversos alimentos de primera necesidad.

—Lo leí.

—El ocho de julio también se suprimió la gratuidad de varios servicios sociales con la excusa de contribuir a disminuir el déficit presupuestario.

—Entiendo.

—Lo entenderá mejor cuando le diga que ayer se aprobó una nueva medida, que aunque no entrará en vigor hasta el mes de septiembre próximo, es la más singular de cuantas están impulsando desde el gobierno: la instauración de la primera ley de impuestos.

Impuestos en un país bajo régimen comunista. Comenzaba a comprender los disturbios, aunque no la fiebre balsera. Se lo pregunté así mismo.

—¿Qué tiene que ver el descontento popular con esa especie de emigración masiva?

—Vaya usted a saber. —Su gesto fue de desconfianza—. Hoy se ha dicho que quien quisiera salir de Cuba podía hacerlo, que había barcos esperando, por eso la gente se ha echado al Malecón. Pero ¿quién no le dice que ese mismo rumor lo ha impulsado el gobierno para contrarrestar la revuelta, y presionar a Estados Unidos para que abra de nuevo fronteras y permita la llegada masiva de exiliados a Florida?

—¿Lo cree posible?

—Todo es posible ya en Cuba, amigo. Desde hace dos años el país entero está en la bancarrota. ¿Y qué puede hacerse, adoptar «la vía china», una apertura sólo económica? China es un país enorme, tiene recursos, pueden hacer pruebas e incluso el mundo los va a mirar sin decir nada, perdonándoles «errores» como lo de Tiananmen. Pero éste es un país pequeño, que está al lado de los amos de ese mundo. Aquí la bancarrota es irreversible. Nada de lo que se haga cambiará esto, ningún pequeño o gran cambio que no vaya acompañado de una verdadera libertad. Ni la aceptación del dólar como moneda de cambio, ni la despenalización por tenerlos, ni la renuncia que hizo el Estado en ese 1993 del monopolio de 177 oficios... Nada. ¿De qué sirve eso? Se lo diré: para avivar más las diferencias sociales y fomentar el descontento. Los que pueden conseguir dólares comen mejor que los que no, los que encima pueden ahorrarlos tienen más posibilidades de conseguir papeles para salir de aquí, y si antes había jineteras, porque aquí tocamos a seis mujeres por hombre y eso es mucho, ahora todas las cubanas van camino de serlo, porque hay que dar de comer a los hijos. Y ésa si es buena materia prima, por suerte o desgracia. Tenemos las mejores mujeres y las más hermosas. Mire Estanis.

¿Estanis? Pensé en Anyelín.

Nos cruzamos con un grupo de hombres que arrastraban un entramado de maderos unidos unos a otros con cuerdas. Sólo eso. Tenían aspecto de ir a una prueba para un estúpido concurso de televisión, cantaban y se daban ánimos entre sí, sonreían felices. Sólo su aspecto les delataba, y la crispación interior. Instintivamente pensé en aquellos cientos, tal vez miles de seres en mitad de las traidoras aguas caribeñas. Si los americanos no estaban esperándoles, como casi aseguraba mi compañero...

—¿Qué será de esa gente? —quise saber.

—Muchos morirán ahogados —lo dijo sin aspavientos, sin ninguna crudeza, con simple naturalidad—. Otros acabarán en Guantánamo.

—¿La base estadounidense?

—Debería empezar a contarle algo —suspiró Armando.

—Sería hora. ¿Adónde vamos?

—A Cojímar.

—De acuerdo.

—¡Cuidado!

Su grito y el golpe de volante, a la derecha, llegaron al mismo tiempo. No tenía ni idea de dónde estaba, pero nos encontramos de pronto en mitad de los disturbios callejeros, y desde luego no tenían nada que ver con los sucesos del Malecón. A nuestra izquierda vimos correr a un enjambre de personas, esencialmente jóvenes. Algunos se detenían y arrojaban piedras, pero la mayoría avanzaba hacia el cruce. Por detrás vimos a otros hombres, de uniforme, corriendo hacia ellos.

—¡Brigadas de Respuesta Rápida!

—¿Qué?

No me gustaba nada encontrarme en mitad de la refriega. Los de las piedras las echaban hacia el otro lado pero los que perseguían a los de las piedras tiraban hacia ellos, y nosotros estábamos detrás, intentando enderezar el rumbo del coche.

—¡Son los jóvenes de las juventudes comunistas! —me gritó Armando—. ¡Están ayudando a la policía! ¡Maldita sea!

Consiguió pisar el acelerador. Enfilamos por una calle a toda velocidad. Por suerte, en muy pocas de las calles de La Habana Vieja había automóviles, aunque el riesgo era llevarse por delante a alguien. Todo el mundo había salido fuera de sus casas.

—¿Dónde estamos?

—Intentaré llegar a la Avenida del Puerto para bajar hacia el sur. La única forma de llegar a Cojímar es por la Vía Blanca, pasando al otro lado de la bahía.

No estaba muy seguro ya de querer ir a Cojímar. Allí habría más balseros, sólo eso.

—¿Le hizo de taxista a Estanis? —pregunté recuperando la estabilidad una vez pasado el peligro, al menos momentáneamente.

—Al comienzo sí. Nos avenimos enseguida.

—¿Qué ocurrió después?

—Es rápido —sonrió mi compañero.

—Pues no suelo serlo cuando estoy en mitad de una revolución.

—No es una revolución, Daniel —lo dijo con pesar—. Es un incidente más, sólo eso. Pero podría ser la clave. La historia suele escribirse a partir de momentos así.

Creo que llegaba la hora, o casi.

—¿Vas a contarme ya de qué va todo esto?

Conducía de nuevo con prudencia, sin pasarse ningún límite. Fuera de La Habana Vieja parecía haber menos gente por la calle. Se dignó lanzarme una mirada cauta, como si me estudiara.

—Estanis era una buena persona —me confió—. ¿Lo es usted, Daniel?

—Deberá decidirlo por sí mismo.

—A su compañero iba a hacerle famoso, a darle la exclusiva de su vida.

—No me interesa ser famoso —reconocí. Y hablaba en serio.

—¿No le gustaría informar de algo grande?

—Depende —insistí—. ¿Cuál era esa exclusiva?

—No corra tanto —me detuvo—. Todavía no es hora.

—Pues no dispongo de mucho tiempo. Mi vuelo es para dentro de dos días.

—Quizá sirva.

Me estaba cansando de tantos circunloquios mentales. Quería dejar de esperar un tiro en cualquier momento, aunque ahora me daba cuenta de que en ningún momento se habían escuchado disparos.

—¿Por qué iba a darle esa exclusiva o lo que sea a Estanis?

—Le necesitábamos.

—¿Para qué?

—Para que contara la verdad.

—¿Qué verdad? —Se lo iba sacando en cuentagotas.

—Verá, Daniel. —Hablaba despacio cuando parecía reflexionar en voz alta—. Al conocer a Estanis le tomé por un turista más, y eso fue todo. Luego, al contarme que era periodista, y hablarme de lo importante que es su medio en España, simplemente vi que era la persona adecuada, y que llegaba a nosotros en el momento más oportuno. No siempre basta con hacer una cosa: es necesario que luego alguien la cuente, y que lo haga con llaneza, diciendo la verdad. Así que eso nos interesó. ¿Cree que para algo así sirve un maldito yanqui o un francés? ¿Qué mejor que un español, alguien que hable tu misma lengua y entienda el problema? Estanis nos cayó como llovido del cielo.

—¿Nos cayó? ¿Quiénes sois vosotros?

—Estanis comprendió muy bien qué estábamos haciendo —siguió él, pasando de mi pregunta—. Se quedaba unos días más, a la espera de que todo encajara, y al morir...

—¿Estaba metido en algo oscuro?

—Él no. Éramos muy pocos los que sabíamos lo que iba a pasar, de ahí que su muerte no tenga ningún sentido, y sin embargo... —Movió la cabeza horizontalmente—. ¿Cree en las casualidades?

—No —reconocí.

—Yo tampoco. Por eso nos escondimos. Si le mataron por culpa nuestra, es que son estúpidos. Pero si no fue así y resultó un accidente... —Repitió su gesto negativo—. Hemos estado escondidos varios días, sin que sucediera nada. Su muerte no tuvo sentido, Daniel, ningún sentido.

—Ya no se esconden. —No fue una pregunta.

—Con lo que ha pasado hoy, y con usted aquí, ya no. Esta noche o mañana puede que nos juguemos el futuro.

—Así que yo sustituyo a Estanis.

—Sí.

—Perfecto. —Le miré como si estuviese loco, y tal vez lo estuviese.

De no ser por la muerte de Estanis lo habría tenido claro.

—Mañana me pondré en contacto con usted, para desearle un feliz regreso o para contarle de qué va todo esto.

—¿Mañana? ¿No va a decirme nada ahora?

—Lo siento.

Me moví con inquieta amargura en mi asiento.

—Oiga, y si yo no quiero ninguna exclusiva, ni ser famoso, ni quiero otra cosa que vivir en paz y regresar a mi casa feliz, ¿qué pasa?

—¿Habla en serio?

—¿Que si hablo en serio? ¿Tengo aspecto de héroe?

—Es periodista.

—¿Y qué? ¡Maldita sea!, ¿y qué? Lleva todo el rato valorando si merezco la pena, si soy de confianza, si puede confiar en mí, si... ¡A la mierda con ello! ¿Por qué no me pregunta si quiero meterme en el lío en que va a proponerme que me meta?

—Lo hará —dijo Armando.

—¡Y una leche! ¿Por qué voy a hacerlo?

—Por su amigo Estanis.

Me cogió. No tengo madera de héroe, ni de periodista agresivo, ni de defensor de ninguna causa por más que a veces me meta en problemas. Aquello era Cuba, no Barcelona, y era una revuelta o revolución o como lo llamaran, no un crimen en el Barrio Chino. Pero le había prometido a Elisa averiguar qué le sucedió a su marido. Lo de Maura era difícil de contar, pero algo como lo que me estaba temiendo...

—Daniel, usted no hará nada, no correrá ningún peligro. Sólo escribirá un reportaje.

—¿Le dijo lo mismo a Estanis Marimón?

Esta vez le cogí yo a él. Acusó el golpe. Rodábamos con relativa tranquilidad, como si por allí lo que pasara detrás de nosotros estuviese muy lejos, y pude verle la cara, de cansancio y crispación, por primera vez. Ya no parecía tan seguro, ni misterioso. De pronto se convirtió en un cubano cansado y lleno de una rabia ahogada que pugnaba por brotar de golpe hasta reventar. No hacía falta que le preguntara mucho en realidad. Era un anticastrista. Lo único que ignoraba era qué diablos pretendían hacer para que yo lo contara. ¿Volar la oficina de asuntos americanos? ¿Largarse a Sierra Madre a iniciar la contrarrevolución? ¿Ocupar las embajadas como ya habían hecho otras veces, sólo que ahora en plan masivo?

—¿Me llamará mañana para contarme de qué coño va todo esto? —le pregunté inesperadamente, tanto que hasta me sorprendí a mí mismo.

—Si lo que pretendemos es posible antes de que se vaya, sí. Y después de lo de hoy, lo veo posible, muy posible.

—¿Y si no es así?

—¿Podría quedarse más días?

¿Solo?

Volví a pensar en Anyelín.

—Debía regresar hoy. No creo que en mi periódico estén muy decididos a dejarme aquí una semana.

—En tal caso esperemos a mañana. Puede que si le cuento los hechos decida quedarse por su propia voluntad.

—¿Tan importante es lo que...?

—Vamos a cambiar la historia, amigo Daniel —fue su respuesta.

23

En Cojímar el ambiente y la situación no diferían mucho de lo que se vivía en el Malecón y la bahía de La Habana. La única diferencia era que allí todo era más pequeño, y la sensación vivida en el Malecón se multiplicaba como si fuera un altavoz. Armando se detuvo frente al viejo La Terraza. Había oído hablar de ese restaurante. Otra de las cunas de Hemingway. Daba la impresión de ser una especie de centro operativo, incluso para los primeros periodistas y cámaras que ya tomaban impresiones de la salida al mar de los balseros. Un veterano de los de la Revolución, fumando un puro habano, lo que ellos llamaban tabaco, porque los cigarrillos no son más que mierda para afeminados, les estaba dando lecciones de navegación a un grupo de corresponsales que se peleaban por meterle los micrófonos en el bigote.

—Dense cuenta de la dificultad. —La presencia de público le confería un aire pomposo—. No sólo se trata de salir a la mar y mirar el sol. ¡Ay, no, señores! Se trata de desviarse un grado al este, porque sólo de esa forma podrán ellos compensar la corriente que seguro los va a desviar. Un solo grado. El peligro para la mayoría sin embargo no será ese rumbo, ni siquiera los tiburones. El peligro serán ellos mismos, cuando naufraguen las balsas y quieren subir a otras. Allá en el mar no serán amigos y compañeros de infortunio, sino enemigos. La vida de uno será la muerte del otro —paseó una mirada solemne para dejar que sus palabras les impregnaran, y luego agregó con dramático énfasis—: ¿me comprenden ustedes?

Por detrás de él vi los anuncios de la bebida típica de La Terraza, el «trago Hemingway» —cubo de limón, marrasquino, jugo de toronja, ron y mucho hielo—, y en el interior, solitario, el busto del escritor y las fotografías de éste y de Fidel, unidos y amigables. Todo el mundo les daba la espalda. Por un día no interesaban a nadie.

—¿Y la protección? —continuó el hombre del puro habano—. Fíjense en aquéllos. ¡Locos! ¿Para dónde van sin un toldito? No basta con un pañuelo en la cabeza, porque a los dos días se ven hasta alucinaciones. Un toldito y mucha agua. Eso es lo fundamental. Pero ya ven: nadie oye. Se volvieron toditos locos.

Siempre he odiado el circo, me ha parecido un espectáculo triste. Y en ese momento el circo estaba allí, todos formábamos parte de él.

—Sí, esto le hará salir —oí suspirar a Armando.

—¿Quién va a salir?

No me contestó, pero volví a ver aquel rictus de cansancio, de agotamiento, de resistencia póstuma y quebrada.

Por la calle seguían yendo y viniendo curiosos y candidatos a balseros, riendo y llorando, gritando o en silencio. Los primeros querían ver, los segundos buscar su oportunidad. Algunos llevaban ya sus cosas en una simple bolsa de plástico. Otros pretendían llevarse un equipaje mayor. Los que iban de espectadores incluso vaticinaban y hacían apuestas.

—Ésos no llegan al faro. Con dos remos...

—¿No es ése José? Al pobre, de tan flaco ni los tiburones lo van a querer.

—¿Y si no están esperando? ¿Y si todo fue otra bulla? La única forma de que las autoridades americanas los recojan es pasar de las doce millas de su límite de aguas territoriales. Entonces es entrada ilegal pero te suben a un guardacostas.

—No vendrán barcos americanos. Vendrán barcos de los nuestros, los exiliados de Florida, para buscarles. Ya verás. Esto sí va a ser grande.

Disparé un segundo carrete en Cojímar, con imágenes de balseros en tierra y en el agua, y mujeres, madres, hermanas, novias, despidiendo a sus hombres porque la mayoría no quería personal femenino en las balsas. Y poco a poco, el vértigo acabó acompañándome a mí también, hasta que llegó un momento en el que me sentí cómodo. Nunca había experimentado el vértigo de las emociones *in situ*, siempre las había visto por televisión. Hasta pensaba en los corresponsales de guerra, en zona de combate, bajo las balas enemigas, y me decía que estaban locos, que nunca haría eso. Seguía pensándolo, porque además y de momento, aquello no me parecía una guerra, pero mis emociones estaban al máximo, lo mismo que mi adrenalina. Si nada más llegar había sentido el bloqueo, ahora sentía...

Armando vio la humedad en mis ojos.

—Vámonos, Daniel —me dijo—. Anochece y quiero dejarle en su hotel. Yo tengo cosas que hacer.

Disparé mi última fotografía. Un grupo de niños preguntando si podían subirse a una balsa que iba ensamblándose pacientemente para hacerse a la mar por la mañana con toda probabilidad. Se les apartó entre risas.

Acompañé a Armando hasta su automóvil y durante algunos minutos hicimos el trayecto en silencio, cada cual sumido en sus pensamientos. Yo tenía las huellas de lo que acababa de ver muy impresas en mi mente. Las de él no las conocía, pero me bastaba con mirarle a los ojos de tanto en tanto, fingiendo ver a ambos lados de nuestro camino, para darme cuenta de su presión interior. Por fuera era como casi todos ellos, de apariencia tranquila y reposada. Por dentro su espíritu era un resorte en tensión.

—Iremos por Luyanó, Santo Suárez y Aldecoa —me dijo como si yo supiera de qué me estaba hablando.

—¿Son pueblos?

—No, barrios de La Habana. Su hotel está en la Ampliación de Almendares. Mejor no volver a pasar por la costa, ¿no le parece?

—¿Teme que las cosas se hayan complicado?

—No, no lo creo, pero nunca se sabe. En cuanto anochezca del todo, la gente se irá a sus casas, y mañana ya se verá. Le dije que no era una revolución. Para muchos, pese a lo mal que están las cosas y están ellos, esto ha sido como una liberación de energía.

—¿Y los de las balsas?

—Esto no habrá quien lo pare. Alguien ha abierto un desagüe y no creo que nadie tenga, de momento, qué ponerle al agujero para taparlo.

—Armando, ¿sabe cómo podría localizar a Maura?

—Esta noche, en la discoteca del hotel. Pregúntele a las jineteras.

—Ya lo hice, sin resultado.

—Entonces olvídela.

—No puedo. Sigo pensando que estaba allí y que pudo ver algo.

—¿Y si la encuentra y le confirma que él murió por lo que murió?

—Por lo menos tendré una respuesta que darle a su esposa.

—¿Vino aquí por eso, no es cierto?

—Me envió mi periódico, pero...

—Sabía que era un buen tipo —me sonrió—. Nadie haría algo así si no fuera un amigo de verdad. ¿Y dice que no es valiente?

—No lo soy. Lo único que sé hacer es escribir, y es lo que hago. Pero no me gustaría verme atrapado aquí en medio de una guerra civil.

—No habrá ninguna guerra civil —me aseguró Armando—. Todos somos cubanos.

—Pero hay anticastristas, gente que daría lo que fuera por volver a estar bajo la «tutela» americana, y también hay procastristas, comunistas íntegros, los que defienden el orgullo de la independencia. Eso equivale a una confrontación civil.

—No habrá una guerra civil —repitió él—. Pase lo que pase, cuando haya pasado estaremos dispuestos a seguir. No sé si somos diferentes, pero acaba de mencionar la palabra orgullo, y de eso sí tenemos y vamos sobrados. Somos la reserva libertaria del mundo.

Tuve un estremecimiento. Franco decía que España era la reserva moral de Occidente.

No quise discutírselo. Reconocí un poco la zona por la que nos movíamos al ver a mi derecha las dos torres gemelas del hotel Tritón Neptuno, próximas al Comodoro. Así que estábamos llegando. No tenía ya tiempo de telefonear al periódico para informar de los acontecimientos de los que acababa de ser testigo. Lo único que podía hacer era tomarme un baño en la piscina y descansar, porque ya no quería ir a la discoteca, aunque si cada día las jineteras cambiaban y rara era la que repetía... también era posible que tuviera suerte y alguna reconociera la fotografía de Maura.

Pensé que ya lo decidiría después de cenar. Me sentía cansado.

—No voy a entrar con usted dentro del hotel —me comunicó Armando—. Desde ahora mejor que no nos vean juntos.

—Bien —asentí.

—Bájese en el cruce.

Era el mismo lugar donde me dejaron Omar y su taxista el primer día. Desde allí y para alcanzar la entrada del Comodoro tendría que luchar contra todos los que me asaltarían para venderme algo u ofrecerme sus servicios. Me resigné. Cuando el automóvil se detuvo Armando me tendió su mano abierta.

—Le llamaré mañana —se despidió.

—Por lo menos tengo curiosidad —reconocí.

—Gracias, amigo.

Me bajé de su coche y vi cómo daba media vuelta y regresaba por el mismo camino por el que había llegado. No perdí mucho el tiempo tras esto. Empecé a caminar, y a los veinte pasos empezaron a salirme hombres y mujeres como setas, hasta de debajo de las piedras. Traté de hacerme el búlgaro, por lo menos, fingiendo no entender, pero ellos no se rindieron hasta que crucé la calzada frente a la entrada del complejo hotelero. Fue en ese primer momento, libre, sintiéndome ya a salvo y pensando que mi paz estaba próxima, cuando la vi.

Anyelín.

24

Estaba sentada a la derecha de la entrada, en el bordillo de la misma pared que protegía el Comodoro del atrevimiento exterior. Ella también me había visto a mí, así que se levantó y echó a correr en mi dirección. Llevaba la misma ropa que por la mañana, y su habitual bolso. Pero en su rostro leí algo más que el deseo de recuperarme o querer insistir en nuestra relación. Supe que pasaba algo inmediatamente.

—¡Oh, Daniel! —Se me echó encima y me abrazó, con toda la turbulencia que eso podía representar en mi ánimo—. No me dejaban entrar, y no sabía...

—¿Qué estás haciendo aquí? —Traté de sonar neutro, ni enfadado ni feliz.

Aunque me daba cuenta de que su presencia me producía más lo segundo que lo primero.

Eso y un súbito vacío de estómago.

—La he encontrado, Daniel, ¡la he encontrado! —Me miró radiante y dichosa como si acabase de tocarle la lotería—. ¡Ahora sí!

—¿Maura? —No podía creerlo.

—¡Sí! —casi gritó ella—. ¡Maura!

—¿Pero cómo...?

—La fotografía, ¿ves? —Abrió el bolso y extrajo la foto de la jinetera de Estanis que se había quedado casualmente después de nuestra refriega verbal—. No quería que pensaras... Bueno, al dejarme tú la recordé y fui a ver a algunas amigas, sólo por probar, para ayudarte, porque me sentía muy mal, ¿sabes? Estuve con varias hasta que una me habló de que una amiga suya tenía una amiga llamada así. No es un nombre corriente, por lo tanto fui a ver a esa muchacha y cuando le mostré la fotografía me dijo que sí, que era la Maura que ella conocía. Me preguntó para qué la buscaba y le dije que tenía un turista de mucho dinero que quería conocerla. Entonces me dio las señas de la casa de sus papás.

—¿La has visto?

—¿A Maura? No, vine inmediatamente para contártelo. Pensé que a lo peor te ibas y no te veía hasta mañana o... —su cara cambió, se tornó sumamente dulce y melosa—. ¿He hecho bien, Daniel? ¿Estás ahora orgulloso de mí?

¿Que podía decirle? Se había portado bien.

—Estoy muy orgulloso de ti, Anyelín.

Dios, tal vez fuera la mejor actriz del mundo, no sé. Pero cualquiera podía creerla. Cualquiera la hubiera creído. Se me echó a los brazos, se apretó contra mí, y antes de separarse subió su mano derecha hasta mi nuca y cuando la tuvo ahí levantó la cabeza y sin darme tiempo a retroceder me besó.

Como sólo ella sabía hacerlo.

Nos separamos algo así como una turbulencia después y me las vi y deseé para recuperar mi equilibrio. Tenerla cerca volvía a anular mi capacidad de raciocinio. Por eso se me adelantó.

—Mañana iremos a buscarla, ¿de acuerdo?

Se cogió de mi brazo y me empujó hacia la entrada del hotel. Casi me dejé guiar por ella.

Frené a los tres pasos.

—No —me detuve recuperando la concentración—. Iremos ahora, esta noche.

—¿Ahora?

—¿Me has dicho la verdad?

—¡Claro que te la dije! —se enfadó.

Supe que era cierto porque sus ojos echaron un millón de chispas.

—Entonces iremos ahora, antes de que pueda salir por ahí —insistí—. ¿Es muy lejos?

—En Sevillano.

—¿Dónde cae eso?

—Al sur. Más o menos la misma distancia que de aquí a La Habana Vieja.

—De acuerdo, ven.

Entré en el Comodoro a buen paso, con Anyelín trotando a mi lado. Mi primera idea era coger un taxi. Luego pensé que si tenía que quedarme en La Habana, mejor me procurara un transporte propio. Omar me lo había dicho y pasé de ello. Pero ahora las cosas habían cambiado. Mi única prevención era que si los disturbios continuaban, mi desconocimiento de la ciudad podía acarrearme algún problema.

—¿Cómo está la situación? —le pregunté.

—¿Qué situación?

—La revuelta.

—Sé que han habido problemas, y que muchos se han ido al Malecón para marcharse, pero nada más.

Maravilloso, aunque lógico. La vida seguía. Los balseros eran los desesperados. Las jineteras al menos tenían un modo de subsistencia. Se me antojó espantosamente real pero lo aparté de mis preocupaciones inmediatas.

En recepción me dijeron que podían pedirme un carro de alquiler y que estaría allí en diez minutos. Dije que perfecto y tras acordar precio y tamaño formalizamos el acuerdo. Les dejé mi cámara y pedí que me la llevaran a mi bungalow. Tenía un mensaje del aeropuerto: la confirmación de mi nuevo vuelo para el domingo. Podía recoger el billete o dar una clave el mismo domingo, dos horas antes, en el aeropuerto. Tras esto, Anyelín y yo nos sentamos en el vestíbulo, como el día anterior mientras esperábamos el transporte para Varadero. No fueron diez minutos, fueron quince, pero para la rapidez cubana tampoco estaba mal. A mitad de la espera, como si fuera mi sino, aparecieron Bernabé Castaños y Natividad Molins. A lo mejor ya habían llamado a mi ex para comentarle lo bien que me lo estaba pasando.

—Daniel, ¡qué país!, ¿verdad?

—¿Habéis estado hoy por el centro?

—No, hoy no —Bernabé fingía no mirar a Anyelín. Su mujer en cambio la repasaba de arriba abajo, sin ocultar la distancia de su desprecio aunque ella fingiera sonreír—. Hemos hecho una excursión en minibús a Pinar del Río.

—Un sitio precioso, con una roca pintada a mano y unas cuevas. —Lo amplió su consorte.

—¿Así que no os habéis enterado de lo de la revuelta? —les asusté con morbosa satisfacción.

Su cara cambió de color.

—La Habana Vieja está tomada por los manifestantes —les solté a bocajarro—. Y hay enfrentamientos en todas partes mientras miles de jóvenes se hacen a la mar en balsas para tratar de llegar a Florida.

—¿Cómo... dices?

—Bueno, es lo que pasa cuando la gente se va de vacaciones a países con problemas. ¿Qué esperabais? Aquí hay sol, Caribe puro, precios asequibles... pero tienen hambre, ¿sabes? Ya os dije que yo había venido a trabajar.

A veces soy idiota. Con Anyelín al lado, pese a que no parecía más que una mujer atractiva, no una jinetera y menos una puta, ¿a quién quería engañar ahora?

—¿Crees que hay peligro? —inquirió Bernabé.

—Depende —disfrutaba de mi papel—. No creo que lleguen a tanto como para cerrar el aeropuerto y tener que quedarnos aquí.

Se retiraron tras eso, para llamar por teléfono, poner la tele o lo que fuera, y cuando nos quedamos de nuevo solos, Anyelín me preguntó de qué estaba hablando. Se lo conté. Bueno, le conté que eran dos conocidos de Barcelona. No entré en detalles. No quería hablar de Ángeles con Anyelín.

Por primera vez me di cuenta del parecido de sus nombres.

Después llegó mi automóvil.

No estaba mal, tenía cuatro ruedas y un volante. No quise abrir el motor por si resultaba que tenía una cuadrilla de cubanos haciendo girar esas ruedas. Empezaba a estar seguro de que todo era posible en Cuba. Firmé, me dieron las llaves y entramos dentro. Aunque me entregaron también un mapa de La Habana, preferí pedirle a ella que me guiara. Lo hizo hasta que enfilamos la primera de las calles decididamente rectas, en la que me indicó:

—Todo recto.

Seguí todo recto, mientras ella se acercaba a mí, me ponía una mano en la pierna y apoyaba su cabeza en mi hombro. No era una postura cómoda, pero los dos estábamos bien. Tenerla cerca me hizo recuperar su aroma.

Yo también bajé mi mano hasta sus piernas, y se las acaricié. Eran de terciopelo. Noté que las entreabría, por si quería llegar a más, envolviéndose en un suspiro, pero rechacé la tentación y subí de nuevo la mano para asir el volante.

—Siento lo que pasó —la oí musitar con voz apagada.

—Olvídalo.

—No, tú te portaste bien conmigo. No tenía que haberte engañado.

—Ya no importa, de verdad. Me alegro de tenerte conmigo de nuevo.

—¿En serio? —se apartó de mi lado para mirarme. Sus ojos reflejaron la alegría que sentía.

—En serio —asentí.

—Yo también me alegro de estar contigo, Daniel.

Volvió a apoyar su cabeza en mi hombro y su mano derecha me acarició el rostro. Le besé los dedos al pasarlos por mis labios, y dejó que sus yemas los rozaran más allá de un simple contacto. Lo único que se movió durante un buen puñado de segundos fue el vehículo. Creí que ya se había olvidado de nuestro destino cuando me advirtió:

—Tuerce la siguiente a la derecha.

La obedecí, y con cada giro, o con cada nueva calle, empecé a darme cuenta de que aquella Habana era distinta a la que ya conocía, incluso distinta de Cojímar, con su aire de pueblecito costero. Casas más y más necesitadas de reparaciones urgentes, calles rotas, espacios en pura ruina. Ni siquiera sabía de qué demonios podía vivir toda aquella gente. Y sólo me faltaba el roce constante de Anyelín para convertir mis pensamientos en un caos de contradicciones.

—¿De dónde venías cuando nos hemos encontrado? —me preguntó rompiendo el silencio.

—De Cojímar.

—¿Estabas trabajando?

—Sí.

—Y esta noche, ¿qué habrías hecho?

Era una buena pregunta.

—Meterme en cama temprano.

Subió la cabeza y me besó el cuello. Fue su última caricia. También ella tuvo que concentrarse en el trayecto porque por allí daba la impresión de no conocer apenas nada. Cogió el mapa y estudió algunas calles. No tuvo que preguntar nada.

—Estamos cerca —me dijo—. Esto es La Víbora. Echa por esa calle abajo.

Fueron sólo otros dos minutos. Al llegar a un cruce me hizo parar el coche y no necesitó más que una orientación final.

—Es allí —señaló una casa de una sola planta, sucia y olvidada.

Bajamos los dos en silencio y me acompañó como era ya habitual cogida de mi mano.

25

Había una mujer fuera, sentada junto a la puerta en una tumbona, con aire de haber estado peleando contra una división de gurkas durante todo el día y necesitar ahora de un merecido descanso al amparo de la calma y el frescor de la debutante noche. Más allá de la puerta no se veía nada, así que nos detuvimos en su presencia y esperamos a que se dignara mirarnos. Lo hizo. Primero yo, después Anyelín.

—¿Está Maura?

—No —fue su lacónica respuesta.

—¿Vendrá?

—No lo sé. —Y ahora amplió la contestación un poco más—: Lleva varios días sin aparecer por aquí.

No preguntó para qué la buscábamos.

—¿Sabe dónde podríamos encontrarla, señora? Es importante. —Fui directo a lo único que tal vez pudiera hacerla colaborar—: Necesito hablar con ella y le pagaría generosamente lo que me diga.

Enmarcó las cejas, pero poco más.

—No siempre viene a visitarme. Si está con un turista una o dos semanas, ¿se va a acordar de su mamá? De cualquier forma ella no vive aquí desde que se fue con Miguel.

—¿Quién es Miguel?

—Su hombre.

—¿Y dónde vive Miguel?

Pasó de mí a Anyelín. Demasiadas preguntas, y demasiado extraño. Mi compañera me ayudó a tiempo.

—Maura y yo somos amigas de Laura, aunque nosotras no nos conocemos. Este señor es periodista, y muy generoso. Sólo quiere hablar con ella, de verdad.

Asintió con la cabeza un par de veces, y eso fue todo.

—Calle Panchito Gómez, en Ayestarán —dijo—. Es una casa de paredes rojas que tiene el número cincuenta y dos.

—Gracias, señora —me despedí iniciando la retirada.

—Adiós —le sonrió Anyelín.

Regresamos al coche, subimos a él y mi acompañante volvió a tomar el mando. Se me ocurrió preguntarle:

—¿Sabes conducir?

—Sí —no lo esperaba—. Hice mi servicio en una unidad de transportes en La Bajada.

—¿Tú también tienes dos carreras?

—¿Por qué lo preguntas?

—Aquí todo el mundo es licenciado en algo, pero no ejerce por falta de oportunidades o porque no hay dinero.

—No, no tengo ninguna licenciatura —reconoció bajando la cabeza, como si una extraña vergüenza acabara de bañarla.

Me hizo sentir mal, por el tono de la pregunta y por haberla puesto en una especie de compromiso o conflicto interior. Me pregunté si quería oír su historia, no la de su abuelo o su padre o su madre, sino la suya propia, la verdadera, y descubrí que no, que prefería ignorarla. Bastante comprometido me sentía ya.

—¿Cuanto tiempo estuviste de servicio? —eludí abordar lo más personal.

—Dos años, como todo el mundo.

Dos años perdidos, de uniforme. Eso me confirmaba que no tenía los diecinueve que me dijo haber cumplido. Se aproximaba más a los veintiuno que yo pensaba. Como si eso tuviera la menor importancia. Diecinueve o veintiuno. Para mí seguía siendo un regalo de juventud.

—¿Por qué no conduces tú? —la invité.

—Prefiero que lo hagas tú. Es un carro de alquiler y está a tu nombre. Sigue esa calle hasta el final. Ya te avisaré antes de girar a la izquierda.

—¿Te gustaría irte a Miami?

—No.

—¿Por qué?

—No tengo a nadie en Miami. Yo quiero ir a España.

—¿De verdad estarías dispuesta a casarte con el primero que te lo pidiera con tal de salir de aquí y marcharte a mi país?

No contestó de buenas a primeras. Me estaba mirando fijamente, tratando de ver el color de mis pensamientos. No perdió un ápice de su habitual decisión.

—Me iría contigo.

Pensé que mejor no hablaba más. Ella siempre me atrapaba, me arrastraba hacia su terreno, y más cuando yo le facilitaba las cosas. Si alguien jugaba con todos sus argumentos, era ella. Y tenía argumentos. Muchos y buenos.

—Las cosas cambiarán en Cuba, Anyelín —le dije.

—¿Cuando?

—Pronto.

—Daniel, pronto aquí es ya demasiado tiempo. Un año es una vida y cinco una eternidad. No hables de esperanzas, ¿quieres? Llevamos con eso... No quieras ser amable, amor. Sé bueno, pero no amable.

Me pareció que apartaba la cabeza y miraba hacia el otro lado porque iba a llorar. Fue una sensación. Pero una sensación que me alcanzó de lleno y me hizo sentir culpable. Aproveché que estábamos en un cruce y que acababa de detenerme para dejar pasar un camión para cogerla y atraerla hacia mí. No se resistió, se abandonó en mis brazos y nos besamos en silencio. Habríamos seguido un minuto, dos, tres o más, de no ser porque detrás un segundo automóvil nos dio alcance y nos despertó con el claxon. Me aparté de ella y continuamos rodando. El coche nos adelantó en un ensanchamiento y para mi pasmo vi que era un viejo Porsche petardeando y echando humo.

¿Cómo se echaba a andar un país que llevaba treinta y cinco años detenido?

Mantuvimos el súbito silencio hasta que llegó el momento de girar a la izquierda, y tras esto ya no tuve tiempo de hacer otra cosa que rodar y girar en ambos sentidos hasta que Anyelín me confesó que estaba perdida. Miramos el mapa y no tuvimos que preguntar nada. Dimos con la calle Panchito Gómez en otros cinco minutos. La casa señalizada con el número cincuenta y dos tenía de rojo lo que yo de verde, es decir, apenas nada, aunque en otro tiempo sí debió de ser roja. El número tampoco se correspondía con la numeración. Simplemente es que su dueño la había bautizado así: «La casa del cincuenta y dos». Debido a la presencia de cascotes y tierra por delante, no pudimos aparcar enfrente y lo hicimos en la esquina, a unos veinte metros de distancia. Tanto el barrio como la calle, por la hora o porque por allí no vivía nadie, estaban desiertos. No me gustó mucho el detalle, pero si de algo estaba seguro era de que La Habana tenía fama de ser una ciudad tranquila, habitable, en la que no había robos. Robar a un turista, además, era atentar contra sus escasas perspectivas de futuro. Para bien o para mal, seguíamos trayendo dólares.

Llegamos a la puerta de la casa, de dos plantas pero muy estrechita, pegada a la siguiente por la derecha pero con un pasadizo que la dejaba libre por la izquierda, y nos detuvimos para llamar. De buenas a primeras nos dio la sensación de que allí no había nadie. Sólo fue una sensación. La puerta se abrió después de mi tercera andanada, a punto ya de retroceder y empezar a pensar que no iba a conseguir tampoco nada ésta vez. Se nos apareció un hombre joven, de unos veintisiete o veintiocho años, mulato en grado máximo, cabello rizado, presumiblemente guapo para los gustos femeninos. Vestía una camiseta muy blanca que resaltaba sus hombros rectos y su buena musculatura pese a ser una persona delgada. No era un Schwarzenegger pero se cuidaba. Iba descalzo y llevaba la mano izquierda indolente metida en el bolsillo del pantalón. Nos miró con algo de sorpresa, pero no demasiada, o tal vez fuera que se ocupó de mantenerse lo más inalterable posible.

—¿Miguel?

Miró a Anyelín de arriba abajo. Luego volvió a mí.

—Miguel no está —dijo.

Miguel era él, pero no se lo recordé.

—¿Está Maura?

—No, tampoco.

—Necesitamos ver a Maura.

—¿Necesita ella verlos a ustedes?

—Según. Puede que necesite más el dinero que voy a darle, y sólo por contestar a unas preguntas.

—¿Qué clase de preguntas?

—Preguntas, ya sabe, de esas que empiezan con un interrogante y se cierran con otro.

No le gustó mi tono. Ni la promesa del dinero le hizo mostrarse más amable.

—Váyanse —nos pidió.

—Miguel, Maura estuvo con un hombre que murió —intervino de pronto Anyelín—. Él es su amigo —me señaló a mí—. No es policía ni quiere comprometerla en nada. Sólo que le cuente si sabe algo, qué pasó. Se vuelve para España ya mismo. Ayúdale.

No era necesario que lo soltara todo, y menos la verdad, pero ya estaba hecho y me resigné para que no se me notara mucho la incomodidad. Sostuve la mirada recelosa de Miguel, pero estaba visto que no era mi día, ni mi semana.

—Maura no está —insistió él—, y no sé cuándo volverá. Ni siquiera sé nada de ningún muerto. ¿Qué quieres? —Miró a

Anyelín y se encogió de hombros—. Tú misma sabes que puede estar una semana sin aparecer ni poder avisar. ¿O te crees que tenemos teléfono? Si no está aquí es por algo y ya está. Cuando vuelva le diré que la buscaban.

—Estoy en el hotel Comodoro. Me llamo Daniel Ros.

—Bien.

Fue a cerrar la puerta. Traté de resistirme a dar media vuelta y volver a marcharme ahora que sabía dónde vivía mi presa. Resultó un acto inútil. Miguel me miró a los ojos, agravando su expresión al tiempo que sacaba su mano del bolsillo, por si tenía que utilizarla, y me demostró que la conversación había terminado, me gustara o no. Apreté las mandíbulas, suspiré y retrocedí en pos de Anyelín, que ya había dado sus dos primeros pasos. Al llegar a la calle, a unos diez metros de la casa y de nuestro medio de transporte, le di las llaves y le dije que me esperara dentro.

—¿Que vas a hacer? —se alarmó.

—Puede que Maura esté dentro y no quiera hablar, por miedo. He de saberlo.

—Espera...

—Al coche —lo apunté a él con un dedo y le puse cara a ella de no admitir réplica alguna.

Me obedeció.

Volví sobre mis pasos y alcancé de nuevo la casa roja que ya no era roja. Me concentré en el pasadizo de la izquierda porque pensé que era mucho mejor dar un rodeo y tratar de atisbar el interior por detrás, si es que existía una parte posterior. Me moví lo más sigilosamente que pude, amparándome en la oscuridad, pero no encontré ninguna ventana, y al llegar al final, para postre, topé con una pared de madera. Escalarla no era fácil, pero lo intenté. A lo máximo que llegué fue a poder echar un vistazo al otro lado. Daba a un patio lleno de cachivaches, como si aquello fuera un desguace, pero que no pertenecía a la casa de Miguel. Opté por bajar y regresar al coche. Si quería dar con Maura no tendría más remedio que vigilar la casa, no jugarme el tipo intentando colarme dentro. Aquello no era España.

Caminé por el pasadizo para volver a la calle y justo al llegar a la entrada oí el grito.

—¡Daniel!

Fue muy rápido, demasiado para verle a él, que estaba oculto a mi izquierda, pero no tanto como para que el grito de Anyelín me salvara la cabeza, y posiblemente el pellejo. El trancazo, destinado a abrírmela, no hizo más que rozarme el cráneo, aunque se estrelló contra la parte superior de mi espalda derribándome al suelo. Temí que estando allí abajo, inerme, me rematara sin ningún problema, pero no lo hizo, tal vez porque mi amiga ya corría hacia mí, valientemente. Cuando me revolví, dolorido y medio ciego, casi a punto de perder el sentido, vi que el agresor corría por el pasadizo, y al llegar al final, saltaba con una agilidad que me hizo palidecer la dichosa pared de madera que a mí me había detenido.

Fue lo último de lo que fui consciente antes de que Anyelín llegara a mi lado, asustada, y me recogiera la cabeza ya absolutamente falta de control, bizqueante y decidida a darse otro golpe contra el suelo.

26

Tal vez fuera una muñeca, pero no era débil. Logró levantarme del suelo, ayudarme a caminar hasta el coche brindándome su apoyo, meterme en él y acomodarme de la mejor forma posible en el asiento contiguo al del conductor. No me di cuenta de ese detalle hasta que lo arrancó y dio el primer golpe de volante para alejarse de allí.

—Joder... —gemí.

—¿Estás bien? —Había un gran tono de ansiedad en su voz.

—Podría estar peor si llega a darme en todo... ¡oh, mierda!

—¿Qué te pasa? —se asustó.

Me dolía el cuello y la espalda, y al pasarme la mano por la nuca y notármela húmeda, pensé que tenía una herida por la que manaba la sangre. Me equivoqué. La humedad no era más que sudor. De la misma forma hubiera podido mearme en los pantalones por el miedo, aunque no llegué a hacerlo.

—Todo me da vueltas —confesé.

—Podría haberte matado.

¿Quería hacerlo, o sólo asustarme?

—¿Viste quién era?

—No, todo estaba muy oscuro.

—¿Miguel?

—Es posible, pero te digo que no le vi. Sólo me di cuenta de que estaba ahí, esperándote.

—¿Por qué no estabas en el coche?

—Temí que fuera a pasarte algo.

—Te dije...

—Te pasó, ¿no?

Vaya si me había pasado. Y le debía no sé si la vida, pero sí una cabeza nueva.

—Gracias —suspiré.

—Ajá —sonrió como una niña feliz y satisfecha después de un merecido halago.

Armando me había preguntado si creía en las casualidades. Le dije que no. Iba a casa de Maura, conocía a su díscolo compañero, y al salir me asaltaban mientras intentaba espiar dentro. ¿Casualidad? ¿Y lo que había dicho antes de que en Cuba no existía la sensación de peligro de otras ciudades, porque no hay robos? Más bien parecía como si Miguel me hubiese advertido: «No vuelva por aquí, déjenos en paz». Claro que no hacía falta abrirme la caja de las ideas para eso.

¿Significaba esto que Maura, después de todo, estaba metida en el lío, o trataba Miguel de protegerla para que no hablara conmigo del tema?

—Tengo ganas de vomitar. —Detuve una arcada que me subía por el pecho aunque no había cenado nada.

—Ya llegamos. En un minuto.

—¿Ya llegamos? Creía que el hotel estaba más lejos.

—No vamos al hotel.

La arcada desapareció. Algo más urgente tomó la prioridad.

—¿Cómo que no vamos al hotel? ¿Adónde vamos?

—A mi casa. Está más cerca.

—Anyelín...

—No voy a llevarte al Comodoro en tu estado —fue terminante—. Si te ven llegar así... ¿Quieres que llamen a la policía?

—No van a llamar a la policía.

—Tú desmáyate en recepción y verás.

—Pero en tu casa...

—En mi casa te cuidaré y dormirás tranquilo hasta mañana. No discutas.

Estaba claro que no iba a soltarme. Hasta me dio por pensar que al agresor lo había enviado ella para dejarme tibio y facilitar así que pasáramos otra noche juntos. La tercera.

Iba a decirle que no estaba en condiciones de nada pero me callé. La verdad es que me dolía todo. Fue la rendición total. Apoyé la cabeza en el respaldo y cerré los ojos. Desde luego debíamos estar muy cerca de su casa porque apenas estuve así un par de minutos. O sería que finalmente me quedé dormido. Las arcadas habían desaparecido.

—Ya hemos llegado —la oí decir al tiempo que detenía el coche.

Abrí los ojos y quise salir por mi pie, pero la cabeza volvió a ponérseme en órbita alrededor de mi cuerpo, así que la esperé. Me sacó del coche y casi por instinto le cogí las llaves y me las guardé en el bolsillo. De nuevo hizo gala de su fortaleza sosteniéndome y guiándome. De lo único que me di cuenta fue que caminábamos en dirección a una casa de tres o cuatro plantas, a la que accedimos a través de un patio en sombras y en silencio. Todo el mundo se había ido a dormir después de un día tan agitado. Al menos fue lo que pensé.

—¿Dónde estamos?

—¡Chst! —me obligó a mesurar el tono de mi voz—. ¿Quieres despertar al barrio entero?

Pues sí, debía de ser ya tarde.

—¿Dónde estamos? —volví a preguntárselo en apenas un susurro.

—En la calle Oquendo, cerca de Salvador Allende.

—Ah.

Subimos al primer piso. La distribución interior era parecida a la de la casa de Omar. Un patio con galerías y una escalera que las comunicaba. En el primer piso ella se detuvo frente a la segunda puerta. La abrió despacio, empujándola con suavidad, sin necesidad de llave alguna. Después entramos. Atravesamos una salita con escasas pertenencias y ella abrió otra puerta ubicada en un pasillito. No conectó la luz hasta que estuvimos dentro, una luz mortecina, pobre, de escasa potencia, como tenían las casas de toda la isla, en contraste con los hoteles. Ya a salvo, me acompañó hasta la cama, a tan sólo dos pasos porque la habitación no era excesivamente grande, y me hizo sentar en ella.

Caí como un plomo hacia atrás.

Fue una bendición, uno de esos momentos en los que se agradecen la calma y el silencio y que el mundo parezca haberse detenido. Tampoco es que durara mucho. Oí moverse a Anyelín y entreabrí los ojos para verla. Se estaba desnudando. Iba a decirle que no estaba para muchas gaitas pero ella se me adelantó.

—Voy a prepararte algo de comida. Necesitas recuperar fuerzas.

Se puso una camiseta por encima, que le llegaba hasta la mitad de los muslos, y sus encantos desaparecieron. Me recordó a esas modelos que se pongan lo que se pongan tienen estilo porque su cuerpo y su rostro lo acepta todo. A Anyelín tal vez le faltasen un par de centímetros para ser modelo, pero de lo demás iba sobrada. Incluso se movía como si todas las gracias del universo convergieran en ella.

Bueno, también es posible que mi temperamento idealista la estuviese poniendo donde no debía.

Me dejó solo unos minutos, y aunque intenté levantarme no pude. Seguí en la cama, observando su habitación. Era muy simple, muy sencilla, casi como la de una adolescente de cualquier país del mundo sólo que sin pósters de cantantes por las paredes. Unas fotografías, una mesita desordenada con cosas suyas, y un hueco en la pared con una cortina que hacía las veces de armario. Su ropa estaba allí, no excesiva, la justa para... Cerré los ojos y casi me adormilé antes de que volviera a abrirse la puerta. Era ella, con una bandejita redonda en la que había un plato con agua de color y otro con un poco de arroz además de un vaso de agua.

—Te he hecho sopa. Es todo lo que tengo —explicó—. Aún no he podido comprar nada con el dinero que me has dado esta mañana.

Dejó la bandejita en la mesa y me ayudó a incorporarme un poco. Quedé con la espalda apoyada en la pared, ya que no había cabezal. Me sentía bastante mejor aunque aún me dolía la espalda, los alrededores de la zona golpeada y la nuca. Pero tenía razón. En cuanto comí un poco empecé a sentirme mejor. Quiso dármelo ella, pero le dije que no estaba inválido. Se sentó frente a mí, a los pies de la cama, y subió las piernas cruzándolas por debajo de sí misma. La camiseta se le subió y me costó apartar los ojos de su centro de gravedad sexual. No lo hizo aposta. Ahora actuaba con suma naturalidad.

—¿Qué tal? —quiso saber.

—Mucho mejor.

Sonrió feliz.

—Me alegro.

—Eres un encanto —reconocí.

—Soy muchas cosas que podrías descubrir si me dejaras quedarme contigo.

—Ya estás conmigo.

—Hablo de España.

Ella y yo, en Barcelona, y un fin de semana sí un fin de semana no, mi hijo. Ángeles subiéndose por las paredes, mis amigos llamándome loco aunque muchos babeando de envidia. Y yo ciego, colado, y a los pocos días dándome golpes contra la pared muerto de celos o pensando en cuándo se iría. Demasiado para el cuerpo.

Creo que me leyó el pensamiento.

—No te estoy engañando, Daniel —me dijo muy seria—. Eres la mejor persona que he conocido, y el amor suele ser así, imprevisible. Siempre estaría a tu lado.

Si un colega del periódico vuelve de Cuba y me cuenta algo parecido, lo llamo fantasma y le dejo. Pero me estaba sucediendo a mí, era real, y además lo entendía. Incluso quería creer que ella era sincera, aunque eso no cambiara las cosas.

—Dios, Anyelín, no me hagas eso.

Bajó los ojos y yo me quedé sin ganas de comer, aunque ya sólo me quedaba un poco de arroz. Se me antojó una niña a la que acaban de decir que se queda sin vacaciones. Intenté dejar la bandeja en el suelo pero ella se levantó, la tomó y la puso en la mesita. Tras eso volvió a mí y me quitó los zapatos. La dejé hacer. Cuando siguió con los pantalones tuve un primer atisbo defensivo.

—No seas tonto —protestó.

Me desnudó, de arriba abajo. Me quitó los pantalones, la camisa, los calzoncillos... Esto último lo hizo con cuidado, pero bastó un roce para que yo iniciara la erección que había estado dominando. La cabeza me dolía.

Al diablo con la cabeza.

Cuando se metió en la cama conmigo, apretada contra mí porque no era lo que se dice de matrimonio, y cerró la luz, lo único que sentía era el mismo deseo que ella buscaba compartir.

27

Me despertó la claridad exterior, pero también una sensación de esas que se tienen aún dormido. Sensación de alerta, peligro, previgilia... Abrí los ojos y me encontré con la cara de un niño pegada a la mía. Bueno, a un dedo. Creo que lo que me alertó fue la respiración que me daba en la nariz.

Me moví por instinto, apartando la cabeza un poco hacia atrás. El niño hizo lo mismo dando un paso para separarse de mi. Entonces volvimos a mirarnos. Tendría unos tres años, el cabello como Anyelín, y también sus mismos ojos, y llevaba únicamente una camiseta por encima. Iba desnudo de cintura para abajo y descalzo.

No dijo nada, pero acabó desviando sus ojos de mí para ubicarlos en ella.

Anyelín dormía como si estuviese atrapada por lo más profundo de su sueño, tan hermosa como la recordaba de nuestras dos mañanas anteriores. Y era ya la tercera. Toda una vida. La sábana le llegaba hasta el ombligo, pero por debajo y a un lado asomaba una pierna. No supe qué hacer, pero la presencia del niño empezaba a incomodarme, así que entre eso y mi deseo de evacuar urgentemente, como suelo hacer cada mañana al despertar, opté por levantarme. No me acordé del golpe de la noche pasada hasta que me puse en pie. Sentí una laceración que me obligó a arrugar la cara, pero fue soportable.

Nada más levantarme, el niño se subió a la cama y gateó hasta ella. Anyelín sólo se movió un poco. Se arrebujó a su lado, mirándome de reojo, como si de esa forma testimoniara una propiedad indiscutible. Me sentí ridículo, allí de pie y desnudo, así que por lo menos cogí mis calzoncillos y me los puse. También aparté el maldito preservativo empujándolo con el pie hasta casi debajo de la cama.

La puerta de la habitación estaba abierta y saqué la cabeza. Ni idea de dónde estaba el baño, aunque me dio en la nariz que de baño, nada, y no estaba yo para salir a la galería y buscar el comunitario. De todas formas lo probé. Di unos pasos por el pasillo hasta la siguiente puerta. La entreabrí y me encontré con otro dormitorio. La cama estaba deshecha. Repetí la operación y a la siguiente fue la vencida. No era lo que se dice un baño, con ducha y todo lo demás, pero había una taza y un lavamanos. Suficiente para mí. Descargué un poco de energía líquida y como mal menor me lavé la cara, las manos y los dientes con agua. Luego me froté la parte dolorida y comprobé su estado gracias al espejo sucio y manchado colgado en la parte superior del lavamanos. Estaba violáceo, pero su aspecto era mejor del que temía. Al terminar, y de forma confiada, salí de nuevo al pasillo y entonces me la encontré, de cara.

Una mujer de entre treinta y cinco y treinta y siete años, alta y esbelta, con restos de su primitiva belleza asomando todavía por entre el magnetismo de sus ojos y la fría furia de sus labios, trazados como un sesgo armonioso pero duro entre los ángulos perfectos de su nariz y su barbilla.

Yo iba en calzoncillos, y ella con una especie de salto de cama relativamente transparente. No era la mejor escena del mundo, aunque le hubiera quedado bien a Landa en una película. Sin embargo la sorpresa fue mía, no suya. Ante mi inmovilidad gélida, ella reaccionó primero, pasó por mi lado y la oí decir un tranquilo:

—Buenos días.

Ni me giré. Si aparecía un hombre es que ya me fundía. Salvé la distancia que me separaba de la habitación de Anyelín y me colé adentro de un salto. De la mirada de la mujer pasé, de nuevo, a la mirada del niño. No sé qué era peor. Por lo menos Anyelín ya se estaba desperezando a causa de los movimientos del pequeño. Cuando abrió los ojos yo me estaba vistiendo. Su primera sonrisa fue para él.

—Hola, mi amor —le dijo dándole un beso.

El niño le pasó las manos por el cuello y le dio otro, largo y exagerado.

—¡Huy, huy! —fingió ahogarse ella—. ¡Cada día estás más fuerte!

—Roberto dice que parezco una guitarra boca abajo.

—Dile que él parece un tambor.

—Roberto dice que se irá a América, con su hermano.

Anyelín se incorporó. Le pasó una mano al pequeño por la cabeza, alborotándole aún más el cabello.

—Roberto habla mucho —suspiró mientras me miraba a mí, que ya estaba vestido a falta de los zapatos.

Se levantó de la cama, tan desnuda como se había acostado y se había quedado dormida en mis brazos. Lo primero que hizo fue caminar hacia su bolso. Sacó de él el dinero que yo le había dado el día anterior y se lo dio al niño.

—Toma, dile a la abuela que compre comida.

El niño agarró el billete, me lanzó una mirada terrible, como si pensase que iba a quitárselo, y echó a correr hacia la puerta. Salió dejándola abierta, así que yo mismo la cerré de nuevo. Al quedarme solo con Anyelín se me ocurrió la pregunta más idiota del mundo.

—¿Es tu hijo?

—Sí.

Certifiqué mi idiotez rematándola con otra.

—¿Y ella es... tu madre?

—¿La has visto? —se le ocurrió sonreír un tanto picarescamente, al imaginarse la escena.

No sé por qué pensé que era falso cuando me dijo que tenía un hijo, que todas las jineteras se inventaban hijos para conseguir un poco más de dinero de los corazones débiles como yo, porque no creo que los dos imbéciles de la recepción del hotel tuvieran corazón, y menos conciencia. Las anotaciones de la libreta de Estanis también citaban hijos.

Al menos en el caso de Anyelín era verdad.

Un niño pequeño y una madre que la tuvo a ella en su misma adolescencia.

¿Tenía algo que ver el Caribe, el Trópico, la sangre caliente o las costumbres con todo eso?

O era...

Me sentí bastante mal, no por haber sido pillado por un niño en la cama con su madre, ni por haber sido pillado en calzoncillos por la madre de su madre. Creo que ni a uno ni a otra les importaba el detalle. Me sentí mal por mí mismo, a modo de ataque de conciencia social. Y no me servía la excusa de que aquello era Cuba.

Aquél era yo.

Acabé de ponerme los zapatos, con gestos furiosos, para escapar de allí, y Anyelín me detuvo llegando hasta mi lado, todavía desnuda. Captó toda mi adrenalina fluyendo a través de mis poros como si fuera un colador. Me hizo levantar la cabeza y mirarla antes de besarme con su habitual ternura y delicadeza.

—Buenos días —me deseó.

¿Lo eran?

—Buenos días.

—¿Qué te pasa?

—Nada, pero es tarde. —Ni siquiera había mirado el reloj.

—¿Cómo te encuentras?

—Bien.

Era cierto, sentía el dolor en la espalda pero me encontraba bien.

—¿Adónde vas?

—A mi hotel. He de llamar por teléfono al periódico y...

—Iré contigo.

Se apartó de mí para vestirse y la cogí por un brazo.

—No, por favor.

—Sí, por favor.

—Anyelín, necesito pensar con claridad, trabajar, y tengo algo que tal vez deba hacer solo. —Recordé a Armando.

—Cuando hagas eso, me iré. Pero ahora déjame estar contigo. Puedo ayudarte.

—No quiero que...

—Anoche lo hice —me recordó.

Nunca he sabido decir no, y menos a una mujer desnuda que me está implorando algo.

—Anoche lo hiciste, de acuerdo, pero hoy es hoy.

—Encontré a Maura.

Pensé en darle dinero, pero algo me dijo que no era el momento.

Creo que después de todo la hubiese insultado.

—Eres increíble —empecé a derretirme.

—Si consigues ver a Maura a lo peor ella no quiere decirte nada. A mí no me conoce, pero andamos en lo mismo. Confiará más en mí que en ti. Me necesitas.

Todo el mundo necesita a alguien. Titulo de una canción.

Claudiqué.

—Está bien, vámonos.

Ella dio un pequeño salto de alegría, lo cual no contribuyó a apaciguar mi ánimo.

—Dame un minuto para lavarme y vestirme, ¿de acuerdo?

—De acuerdo.

La esperé sentado en la cama. No quería salir afuera y encontrarme con su madre y con su hijo.

28

No se puso nada sexy, tampoco le hacía falta. Un simple vestido de una pieza, cortito y sin escote. Era de esa clase de mujeres que dignificaba lo que llevaba, no al revés.

—¿Quién es el padre del niño?

Acabábamos de sentarnos en el coche y la pregunta la pilló de improviso, aunque no le causó sorpresa alguna.

—Anastasio —me dijo como si tal cosa.

—¿Y quién es Anastasio?

—Era mi marido.

—¿Estás casada? —Tuve una especie de rigor que poco tenía que envidiar al mortis.

—Lo estuve —manifestó sin mucho énfasis—. Él murió el año pasado, tratando de salir de la isla. Pero para entonces ya no estábamos juntos.

—Lo siento —dije como un cumplido.

—Bueno. —Se encogió de hombros—. Esas cosas son frecuentes en Cuba. La gente se enamora, se casa y descasa... A veces todo va muy rápido mientras que la vida parece no moverse, ¿comprendes?

—¿Estabas enamorada de él?

—Sí, claro —sonrió—. Anastasio era muy guapo, cinco años mayor que yo. Fue una verdadera pasión. Pero después quedé en estado y hubo otra, así que rompimos. La última vez que le vi vino a ver a su hijo y a despedirse. Querían robar una motora, él y otros dos, para llegar a Florida. Murieron en el asalto, junto a un marino.

—Joder —rezongué.

—No es más que otra historia cubana.

Me miró con tristeza en los ojos y opté por poner el coche en marcha para escapar de ella. Antes de que le preguntara qué camino seguir me lo indicó apuntando una calle con el dedo índice de su mano derecha. Cuando nos alejábamos de su casa recordé algo más.

—¿Y tu madre?

—Ya no quiere más hombres —me reveló—. Dice que dio todo su amor y no le queda nada. Es jinetera.

Hablaba de cosas serias, tristes, fuertes, con una naturalidad que se me hacía espantosa, pero que no en vano era su naturalidad. Había vivido con eso toda su vida, y su madre más. Ella había nacido con la Revolución. Anyelín era más bien el producto del fracaso, no de esa Revolución, sino de un sistema idílico en un mundo cambiante y en cierta medida perverso. Un mundo para el cual los ideales libertarios no tenían nada que hacer frente a términos como capitalismo, dominación, supremacía...

—¿Vuestra casa...?

—Eres el primer hombre que llevo a mi casa —me aclaró, aunque no era ésa la pregunta que iba a hacerle—. Mi madre sí suele llevar a alguno. Los turistas las prefieren jóvenes, y ella ya no lo es, así que cuando consigue alguno no suele ser precisamente adinerado.

—¿No tenéis otro medio de subsistencia?

—Sí, la familia ayuda siempre. De no ser por eso sí sería una prostituta.

No tenía ganas de seguir por ahí. Maldita la gracia si sé qué me pasaba, pero no quería continuar hablando de todo eso. Ella tratando de demostrarme que sólo se acostaba con alguien de vez en cuando, y yo negándome a verla como lo que era.

Cuba se me estaba metiendo demasiado adentro.

Ya no había ninguna distancia.

—Por ahí salimos al Malecón —me dijo de pronto.

Salimos al Malecón, a cierta distancia de la bocana de la bahía, que quedaba muy a la derecha. El espectáculo ya no era el mismo que el de la tarde anterior, pero seguía habiendo gente, y nuevos balseros dispuestos para la aventura. Mientras giraba a la izquierda, en dirección al hotel, vi a un hombre vendiendo el periódico oficial, el clásico *Granma*, y me paré para comprarle un ejemplar. Quería leer la información de los hechos a través de la óptica cubana. Lo dejé en el asiento de atrás y continué mi camino alejándome de la mayor densidad humana. Apenas intercambiamos media docena de palabras más, y la mitad estuvieron referidas al tráfico y el itinerario, aunque ahora ya estaba bastante situado para llegar al Comodoro. Cuando entré por la puerta del complejo hotelero me dirigí directamente a los bungalows y aparqué el coche bajo unos árboles. Nos habíamos levantado tarde, así que el sol empezaba a pegar de lleno. No podíamos desayunar pero sí pedir algo y que nos lo trajeran a la habitación.

Me detuve frente al mostrador de recepción. Mi amiga la de los puros estaba ahí, pero también un hombre de uniforme que se quedó mirando a Anyelín dudoso. Al pedirle la llave me la entregó junto a dos notas: una era del periódico, otra de Armando. La primera era de algunas horas antes, de cuando había empezado el día en España. La segunda de apenas cinco minutos antes. No me dio tiempo a leerlas.

—Señor —me dijo el hombre—, me temo que no puede...

Hablaba de Anyelín.

—Oiga, esta señorita es amiga mía, no una jinetera, y si cree que a esta hora vamos a mi habitación para hacer lo que se imagina, se equivoca. Así que se viene conmigo.

—Me quedaré en el bar de la piscina —trató de justificarse ella.

Se encontró con mi mirada de furia y se calló. La deposité de nuevo en el recepcionista.

—Está bien, Mario —dijo mi amiga la vendedora de puros de contrabando—. Yo le conozco.

El tal Mario la miró, y ya no supo qué decir. La recepcionista me dirigió su sonrisa más cálida. Mi compra de la caja de puros estaba ya sobradamente justificada. Le envié otra de gratitud y luego cogí a Anyelín de la mano para iniciar la retirada. Salimos del vestíbulo y entramos en los jardines bajando por la parte derecha de la terracita. A los pocos pasos noté la presión de la mano de mi amiga.

—Gracias —la oí susurrar.

—¿Por qué?

—Por decir que no era una jinetera.

—No eres una jinetera.

Supongo que era un deseo, pero en alguna forma se lo dije de verdad, porque lo sentía así. Mis ímpetus no siempre se ven recompensados por el éxito, ni destaco por un exceso de cordura, pero esta vez me importaban muy poco las recompensas o la cordura. Era como si llevase una eternidad en Cuba, y semanas, meses, con Anyelín a mi lado. Podía permitirme todos los lujos a mi alcance.

La vi emocionarse, pero ni ella dijo nada más ni yo insistí. Llegamos a mi bungalow y entramos adentro. El aire acondicionado me golpeó liberándome del calor, pero aún así me apresuré a cerrarlo para no pillar una pulmonía. Necesitaba una ducha, desayunar y empezar a pensar.

Anyelín se dejó caer en el sofá de la salita. Yo pedí lo que fuera para comer, zumos, bollos, panecillos, algo de queso, leche, café... Me dijeron que «ahora mismo» lo traían y pensé que aun así me daba tiempo a ducharme. Me desnudé en la habitación y para cuando salí afuera, Anyelín ya no estaba en la salita. La imaginé en la terraza, pero me equivoqué.

Estaba en el cuarto de baño, y llevaba ya sólo las bragas encima. En la mano.

—¿Tú también vas a ducharte? —me preguntó con absoluta naturalidad.

—Puedo esperar

Iba a dar una estúpida media vuelta pero ella me detuvo.

—No seas tonto —me dijo.

—Anyelín...

—Vamos, Daniel. Sólo un baño, los dos juntos.

Me rendí, me quité los calzoncillos y entré en la bañera. Ella ya estaba dentro. Me abrazó, pegada a mí, y me dio un beso. En pleno intercambio de sensaciones abrió el grifo y desde las alturas nos cayeron un millón de gotas de agua. Toda una ducha fría. Echó la cabeza atrás, riendo con su cara de niña perversa, y entonces cogió la pastilla de jabón de mi bolsa de utensilios de baño, no el que la camarera me había repuesto. Sin dejarme reaccionar empezó a frotarme con esmerado cariño.

No me lavaba nadie desde que mi madre dejó de hacerlo un buen montón de años antes.

Fue una sensación nueva. A Ángeles esas cosas no le gustaban. Las encontraba artificiales. Yo descubrí mi lado oculto y fantástico. Era sencillamente maravilloso. Dejé que me enjabonara, de pies a cabeza, y después me pasó el jabón para que yo la enjabonara a ella. Lo hice, también de pies a cabeza. Su pecho y su sexo tenían otra textura al acariciarlos entre nubes de espuma. Acabamos besándonos, a punto de traicionar lo que había dicho en recepción, cuando llamaron a la puerta. No tuve más remedio que salir de la bañera, ponerme la toalla alrededor de la cintura e ir a abrir. Apareció un camarero con una bandeja y al verme lleno de jabón me pidió perdón. Le dije que no era culpa suya. Dejó la bandeja en la mesa de la cocina y le firmé la nota. También le di un dólar de propina. Eso extendió una rutilante sonrisa en su cara.

Para cuando regresé al cuarto de baño, Anyelín ya estaba secándose, recién duchada, y comprendí que lo que habíamos iniciado quedaba definitivamente aplazado. Me metí en la bañera, me quité el jabón, y salí de nuevo sintiéndome mucho mejor. Me puse los calzoncillos, pero ella ya estaba sentada a la mesa tal cual, libre como si nada importara.

—¿Podré llevarme el jabón? —me preguntó.

—Sí, claro.

—¡Tengo tanta hambre!

Atacamos el desayuno tardío hasta no dejar nada, y mientras examiné los dos mensajes. El de Armando era muy simple y concreto: «A las 9 en el vestíbulo del Hotel Nacional.» Si había mensaje, había reportaje, fuera lo que fuera que mi compañero taxista pirata supiera que iba a suceder o fuera a provocar. El de mi periódico era más directo: «Llama urgentemente.» Sólo faltaba añadir un taco tipo «cabrón».

Me lo tomé con calma. Anyelín puso la televisión y empezó a jugar con los canales. Yo la dejé, porque en la CNN no hablaban para nada de Cuba. Era más importante un ascsinato múltiple en Arkansas. Siempre es más importante un muerto en Arkansas que cien mil en Bangla Desh. Así que cogí el *Granma*. Los sucesos del día anterior venían en primera página, junto a las declaraciones de Clinton y las de la Central de Trabajadores Cubanos. Según el *Granma*, disturbios provocados por una minoría de agitadores y descontentos se habían saldado con varios heridos entre las fuerzas del orden. De los balseros sólo una vaga referencia. Clinton había ordenado cerrar fronteras, es decir, que los cubanos a la deriva en el Caribe no tenían más que tres caminos: morir, regresar o... acabar en Guantánamo, como había dicho Armando. Empezaban a pasarse la patata caliente.

El comunicado de la Central de Trabajadores decía:

«El futuro de la supervivencia de Cuba se está decidiendo en estos años, y vivimos bajo el filo de la navaja, pero sólo con unidad y patriotismo lo superaremos. Éste no será el primer brote de violencia que pueda surgir, ni tampoco el último. El enemigo cuenta con una quinta columna en el interior del país, peones que se reclutan principalmente en la escoria social. Hay una franja de anexionistas activos, álfiles del imperialismo americano, que se apresuran a santificar a los piratas y asesinos mientras acusan de criminales a los trabajadores que defienden sus naves del robo y el secuestro. Los episodios de las lanchas secuestradas y los disturbios vandálicos agregan un componente de indignación popular a la reforzada conciencia de los revolucionarios. Tenemos que actuar rápido, cohesionadamente y con un espíritu de lucha inclaudicable ante los problemas de orden objetivo y subjetivo que están dañando nuestra capacidad de recuperación.»

Dejé el *Granma* porque en ese momento la CNN volvía a hablar de Cuba. Me levanté de la mesa y me senté en una butaca. Obviamente la óptica fue muy distinta. La locutora habló de una muchedumbre famélica que había salido a la calle pidiendo «¡Libertad! ¡Libertad!» mientras las fuerzas del orden las barrían aunque, se reconocía, sin haber heridos entre los manifestantes. En sucesivas conexiones, con Miami y Washington, se veían a cientos, miles de cubanos, a la espera de noticias de la revuelta. Muchos estaban dispuestos a salir al Caribe alquilando barcos para recoger a sus compatriotas. Según el suplemento hispano del *Miami Herald*, «los grupos más opuestos a Castro estaban haciendo llamadas para el alzamiento popular». Los epítetos más suaves que dedicaban a Castro eran «asesino, tirano, verdugo y dinosaurio rojo». La propaganda daba noticias como que en el día de ayer muchos soldados cubanos desertaron para no tener que disparar contra sus propios padres y hermanos, manifestados ante ellos.

Miré a Anyelín. Yo podía diferenciar la demagogia partidista del *Granma* tanto como la de los noticiarios estadounidenses. Pero ¿y ella? ¿Qué política, orgullo, valor o ideales quedan frente al hambre?

No supe lo que pensaba, ni se lo pregunté. Su rostro era inexpresivo frente al televisor. Ni siquiera sabía si entendía el inglés.

Hicieron otro barrido por diferentes frentes informativos en torno a la crisis. Jorge Mas Canosa, presidente de la Fundación

Nacional Cubano-Americana, no apoyaba la salida masiva de cubanos con destino a Estados Unidos. Decía que otro Mariel era absurdo y pedía a los cubanos residentes en Miami que no fueran a buscar a sus familias en barcos. Un portavoz del Gobierno de Washington se había apresurado ya a decir que se había puesto en marcha la operación *Distant Shores*, «Costas Lejanas», consistente en bloquear el estrecho de Florida. Se decía que en Cuba se había autorizado el éxodo masivo de balseros para poner a Estados Unidos en un brete. Eso era lo más auténtico que por el momento estaba en disposición de certificar, porque lo había visto yo mismo. Finalmente, volvía a insistirse en que todo aquello no era más que un montaje de Fidel Castro para forzar a los Estados Unidos y desviar la atención popular de los graves problemas internos.

Verdades y mentiras. Verdades camufladas y dichas de otra forma. Mentiras capciosas y presentadas con otros colores. La realidad y la ficción. Era la primera vez que estaba dentro del huevo, a punto de ser tortilla, mientras desde fuera se decía que el pollo nacería pronto.

El último minuto del espacio dedicado por la CNN a Cuba decía que Fidel Castro había acusado a Estados Unidos de querer conducir al país a un baño de sangre. La respuesta, por medio del portavoz del Departamento de Estado, David Johnson, era: «Instamos a Fidel Castro a que se abstenga de emplear la fuerza contra su propio pueblo».

Unos seguían creyendo que eran el ombligo del mundo. Otro había perdido el pulso de la historia, o con la historia.

—Dios —suspiré.

Fue como si despertara. Anyelín se levantó y vino hacia mí. Se sentó a mi lado, en el respaldo de la butaca, y me pasó su brazo alrededor de los hombros. Luego, al recibirla yo, se dejó resbalar hasta sentárseme encima, con las piernas colgando del otro lado. No pude evitar jugar con su pecho estando tan cerca de mi mano, pero la miré a los ojos, sin ningún ánimo sexual.

—¿Tienes miedo? —le pregunté.

—No.

—¿Y si las cosas se complican?

—Peor de lo que estamos no vamos a estar.

—¿Lucharías si hiciera falta?

—Claro. Sé disparar un arma. Ya te dije que hice mi servicio.

—¿Y los que defienden a Castro?

—Defienden el derecho a escoger, a ser cubanos, no proamericanos ni esclavos de nadie. Hay mucha gente que prefiere morir de hambre antes que ceder a sus ideas. Para ellos Castro aún es el gran líder de la Revolución.

—No todo es blanco o negro —convine.

—Exacto —me sonrió triste—. Yo soy mulata.

Le besé el pecho, después los labios. Su pezón se volvió aún más duro, sus labios más cálidos. No permití que ella me correspondiera demasiado.

—He de hacer una llamada —le dije para que me dejara levantar.

29

Marqué el número del periódico con recelo, pero decidido a trabajar. La comunicación fue inmediata. Al primero de redacción que se puso al otro lado le di el número del Comodoro y de mi bungalow, por si no lo tenían a mano, y les pedí que me llamaran inmediatamente para darles toda la información. Me sugirió el fax y le dije que no sabía si tenían fax en el hotel y que de todas formas era una crónica de urgencia, no escrita, así que mejor conectaban una grabadora al teléfono. Dijo que de acuerdo y colgué. Por un lado, mejor que pagaran ellos la conferencia, y por otro, que llamaran cuando lo tuvieran todo a punto. Estarían preparando el ejemplar del día siguiente, ya que en España era por la tarde y seguro que mi reportaje iría en primera plana.

Por lo menos Ángeles y Jordi sabrían que estaba bien.

Ordené un poco mis ideas antes de que llamaran, y me senté en la mesa de la cocina, con un papel y mi pluma, para anotar los principales detalles de cuanto había visto el día anterior y acababa de oír en la CNN. Lo tenía ya todo dispuesto diez minutos después, cuando sonó el timbre. Casi me daba por pensar que no iban a poder comunicarse conmigo por algún problema, como por ejemplo que las líneas acabasen de quedar cortadas de golpe. La idea de la Nueva Revolución seguía castigándome de tanto en tanto.

—No hables ni hagas ruido —le pedí a Anyelín.

Seguía sentada en la butaca, desnuda, frente al televisor. Lo cerré antes de sentarme en la otra, con mis notas sobre las rodillas, y cogí el auricular.

—Oye —me dijo Amadeo, uno de los expertos en temas internacionales y más concretamente en cuestiones del ex bloque comunista—, cuando acabes no cuelgues, que a lo mejor te hago alguna pregunta y además Carlos quiere hablar contigo.

Faltaría más.

Inspiré aire a pleno pulmón, y empecé a cantar. Primero, los incidentes de la tarde anterior, a continuación, la hégira protagonizada por los balseros desde el Malecón de La Habana y Cojímar, para seguir, los comentarios del *Granma*, y para concluir, el abanico de reacciones que acababa de escuchar en la CNN, aunque eso ya lo tendrían también ellos. Fueron diez minutos de hablar, tal y como yo lo hubiera escrito, sin que nadie me interrumpiera. De vez en cuando Anyelín movía la cabeza, me miraba a los ojos, pero sólo era cuando decía algo que le chocaba o la hacía reaccionar de alguna forma. Desnuda ante mí, era una estatua perfecta, y por un momento me dio por recordar que allí mismo, en aquellas butacas, en aquella salita del bungalow 523, habían estado Maura y Estanis, tal vez exactamente igual que ahora nosotros, ella desnuda y él hablando con el periódico para decir que se quedaba unos días más, porque «iba a suceder algo importante».

También pensé en Armando.

Aparté esa imagen de mi cerebro, y el fantasma de Estanis, muerto a mis pies, como si pudiera verlo, y recibí la primera de la docena de preguntas puntuales que me hizo Amadeo, casi todas referidas a los balseros y la manifestación. Le dije que no tenía constancia de muertos, que dijeran lo que dijeran los americanos, la represión no había sido sangrienta, que las Brigadas de Respuesta Rápida habían echado una mano a las fuerzas del orden, y que los balseros en su mayoría estaban locos. También le hablé del embullo, lo de «apuntarse a algo» que allí era tanto como saltar al agua y meterse en una balsa sin más, por simple contagio. Me dijo que se hablaba de «saqueo de tiendas» y recordé la de los zapatos. De tres, dos. Se lo conté y logré impresionarle. Hasta me lo dijo:

—Buen trabajo, Dani.

—¿Que hago con las fotografías que saqué?

—Ya tenemos de agencia. Las tuyas irán en el dominical con lo que escribas.

—Se suponía que tenía que hablar de sexo —resoplé—. Vengo a por uvas...

—Y la suerte que tiene Carlos. Ahora dirá que se lo olía y que te envió para eso.

—¿Algo más?

—No. Te paso con él. Suerte.

—Espero que no la necesite ni me haga falta.

Lo decía muy en serio.

Carlos no tardó ni diez segundos en ponerse. Su voz me sonó distante, ni alegre por oírme y por tener a un «enviado especial» en el ojo del huracán ni cabreada porque a lo mejor imaginaba que estaba en Varadero tomando el sol con una jinetera. Aunque hubiera sido una estupidez, por un momento me habría alegrado que pudiera verme, en calzoncillos, con Anyelín delante abierta de piernas y con sus pechos puntiagudos mirándome, sin ningún problema.

Un sentimiento por entero machista, lo reconozco.

—¿Daniel?

—Sí, Carlos.

—Bueno, por una vez has estado en el lugar adecuado en el momento oportuno. Me alegro de que tuvieras la iniciativa de cancelar tu regreso.

Lo bien que me había venido la revuelta para justificarlo.

—Ya tenía todo a punto —mentí descaradamente—. Iba a salir del hotel cuando oí los comentarios. Pensé que te ibas a cabrear.

—No, hombre, no. Eso vale la pena. De todas formas no te irás a quedar más tiempo, ¿verdad? No sea que la cosa vaya a más y tengas que quedarte aquí.

Volví a mirar fijamente a Anyelín.

—Tengo un vuelo mañana a primera hora de la tarde, pero no sé si primero aterriza en Madrid. Creo que llego entre las ocho y las diez de la mañana, no estoy seguro porque lo tengo en el aeropuerto.

—Vente directamente para el periódico.

—¡Joder, tú!

—Traes las fotos, cuentas la última, o lo escribes en el avión, y te largas a dormir, coño.

—Vale, vale.

—¿Has averiguado algo de lo de Estanis?

Me envaré de golpe.

—No, ¿por qué?

—Bueno, como estás ahí, en el mismo hotel, y te conozco...

—Hice algunas preguntas, sí, pero nadie sabe nada ni nadie vio nada. Esto es hermético.

—Aquí tampoco nos ha llegado más información, maldita sea.

—Me lo imaginaba.

—Vale, cuídate —empezó a despedirse.

—Hombre, una palabra amable.

—¿Qué quieres, una mención honorífica, el diploma de Empleado del Mes, como si esto fuera una hamburguesería o un hotel de un país tercermundista?

—Me lo merecería, porque me vine con doscientos dólares para gastos —le recordé—. Si no llego a traer mi tarjeta de crédito...

—Pasas nota. Pero las putas te las pagas tú.

—Vete a la mierda —le deseé por muy jefe que fuera.

—Anda, diviértete —bufó con sarcasmo.

Colgamos al unísono y me quedé mucho más tranquilo. No habría soportado una bronca. De todas formas lamentaba que hubiera hecho falta una revuelta para justificar la prolongación de mi estancia en Cuba.

Dejé las notas y la pluma en la mesita y estiré los brazos. Luego flexioné el cuello a ambos lados para desentumecer la zona del golpe. Anyelín se puso en pie al momento.

—Te daré un masaje —se ofreció.

—Hemos de irnos —le recordé—. Sólo me queda hoy para encontrar a Maura.

Se detuvo a un paso de mí.

Luego lo cubrió, levantó su mano derecha, me acarició la mejilla como solía hacer y me besó en los labios, apenas un roce.

Lo mismo que el de sus pezones contra mi piel.

—Está bien —convino.

Dio media vuelta y caminó en busca de su ropa, mientras yo me relajaba. Nos vestimos en silencio, en apenas unos segundos, y conecté el aire acondicionado como último paso antes de irnos. Salimos del bungalow en silencio y atravesamos la recepción sin haber hablado. Dejé la llave, le guiñé un ojo a la recepcionista y salimos al exterior. Una vez en el coche decidí entre las dos únicas alternativas posibles.

—Vamos primero a casa de la madre de Maura, por si acaso.

—De acuerdo —asintió mi compañera.

—Si ella sigue sin saber nada, entonces iremos a vigilar la casa del tal Miguel.

—¿Vamos a pasar el día montando guardia?

—Me temo que sí.

—No importa —sonrió con ánimo—. Podemos contarnos muchas cosas.

Pensé que no sabía si querría oírlas, y en cuanto a ella de mí... ¿Le hablaba de Ángeles, de Jordi, de mis novelas policiacas firmadas con seudónimo, de mi columna en el periódico? Dios, todo me parecía trivial, aburrido, absurdo, comparado con ella, su situación y la de sus compatriotas.

Me pregunté si a todos los periodistas «de calle» o corresponsales les sucedía lo mismo. Si todos se inmiscuían y tomaban partido en lo que veían, si eran capaces de mantenerse al margen, ser imparciales, sin ningún síndrome de Estocolmo social. Me pregunté, en caso de que lo lograran, que clase de estómago tenían. A veces veía imágenes de guerras, niños muertos, retorcidos por la agonía final, o escenas patéticas de hambre en África, con mujeres al borde de la extenuación o sus hijos esqueléticos, y pensaba en los cámaras. ¿Qué hacían? ¿Cómo se sentían? ¿Eran capaces de filmar aquello sin vomitar? ¿Se iban después a sus hoteles y comían como si tal cosa? ¿Dormían sin tener pesadillas? Claro que la alternativa no era mejor: volverse locos. Lo único que había hecho yo era conocer a una jinetera y a unos pocos cubanos, y ya me sentía fatal.

Menudo periodista.

Involucrado hasta los huesos y en mitad de la tormenta, porque pese a la necesidad de libertad y democracia en Cuba, aún sentía que idealizaba el carácter que les hacía sentir independientes.

Solitarios en mitad de un mundo que les ahogaba por poder, pero que no les había doblegado en treinta y cinco años.

Llegamos al barrio de Sevillano en quince minutos, pero mis escasas esperanzas murieron en los quince segundos que tardé en bajar del automóvil y hablar con la madre de Maura. Seguía sin noticias de su hija. Le dije que Miguel no nos había recibido de muy buenas formas y se encogió de hombros.

—Es un mal hombre —manifestó sin pasión.

—Señora, si ella aparece por aquí, dígale que estoy en el Hotel Comodoro, bungalow 523. Me iré mañana por la mañana. Si habla conmigo se ganará cien dólares, sin compromiso alguno. Puede que más —decidí ser generoso—. ¿Lo recordará?

—Lo recordaré —me prometió.

Volví al coche y no tuve que decirle nada a Anyelín. En mi cara vio la desilusión. Me guió de nuevo, ahora hacia Ayestarán, en busca de la calle Panchito Gómez donde casi me dejé la cabeza, y por si la espera era larga, de camino me detuve en un bar que ella me señaló para comprar agua y algo de comida, lo que fuera. Me contenté con unas tortitas, porque no había nada más. Ella tampoco llevaba «reservas» en su bolso. Me confesó algo más.

—Sólo me quedan dos preservativos.

No supe si me lo decía para animarme a utilizarlos o si era para que estuviese tranquilo.

Cuando llegamos a la calle Panchito Gómez no se me ocurrió parar el vehículo demasiado cerca de las inmediaciones de la casa roja que ya no era roja. Lo hice a considerable distancia, pero de forma que pudiera ver si alguien entraba o salía de ella sin ser vistos nosotros. De sombra, nada, así que el sol empezó a castigarnos implacablemente.

Teníamos muchas horas por delante, y nada que hacer.

Ni siquiera ceder a la tentación de besarnos, porque bastaba un segundo para perder la que podía ser mi única oportunidad, y besar a Anyelín era mucho más que un segundo.

30

—¿Quieres que vaya a preguntar?

—No.

—¿Y si está dentro?

—No quiero arriesgarme a que el tal Miguel sepa que estamos aquí, y menos después de lo de anoche.

—Puede que no fuera él.

—Esperaremos.

—Como quieras.

Hizo un gesto de pesar, sabiéndose condenada a permanecer allí sentada sin más alternativa. Y al ver que yo me quedaba «de guardia», con la mirada fija en la casa del número 52, optó por la comodidad. Abrió la portezuela del coche para poder estirar las piernas y se tumbó en su asiento, con la cabeza apoyada en mi regazo. Ella estaba perfectamente, pero yo ahora la tenía debajo, y aunque mis ojos no se apartasen de la casa mis manos acabaron indefectiblemente acariciándola. Hacía calor y yo empecé a sudar, pero su piel seguía siendo muy suave. Maquinalmente recorrí su mejilla hasta la oreja, jugueteé con el lóbulo, bajé por el cuello, subí por la barbilla, eludí los labios, le pellizqué la punta de la nariz y me detuve en sus párpados cerrados, acariciando sus largas pestañas.

Anyelín acabó cogiendo mi mano y se la colocó sobre el pecho.

Nos quedamos quietos quince, veinte minutos, antes de abrir la primera botella de agua. Después, otra media hora. Se desperezó, y el vestido subió hacia arriba hasta superar la línea de su intimidad. Se me ocurrió pensar que era un idiota, esperando a una especie de fantasma que, a lo peor, ni querría hablar conmigo, y menos si vio algo extraño o comprometedor. Cualquier otro pasaría de todo y se iría al hotel hasta la hora de mi cita con Armando. En el hotel, por unos dólares, Anyelín y yo estaríamos mucho mejor. Ducha conjunta, un poco de amor...

No quería admitir que era deseo.

Pero tampoco que pudiera haber algo más.

—Será nuestra última noche, ¿verdad? —susurró ella en ese momento, coincidiendo con mis pensamientos una vez más.

—Me temo que sí.

—No puedes quedarte.

—No.

—¿Por el trabajo?

—Sí —mentí.

—¿Volverás?

Ya no me hablaba de España. Se daba cuenta de que su sueño era quimérico.

—No lo sé —reconocí.

—Te voy a echar mucho de menos, Daniel.

—Y yo a ti.

—Sé que no me crees, que piensas que estoy desesperada por irme, por casarme y salir legalmente de aquí. Pero has sido distinto. Lo supe en cuanto te vi en la discoteca del Comodoro. Tampoco debes sentirte mal por haber estado conmigo.

—No me siento mal.

—¿De verdad?

Bajé la cabeza, lo justo para besarla, despacio aunque sin perder el control, y recuperé al instante mi posición de vigilia.

—Es fácil quererte, ¿sabes? Nunca había conocido a nadie más tierno y humano que tú.

—Para lo que me sirve —capté su tono de desesperanza.

—Eres joven, y esto no durará siempre.

Le dijo el millonario al mendigo.

—Daniel.

—¿Qué?

—A ti también es fácil quererte, y tampoco había conocido a nadie más tierno y humano que tú.

Genial.

Ya no volvimos a hablar en mucho rato, muchísimo, mientras los ecos de nuestras últimas palabras se esparcían por mi cabeza provocándome un montón de amargos regustos. ¿Como se puede sentir uno bien y mal a la vez? Lo mío era de lobotomía urgente. Un puro caos de sensaciones.

Y antes de darme cuenta de nada, noté que ella se había quedado dormida.

No me moví en dos horas. Al final estaba hecho un cuatro, con las piernas dormidas y el sudor cayéndome por todas partes. Fue al alcanzar el agua por segunda vez cuando hice un movimiento algo más brusco y ella se revolvió en mi regazo antes de abrir los ojos. Se incorporó algo mareada, porque en el coche, con el sol cayendo de lleno, parecíamos dos pollos al horno. Me dijo que sentía haberse dormido y le dije que me había gustado que lo hiciera, porque... bueno, la sensación de paz que irradiaba era muy especial. Además, las mujeres no acostumbraban a quedarse tan ricamente fritas en mis brazos.

La hice reír y me dio un beso. Luego bajó para estirar las piernas, aunque caminó en dirección opuesta a la casa. A mí me dolían también los ojos de tanto tenerlos fijos allí, pero prefería estar en guardia permanente. Mi mayor preocupación era el tiempo. Armando me esperaba a las nueve, y tal vez antes tuviera que pasar por el hotel para ponerme algo seco, o por el Malecón para ver cómo andaban las cosas.

Pasé de lo primero. Ya me secaría cuando el sol dejara de pegar de lleno, aunque en plena tarde aún nos daba duro.

Nos acabamos el agua y la última tortita a eso de las seis y media. Y tres cuartos de hora después, apareció Miguel. Lo hizo por una de las calles perpendiculares, surgiendo a nuestra derecha como un fantasma. Tuvimos tiempo de hundirnos en los asientos y poco más, aunque no se fijó en nosotros. Iba cabizbajo, con la vista fija en el suelo. Caminó hasta la casa y entró en ella para no volver a salir. Una pena. De haber sabido que estaba fuera me habría arriesgado, o si en lugar de verle entrar le hubiera visto salir, lo mismo. Ahora...

—¡Mierda! —maldije.

—Si Maura está dentro y va a salir, lo hará entre las ocho y las diez —me informó Anyelín—. Si no está y ha de regresar, también debería hacerlo más o menos a esas horas, para cambiarse.

Lo malo era que estuviese con algún turista como compañera durante sus vacaciones. Y eso lo sabíamos los dos.

O escondida.

O... ¿muerta?

La idea se me coló en redondo por la mente y me desconcertó. No había pensado en ello en ningún momento. Pero ¿y si Maura estaba allí y lo de Estanis no fue un accidente?

No quise hacer conjeturas, y a medida que las manecillas del reloj se acercaron a las ocho, me vi en la disyuntiva de tener que escoger, a cara o cruz. Seguir allí esperando una quimera o perseguir la fantasía de la que pudiera hablarme Armando. El gran reportaje.

—¿Por qué miras tanto la hora?

—Me esperan a las nueve.

—¿Algo importante?

—Tal vez sí. Tiene que ver con mi trabajo.

—Vete. Yo me quedaré haciendo guardia.

—¿Lo dices en serio?

—Claro. —Me miró con asombro.

Se había convertido en mi sombra, dispuesta a no dejarme por nada del mundo, jugando sus cartas con firmeza, y ahora realmente me brindaba su ayuda.

—No puedes pasarte la noche aquí —divagué yo.

—No la pasaré, y no te preocupes por mí, estaré bien. Si a eso de las doce o la una aún no ha entrado ni ha salido, me iré al Comodoro.

—Si no he llegado no te dejarán entrar.

—Entonces ve a mi casa. Espérame en mi habitación.

No me seducía la idea de encontrarme con su madre, o tener que jugar con su hijo en plan «papá», pero era la mejor alternativa. Abrí el plano de La Habana y señalicé con su ayuda los puntos que necesitaba conocer: el Comodoro, su casa, el lugar en que estábamos y mi siguiente destino, el Hotel Nacional.

—¿Qué hago si ella entra o sale? —me preguntó Anyelín.

—Si entra, nada. Ven a buscarme. Si sale, puedes seguirla.

—¿Quieres que le hable?

—No, a no ser que sea necesario.

—Si lo es, ¿qué le pregunto?

—Lo que vio aquella noche que estaba con Estanis, la verdad. Si se drogaron y él murió, no hay más que hablar. Si pasó algo más... Júrale que no voy a comprometerla en nada. —Saqué de mi bolsillo un billete de cien dólares—. Y dale esto si colabora.

—De acuerdo. —Metió el billete en su bolso.

Pensé en la ridiculez que le había dado a ella después de nuestro enfado.

—Cuando me vaya te daré to...

No me dejó acabar lo que iba a decirle. Lo intuyó.

—Cállate —me pidió. Y para asegurarse de que no iba a seguir, me abrazó y me besó con su generosa dedicación. Al separarse de mí, sus ojos brillaban como ascuas encendidas y su pecho se movía con desaforada agitación. Entonces agregó—: Y ahora vete, no sea que siga habiendo disturbios y te veas obligado a dar un rodeo para llegar al Nacional.

No había mucho más que hacer o decir. Ella se bajó del coche y cerró la portezuela. Yo lo puse en marcha y arranqué.

Me alejé de su lado observándola por el retrovisor hasta que se convirtió en un puntito y giré por la primera calle que encontré para orientarme y dirigirme al Malecón. Esperaba ver nuevos altercados pero la revuelta popular parecía haberse extinguido. Lo que seguía firme, en pie, era la huida hacia el mar protagonizada por los balseros. Las proximidades del Malecón eran un hervidero, y en el paseo frente al mar volví a ver a los curiosos agolpados, observando a los que bajaban sus precarias balsas y a los que se alejaban en ellas. La policía no intervenía para nada. Castro seguía dejando marchar a quien quisiera. Otra cosa era que allá fuera, en las aguas del Caribe, no les esperase nadie, salvo la muerte o los guardacostas que antes les conducirían a Guantánamo que a Miami.

Perdí sólo veinte minutos observando las mismas escenas que ya había visto el día anterior. Eran otras caras, otros hombres que se iban y otras mujeres que les despedían, pero en esencia todo se repetía como en un calco. Algunas de las balsas eran más complejas, daban la impresión de ser más sólidas, pero a mí se me antojaban igualmente absurdas. Cáscaras de nuez arrojadas al mar. A mi alrededor, también las voces me llenaron de amargura.

—Me pidieron veinte dólares para dejarme ir con ellos, así que anoche jineteé a un turista. Me dio treinta. Tengo diez dólares para empezar a ganar mi primer millón cuando llegue allá.

—Ayer naufragamos, casi me ahogué. Fue una suerte que pudiera llegar a tierra porque dos se fueron al fondo. Pero hoy la balsa es mejor, y prefiero morir libre fuera que de hambre aquí.

—Cuídate, hijo. Y no metas un brazo en el agua aunque tengas calor. Recuerda que el pez perro te lo puede arrancar de un solo mordisco; y el rascacio, con sus agujas venenosas, te mata en minutos; y la barracuda, la morena, el rutero... Ah, ése es muy mal tiburón, porque va paralelo a la costa, y primero te raja con su aleta para que sangres.

Creo que más que irme me escapé. El chico de los veinte dólares apenas tenía diecisiete años. El que había sobrevivido andaría en los veinte, y el que recibía lecciones de mar de su padre, o su abuelo, rondaría los dieciocho. Subí al coche y ya no tardé en llegar a mi punto de destino, visible desde la parte del Malecón próxima a La Habana Vieja.

Recordaba el Hotel Nacional, un solemne edificio de diez pisos, rectangular, con dos torres gemelas flanqueadas por otras cuatro menores a cada lado y cuatro salientes que desde el aire debían de darle al conjunto la forma de una doble cruz. No me habría importado hospedarme allí, y lo tuve aún más claro cuando entré por la puerta del vestíbulo después de dejar el coche en el aparcamiento frontal a él. Auténtico lujo, solemnidad, clase. Pensé que Armando aún no habría llegado, porque eran las nueve menos diez, pero me equivoqué. Apareció como por arte de magia, por detrás de una columna que resguardaba unas butacas de color rojo, y se acercó a mí sonriendo. Me tendió la mano con un gesto grandilocuente.

—¡Señor Ros, cuánto bueno por aquí!

Ni siquiera me di cuenta de que un segundo hombre le hacía una seña hasta que Armando le hizo un gesto con la cabeza. Pensé en la posibilidad de que hubieran estado siguiéndome desde mi salida del Comodoro, o tal vez sólo estuviera en la puerta, por si me veía aparecer acompañado por... ¿la policía?

—Armando, ¿de qué va...?

—Un minuto, compañero.

Me condujo por el hotel, hasta que al meternos por un pasillo comprendí adónde íbamos. En el Nacional se encontraba el Parisién, segundo cabaret más importante de La Habana después del Tropicana. No tuve tiempo de mostrarle mi extrañeza porque nos detuvimos delante del hombre que vendía las entradas y me vi atrapado por su sonrisa y su gesto.

—¿Dos?

Miré a Armando.

—Dos —corroboró él.

—Cincuenta dólares —dijo el encargado de admisiones.

Pagué, aunque seguía sin entender nada. Entramos dentro, guiados por un camarero que nos situó en una mesa de la parte izquierda, a la derecha del escenario. Tendríamos el espectáculo y a macizas tan imponentes como las del Tropicana prácticamente encima, aunque de momento en el escenario lo único que había era un cuarteto de cuerda infumable. Empecé a comprender las intenciones de Armando sin necesidad de preguntarle nada. Quería hablar sin que nadie nos oyera. Meras precauciones.

—¿Que van a tomar los señores?

—Un agua —pedí yo. Tenía sed.

—Piña colada —dijo Armando.

Cuando se fue el camarero le miré con algo más que impaciencia.

—¿Y bien?

—Es un buen espectáculo, Daniel. Le gustará. ¿Vio el de Tropicana?

—Armando, tengo cosas mejores que hacer que escucharle a usted.

—Déme diez minutos, hasta que empiece el show. Si no le gusta lo que le diré, se levanta y se va.

Diez minutos. El cuarteto era para acompañar un funeral, y aún así con la posibilidad de que hasta el muerto se levantara para pedir un poco más de marcha. Por lo menos el servicio fue rápido. El camarero nos trajo lo que habíamos pedido. No sé por qué creía que la consumición iba incluida en el... Dejémoslo.

—Son diez dólares, señor.

Armando me miró sonriendo.

Pagué y me bebí el agua de una sola vez.

No fueron diez minutos, sino treinta, pero ahora ya me picaba más la curiosidad que no la impaciencia. Así que esperé hasta que un presentador anunció «el impresionante show del Parisién» y en cosa de un par de minutos empezaron a salir chicas-florero, llenas de plumas, con sus largas piernas desnudas, sus cuerpos moldeados por la magia de la naturaleza —no creo que en Cuba tuvieran silicona, aunque...—, sus rostros exóticos, sus sonrisas en technicolor. Todo el mundo las miró a ellas, incluso Armando. Todo el mundo menos yo.

—Ahora dígame de qué se trata o me voy —acerqué mis labios a su oído.

Y me lo dijo.

Así, con toda naturalidad.

—De matar a Castro, Daniel. De eso se trata.

Él también sonreía, como las chicas-florero, pero en sus ojos vi todo el peso de la verdad y la trascendencia que sus palabras revestían.

Eso además de una clara determinación.

31

Creo que me quedé tan pálido que si un foco llega a apuntarme, el personal que asistía al show del Parisién se habría quedado ciego por el reflejo. Por fortuna el personal, ciento por ciento turístico a excepción de Armando, estaba demasiado pendiente de la exhibición de plumeros y cuerpos. Ya no había nada más, ni balseros fuera de allí y mucho menos dos conspiradores como nosotros tan cerca.

No pude decir nada, aunque abrí la boca. Me había quedado sin aliento.

—¿Quiere otra botella de agua?

Negué con la cabeza. Lo que necesitaba era una ducha fría.

—Escuche, Daniel. No somos demasiados, ni tenemos muchos medios, pero estamos decididos. Disponemos de una oportunidad y de un rifle, es cuanto necesitamos.

—Castro nunca se ha puesto a tiro de nadie —conseguí decir.

—Mañana habrá una ofensiva contra los balseros, una manifestación prorrégimen que recorrerá las calles de La Habana Vieja y tendrá su punto culminante en el Malecón. Será una prueba «espontánea» de adhesión al Gobierno. Y sabemos que él hará una aparición por sorpresa, un golpe de efecto de los que le gusta hacer.

—¿Cómo saben eso?

—Le he dicho que somos pocos, pero incluso en su círculo más próximo hay quienes han comprendido que es el momento de cambiar, porque nos jugamos el futuro. La aparición de Fidel será «sorpresa», pero de cara al país no tendría ningún efecto si no hubiera cámaras de televisión en el lugar adecuado y en el momento oportuno. Son muy escasos los que saben cuál será ese lugar y ese momento, pero ahora lo sabemos nosotros, es cuanto necesitamos y vamos a estar allí. Como usted muy bien ha dicho, nuestro querido líder es caro de ver, y aún más caro de tener en un punto de mira. Es un hombre misterioso, que tiene una docena de casas, puede que más, repartidas por La Habana, por los alrededores, y de extremo a extremo de la isla. Atentar contra él nunca ha sido posible, y menos con éxito, pero esta vez será fácil.

—¿Qué conseguirán matando a Castro? —le busqué las cosquillas—. Su hermano Raúl tomará el poder y seguirá lo mismo.

—Raúl no cuenta si cae Fidel.

—¿Está seguro?

—Déjenos a nosotros la política interna, compañero. Su misión es otra.

—¿Qué misión? —me alarmé.

—Estar allí, verlo, y después escribir sobre ello... Además de publicar en España un texto que le daré más tarde.

—¿Para eso me quieren?

—Cuando suceda, todo el mundo hablará de ello, pero tal y como van a estar aquí las cosas, nosotros aún no podremos dar la cara. La muerte de Fidel Castro será portada en todos los periódicos y revistas del mundo, y cabecera de los noticiarios de televisión en los cinco continentes. Sin embargo, habrá muchas versiones, y desde el propio régimen puede camuflarse la verdad. ¿Quién no le dice que salen con lo del loco solitario? Más aún, ¿quién nos asegura que incluso callan lo de su muerte, queman las filmaciones, y dicen que sólo está herido... o vivo? No podemos dar un paso así sin cubrirnos las espaldas, y usted será nuestra garantía. ¿Lo entiende ahora?

—No soy más que un periodista del montón. —Busqué una forma de detener su ahora encendida y apasionada oratoria para pensar un poco—. Necesitarían a alguien más...

—Usted es periodista, Daniel, y eso es lo que vale, lo que cuenta. Su medio es muy importante en España, y España está en Europa, no en el continente americano. Allí nadie va a manipular nada. Se lo dije, ¿qué quiere, que le demos esa oportunidad a un yanqui, o a un alemán, o a un inglés? Su mismo Gobierno sigue apoyando a Castro.

Miré el final del número de las chicas-florero. Caminaban despacio, para no alterar el equilibrio de los kilos de plumas y orfebrería que las cubrían. Sonrisas estáticas, ojos muy maquillados, brazos abiertos para crear más efecto y pasos cortitos. El público aplaudía extasiado. Yo también lo hubiera hecho prendado de más de una con formas rotundas, pero estaba demasiado conmocionado para hacerlo. El presentador anunció otro número, una danza entre No-sé-quién y No-sé-cuántos. Con la música volví a acercarme a Armando. Incluso teníamos que gritar un poco para hacernos entender. Y estábamos hablando de asesinar al líder de la Revolución cubana.

—¿Estanis aceptó?

—Sí.

—¿En serio?

—¿Por qué no iba a hacerlo? —Armando puso cara de sorpresa—. No le estamos pidiendo, ni se lo pedimos a él, que tomara parte en el hecho. Sólo le informamos de que ese hecho iba a suceder, y que podía actuar como un profesional, contándolo. Nada más.

—¿Nada más? ¿Está de guasa?

—Daniel, lo dijo usted mismo: no es un héroe. Tampoco va a sentirse un asesino. Nosotros no vamos a sentirnos asesinos, así que menos usted.

—Pero será un asesinato —insistí.

—¿Habría matado a Hitler de haber podido?

—No lo sé, supongo que sí... —vacilé cogido a contrapié.

—Castro es nuestro Hitler ahora.

¿Podía discutírselo? ¿Le contaba que de niño admiraba a Fidel y al Che, y que tuve un póster de este último en mi habitación? ¿Le hablaba de sentimientos?

La mujer que bailaba era mayor, pero neumática, como diría Aldous Huxley. Su compañero la levantaba, la tiraba, la recogía al vuelo y le hacía dar mil y una piruetas. Se me antojó que la cosa era un símil de la situación. El hombre ejercía de Castro y ella de Cuba. Lo que no supe discernir así, de golpe, es si era un símil justo.

—¿Sabe lo que me está contando? —me estremecí.

—Perfectamente. Por esa razón queríamos estar seguros de usted.

—¿Y lo están?

—Sí.

—Entonces, lo quieran o no, seré cómplice.

—Le digo que no.

—Y yo le digo que sí. —Puse un dedo en la mesa—. Gandhi decía que la peor violencia es la indiferencia. Si yo asisto indiferente a eso, aunque sea para escribir un reportaje, habré ayudado a apretar el gatillo.

—¿Y qué va a hacer ahora, denunciarnos?

—¡No!

Abrió las manos haciendo un gesto expresivo, dándome a entender que, lo quisiera o no, ya estaba metido.

—Armando, no me haga eso —me estremecí.

—Daniel, le diré algo. —No esperó y me lo dijo—: Éste es nuestro país, y debemos resolver nuestros problemas, sin injerencias. En demasiadas partes del mundo se han metido los demás y así les ha ido. Si cuando tiraron la bomba atómica la gente lo hubiera sabido, ¿habrían impedido que la echaran sobre Hiroshima? Evidentemente, no. El Gobierno americano habría seguido con ello. El caso es el mismo, pero mucho más simple. Aquí no van a morir cien mil personas, únicamente morirá una.

—¿Y si estalla una guerra civil?

—Se lo dije: no habrá ninguna confrontación civil.

—¿Por qué está tan seguro?

—Castro debe morir para que muera el castrismo. Nada más. Lo que venga después siempre será mejor que esto, porque la situación no va a estar peor de lo que está. Fidel tuvo su oportunidad. Lo hizo bien al comienzo pero dejó pudrir las cosas después. Ahora necesitamos otra oportunidad.

La pareja acabó su número, y reaparecieron las bellezas, ahora haciendo de coro mientras en *play back* sonaba un mambo vigoroso y varias cantantes empezaban a poner los decibelios al máximo y a la gente a tope de marcha. El espectáculo subió enteros, caldeando el ambiente.

—¿Cómo van a hacerlo?

—No puedo contarle nada más. Ya le dije que no tenemos armas sofisticadas, ni un rifle con mira telescópica o algo así. Como mucho, disponemos de un silenciador, para salir indemnes y ganar unos valiosos segundos en la escapada. Sabemos que sólo dispondremos de una oportunidad, y vamos a aprovecharla.

Recordé a Estanis, y una nueva idea me recorrió el espinazo.

—Oiga —me alarmé—. ¿Estanis iba a ser testigo del mismo plan?

—No —me tranquilizó—. Supimos por nuestro contacto en la esfera de Castro de otra aparición, hace unos días, y al conocer a su amigo Estanis le propuse lo mismo que a usted. Se quedó en La Habana unos días más para escribir ese reportaje. Él mismo reconoció que era la oportunidad de su vida.

Siempre quiso ser algo más. Creía que estaba en la recta final del camino y que lo había desaprovechado. Casi pensé que le entendía.

La fama es fácil de entender.

Y las debilidades, con mujeres como Maura... o Anyelín.

¿O ésa era mi excusa?

—Estanis murió —le recordé con un estremecimiento.

—Cierto —asintió haciendo un gesto de pesar—. Y eso nos desconcertó mucho, ya que temimos lo peor. ¿Una casualidad? Tal vez sí, por la forma en que acabó. A fin de cuentas no sabíamos de sus hábitos. Pero es difícil creer en las casualidades, ya lo hablamos. Sin embargo, después de pasar unos días escondidos, vimos que no sucedía nada, y eso nos calmó. Lo curioso es que Castro también cambió sus planes a última hora, así que tampoco habríamos podido acabar con él.

—¿Y si cambia de planes mañana?

—Mala suerte —dijo sin más—. Pero lo de mañana es demasiado importante.

—¿Tengo alternativa?

—No, a no ser que quiera que le retengamos hasta que salga su avión.

—¿A qué hora se producirá... el incidente?

—Por la mañana. Tendrá usted el tiempo justo para regresar al hotel y marcharse al aeropuerto, aunque le recomiendo llevarse la bolsa de viaje consigo para no perder tiempo.

—¿Y si cierran el aeropuerto?

—No lo harán.

—¿Y si lo cierran?

—Van a callar los hechos, se lo aseguro, y aunque no lo hagan, las primeras horas serán de confusión. Habrá que dar con Raúl, tomar medidas...; usted ya estará volando rumbo a España para cuando eso suceda.

—¿Y ese documento? Si me lo encuentran encima...

—Léalo, memorícelo, y si se ve en peligro, que no será así, destrúyalo.

Me dejé caer hacia atrás, apoyando la espalda en el respaldo de la silla. Estaba atrapado, pero lo que se dice atrapado del todo. Cogido por las pelotas. Si me negaba a colaborar, me meterían en un baúl hasta la salida de mi avión, cuando todo hubiera pasado. Si colaboraba, tendría en efecto el reportaje de mi vida, pero maldita la gracia que me hacía a mí eso. Y desde luego no podía ir a la policía. Bueno, tampoco pensaba hacerlo. No saldría de Cuba en años.

Cualquiera se habría doblado según la dirección del viento. No injerencia. Lo había dicho Armando.

—Joder —suspiré. Y lo repetí casi en un grito—: ¡Joder!

Me encontré con una de las chicas encima de golpe y porrazo. Me abanicó con sus plumas, me sonrió y me guiñó un ojo. Mi cara de pánico, aún pálida, debió de hacerle pensar que tenía un encogimiento estomacal, porque me lanzó un beso y se dio la vuelta la mar de satisfecha por su éxito. El mambo llegaba a su clímax y todo el escenario estaba lleno de movimiento.

Mi cerebro también.

—Daniel, por favor.

Me estaba haciendo famoso. Debería darle las gracias. Los dos del Watergate bien que se forraron. Iba a ser el hombre que vio morir a Fidel Castro. Igual salía en los libros de historia.

No, en ésos no. En los anales del periodismo, sí. El Gran Idiota protagonista de La Gran Encerrona.

O el tipo aprovechado que pasaba por ahí.

Primitiva con bote.

—¿Dónde será eso? —quise saber.

Armando me miró de hito en hito. Aún no le había dicho que estaba en el ajo. Claro que tampoco era necesario. Tardó diez segundos en comprender que ni yo tenía escape ni él otro remedio que confiar en mí. A fin de cuentas, ni le conocía ni sabía dónde vivía ni... nada de nada.

—Mañana a las doce al final del Malecón —dijo—. ¿Sabe dónde está la Embajada de España? —continuó sin esperar mi movimiento de cabeza afirmativo—. Él hablará a la gente frente al Monumento al general Gómez, y después caminará por la calle Capdevila, delante de la Antigua Cárcel. En la confluencia de Capdevila con Morro es donde estará nuestro hombre.

—¿A pie de calle?

—No.

—¿En una casa, una ventana, una azotea...?

No me lo dijo.

—Usted esté ahí, es cuanto ha de interesarle. Lo único que deberá hacer es asegurarse de que ha muerto.

—¿Y si no puedo?

—Vamos, Daniel. —Hizo un gesto de cansancio—. No hay ninguna seguridad en la vida, salvo la de la muerte tarde o temprano. Si ese disparo falla...

El futuro de una nación a cara o cruz.

—¿Y el documento?

Se metió una mano en el bolsillo superior de su camisa, su guayabera, como la llamaban ellos. Sacó unas cuartillas dobladas en cuatro partes. Conté tres antes de guardármelas en el bolsillo, escritas a máquina.

—Ahora escúcheme usted a mí. —Le apunté con el dedo índice de mi mano derecha—. No quiero que me encierre en ninguna parte para controlarme. Quiero pasar mis últimas horas en Cuba como quiera yo, no como quiera usted. Y no quiero ni discutirlo, o me echo a la pista, ataco a una de las chicas y hago que me encierren.

—¿Qué quiere hacer?

—Estoy aún buscando a Maura, la mujer que estuvo con Estanis aquella noche. He dado con su casa, y una amiga mía la está vigilando. Al salir de aquí iré a casa de esa amiga, y tal vez me quede con ella, tal vez vayamos a mi hotel o tal vez sigamos buscando a Maura. ¿Me explico?

—¿Esa amiga suya es una jinetera?

—Sí.

Pareció comprenderlo.

—Deberé ponerle un guardaespaldas, a distancia, claro —me dijo.

—Mientras no sienta su aliento en mi cogote, haga lo que le dé la gana.

—Si usted lo elude o le da esquinazo...

—He de ir al aeropuerto para coger ese vuelo. Así que me tendrán localizado de cualquier forma.

—No si va a la policía.

—¿No hablábamos de riesgos y seguridades?

Me miró unos largos segundos con atención, mientras volvían a irse las chicas y el presentador anunciaba un número de magia. Pronto nos sería imposible hablar por unos minutos.

—Bien —accedió.

—Perfecto.

—¿Usted vino aquí para saber qué le pasó a su amigo, verdad?

—Me envió mi periódico para hacer un trabajo —dije la verdad—. Pero detrás de eso... Sí, quiero saber por qué murió, si fue asesinado o si es que se volvió loco.

—Las mujeres cubanas pueden volver locos a muchos —aseguró.

¿Le decía que lo sabía ya por experiencia?

Me levanté para irme del Parisién. No quería seguir allí, viendo el espectáculo, como si nada hubiera sucedido. Armando me detuvo con una mano.

—Quiero irme —le amenacé.

—¿Usted todavía no lo aprueba, verdad?

—No.

—¿Por qué?

—Sería largo de contar.

—No siempre podemos elegir.

—De eso me quejo ahora —fui sincero con él.

—Cuéntelo, publique nuestro comunicado, y después si lo desea, diga lo que quiera.

—Pensaba hacerlo.

—Siento que no lo entienda.

—Puede que aún no me sienta tan cubano como me he sentido estos días.

—Ustedes también tuvieron un dictador, y murió en la cama.

Me solté de su mano, y empecé a andar en dirección a la puerta. Armando no me siguió. No fue necesario. El otro, el que había intercambiado una señal con él al entrar yo en el Hotel Nacional, me esperaba fuera. Ni lo miré, pero supe que sería mi sombra y decidí que lo mejor que podía hacer era pasar de él.

Crapula – libertine, wastrel
drunkeness

32

Subí a mi vehículo de alquiler y sólo tuve que comprobar que mi sombra también fuese motorizado. No resultase que a las primeras de cambio le perdiera y Armando ordenara mi caza y captura por la ciudad. El tipo iba en moto, una vieja moto con sidecar, de las de antes de la guerra, de cualquier guerra, de todas las guerras. Un trasto. Salí del aparcamiento del Nacional y me orienté para regresar nuevamente a la calle Panchito Gómez, dónde suponía que todavía estaría Anyelín. Ésa era mi urgencia, aunque me hubiera gustado ponerme a leer el manifiesto de Armando y su gente. Ya me iba familiarizando con las avenidas y calles principales, así que enfilé hacia el sur y con el mapa por delante para los puntos dudosos, fui aproximándome a mi destino. No quería pararme y preguntar, no fuera a pensar mi perseguidor que le estaba contando la película a alguien. Sólo me perdí al final, en el barrio de Ayestarán, pero conseguí mi objetivo. Tuve que dar un rodeo para aparcar donde lo había hecho durante todo el día.

Esperé ver aparecer a Anyelín, pero acabé comprendiendo que ella ya no estaba allí.

Eso me desconcertó, aunque lo atribuí a lo único lógico: que Maura había hecho acto de comparecencia. Anyelín debía de estar siguiéndola para ver en qué parte recalaba la inquieta jinetera de Estanis.

Por si acaso, me quise asegurar.

Bajé del coche y caminé hasta la casa roja que ya no lo era. Me detuve en la acera opuesta, y al no ver ninguna señal sospechosa crucé la calzada, eludí la tierra y cuanto había de por medio y llegué a la puerta. No las tenía todas conmigo. Si aparecía otra vez Miguel... en esta ocasión no disponía de cobertura como la noche anterior.

¿O sí?

Desanduve lo andado y busqué a mi sombra. Lo divisé detrás de un poste. Estaba tan delgado que se camuflaba bien. Fui directamente hacia él, y eso sí le desconcertó. Cuando me detuve frente a su bigote parpadeó inseguro. Por si acaso pensaba que iba a saltarle al cuello, me apresuré a tranquilizarle.

—Se supone que debe cuidarme, ¿verdad?

No habló, sólo asintió con la cabeza.

—Pues cuídeme —le pedí—. Si alguien me ataca confío en que me saque del lío.

Ahora sí habló.

—¿Cómo dice?

—Usted sólo vigíleme. Si me rompen la cabeza, Armando le cortará los huevos.

—Sí, señor.

Le dejé hecho una pieza, pero volví sobre mis pasos mucho más tranquilo. Caminé directamente hasta la puerta, apliqué mi oído por si escuchaba algo, y al no percibir nada, llamé. Por si acaso di un paso atrás, no fuera a aparecer Miguel hecho una furia. Transcurrieron una serie de segundos muy lentos, y después otros mucho más rápidos. Me convencí de que no había nadie, a no ser que por detrás Miguel u otra persona se moviera sigilosamente y descalzo. No estaba para meterme por el pasadizo, ni para trepar hasta una de las ventanas superiores. A los veinte años eso es posible, o si eres Harrison Ford y actúas de Indiana Jones en una película. Di media vuelta por segunda vez y cuando llegué a la altura de mi guardaespaldas le hice un gesto de resignación.

—Otra vez será, compañero.

«Compañero» se lo dije con acento cubano.

Había quedado con Anyelín en su casa, y me dirigí a su casa. No tenía otra cosa que hacer, salvo negarme a pensar en el lío del día siguiente. No quería sentirme culpable, y mucho menos mal, o siquiera bien. No quería sentirme nada.

Descubrí que lo único que necesitaba era a Anyelín.

Como una droga.

Quizás Estanis se había sentido así aquella noche.

Tuve que detenerme unos segundos en un cruce porque estaba temblando, y lo hacía espasmódicamente, como si tuviera frío. Me recuperé con cierto esfuerzo y logré conducir sano y salvo hasta la calle Oquendo en su confluencia con Salvador Allende. Aparqué el coche delante mismo de la casa de Anyelín y entré en el patio interior a través del cual accedí a la escalera y a la galería. Al detenerme frente a la puerta del piso de mi compañera deseé que estuviese dentro sin pararme a pensar en nada. Luego llamé.

—Está abierto —dijo una voz.

Sabía que estaba abierto, pero soy un chico educado. Me dijeron que hay que llamar antes de entrar.

La madre de Anyelín estaba sentada en una silla, aparentemente sin hacer nada. Sólo estaba sentada, como una estatua bañada por la débil luz de la bombilla que colgaba del techo. No vi al niño por ningún lado, pero dada la hora, le imaginé durmiendo. Por lo menos. Entré, no muy seguro, y me quedé de pie frente a ella.

—No está —dijo la mujer.

—Me pidió que la esperase en su habitación.

No hizo ni dijo nada. Se me ocurrió pensar que yo era mayor que ella, y que me estaba tirando a su hija. Claro que ella no me producía ninguna sensación, salvo la de una equívoca piedad. Los años no contaban aquí. La mujer era más joven de edad, pero infinitamente más vieja que yo en espíritu. Me envolví en un suspiro y busqué el amparo protector de la habitación de Anyelín.

Casi llegué a ella.

—Es una buena chica —la oí decir.

No pude seguir, ignorarla y meterme dentro. No tengo estómago para eso. Me giré y la miré.

—Lo sé —reconocí.

—Cualquier hombre se sentiría feliz a su lado.

—No me cabe la menor duda.

—Cualquier hombre —repitió mirándome con sus ojos duros, implacables—. Y a usted le quiere.

—Nos conocimos hace...

No fue una defensa, sólo era una realidad.

—Le quiere —insistió—. Y no deberían llevarse al niño. Rubén se queda conmigo.

Se llamaba Rubén. Ni lo sabía.

Creo que fue su desesperación lo que me hizo rendirme. Ya no me importaba que Anyelín mintiera, ni que ahora lo hiciera su madre. Las mentiras eran verdades dichas del revés. Y si se trataba de una verdad, yo necesitaba verla como una mentira para sentirme libre.

Lo cual no era fácil.

—No sabe nada de mí —suspiré.

—He estado con más hombres que pelos tiene usted en la cabeza. Y he visto sus ojos.

Siempre los ojos.

—Gracias —le dije.

No quería quedarme allí, hablando con ella de Anyelín ni de mí ni de nada. Así que logré moverme, dar media vuelta, poner la mano en el pomo de la puerta de la habitación de Anyelín y empujarla. Trasponerla fue una liberación. Una vez dentro conecté la luz, me senté en la cama y me sentí agotado. Además, hacía calor, mucho calor. Por eso, y por si debía esperar mucho tiempo, decidí quitarme los zapatos, y los pantalones, y la camisa, e incluso los calzoncillos, húmedos de sudor. Quería leer el manifiesto de Armando pero no me sentí con fuerzas. Me tendí en la cama y tomé la precaución de echarme la sábana por la cintura, por si la mujer quería insistir, aunque estaba casi seguro de que no sería así. En el instante en que cerré los ojos, sin embargo, no vi a mi jinetera, ni olí su piel a través del aire de la habitación, ni sentí su contacto a través de aquella cama.

Vi a Fidel Castro, oí su voz, sentí el influjo de su poderosa presencia.

¿Qué quedaba del Castro que yo admiré de niño? ¿Qué quedaba del niño que admiró a Castro?

Cara o cruz. Armando lo dijo. Podía impedir que le mataran, y condenar a la isla a lo que le deparase el destino con Castro vivo en los meses o años siguientes, amén de lo que me pasara a mí por descubrir el complot, o podía callar, no inmiscuirme, no interferir, y limitarme a ser un testigo de la historia.

¿Era eso ser neutral?

¿Era eso permitir que un pueblo decidiese por sí mismo?

¿Todo un pueblo, una parte, un grupo, cuántos?

Cerré la luz desde la cama.

Cerré los ojos desde mi cansancio.

Castro y Anyelín se juntaron hasta que sin darme cuenta, y pese a todo, me quedé dormido.

33

Me despertó un roce.

Pero pese a abrir los ojos de golpe, me sentí inmediatamente tranquilo, relajado, casi a salvo, como cuando de niño mi madre acudía a mí al llamarla en la oscuridad.

La oscuridad era la misma, pero en la habitación no estaba precisamente mi madre.

La imaginé cerca, tan cerca que con sólo extender yo mi mano la habría podido tocar. Y en mi mente la vi desnudarse, quitarse la ropa con aquella mezcla de erotismo y sencillez con la que ya se lo había visto hacer varias veces. La vi con las bragas en la mano, tal vez oliéndolas, como hacen muchas mujeres. Luego pasándoselas por el sexo para limpiarse. Vi sus pechos altos y puntiagudos, su piel oscura, el ombligo seductoramente hundido, la cintura breve, aquella mancha un poco más clara en el muslo izquierdo, el vello sedoso y suave, las vulvas colgando como labios entreabiertos y asomando por entre la unión de sus piernas, la boca delicadamente carnosa, los ojos sensuales...

Lo vi todo en la oscuridad y esperé.

Hasta que ella se metió en la cama, a mi lado, y se encontró con mi abrazo.

Yo me encontré con su beso, tan cálido como húmedo.

—No he dado con Maura —me susurró al separarnos por primera vez—, pero...

No la dejé hablar.

Al diablo con todo, con el mundo entero.

Volví a besarla.

Y ella se sumergió en ese beso con pasión, sin esfuerzo, apretándose contra mí para hacerme sentir su energía mientras su mano libre me acariciaba el pecho. Pese a todo, aunque los dos lo deseábamos, no fue el arranque inmediato del acto sexual. Sólo nos besamos y acariciamos hasta que me tranquilicé. Tenía la impresión de que si lo hacíamos ya, después me dormiría... y ya no volvería a hablar con ella. Al día siguiente...

—¿Qué ha sucedido? —pregunté por fin.

—Maura no ha aparecido por su casa —me susurró.

La tenía tan cerca que su aliento golpeaba mi rostro, y sentía que era como una brisa.

—Entonces se acabó —suspiré.

—No. A poco de irte tú llegó una mujer, más o menos de mi edad. Entró y salió a los dos minutos. La abordé y le pregunté por Maura, como si yo también fuese a su casa. Me dijo que estaba escondida en casa de una amiga por un problema que había tenido y que eso era lo que acababa de decirle Miguel. Lo malo es que no le había dicho de qué amiga se trataba. Le he enseñado el billete de cien dólares y le he dicho que necesitaba verla. Así que nos hemos ido las dos a indagar, pero aunque hemos estado en casa de dos de las posibles amigas no hemos dado con ella. Esa mujer me ha dicho que si sabía algo me avisaría esta misma noche o mañana por la mañana.

—Mañana ya será tarde —musité cargado de nostalgias prematuras.

—Lo siento, Daniel.

Apoyó la cabeza en mi pecho y jugueteé con su cabello. Mi otra mano buscó el contacto de su piel.

—Supongo que ya no importa.

—Te he dejado el billete de cien dólares que me has dado encima de la mesita.

—No tenías porque devolvérmelos.

No se movió. Bajó la mano despacio por mi cuerpo, pero aunque notaba el deseo no llegó hasta mi sexo. Subió de nuevo y me abrazó. Sus labios rozaban de vez en cuando mi pecho. Creo que ni ella ni yo queríamos dar el primer paso.

Creo que los dos sabíamos demasiado bien que aquél sería nuestro último contacto físico.

Entonces Fidel volvió a mí.

A traición, inesperadamente, como si quisiera estropearme la noche.

Mi última noche con Anyelín. La última noche del comandante con vida.

—Anyelín, nunca hablas de lo que está pasando en Cuba.

—¿Para qué?

—¿Que piensas acerca de ello?

—Nada.

—¿Nada?

—Nada —repitió—. ¿A quién le importa lo que piense yo? Las cosas son como son y ya está. Quiero irme de aquí, pero no estoy tan loca como para meterme en una balsa. Yo sólo quiero vivir, Daniel. Vivir y hacer feliz a alguien que me haga feliz a mí. ¿Es mucho pedir? ¿Verdad que no es mucho pedir? Pues entonces qué me importa lo que pase si yo no puedo hacer nada.

—Hablas desde el desencanto.

—Hablo desde la realidad.

—Tu abuelo hizo la Revolución y tu padre murió de uniforme en Angola. Los dos creían en algo. ¿No te dice nada eso?

—Mi abuelo hizo la Revolución porque no tenía más remedio que hacerla, y a mi padre le enviaron a Angola porque no tuvo más remedio que obedecer. Mi madre y yo hemos de ver de vez en cuando a un turista para poder vivir. ¿Te dice algo a ti eso?

—Sois una gente increíble, hospitalaria, culta, diferente a los otros pueblos del Caribe. Tenéis orgullo. Eso es lo que yo he visto en estos días y lo que siento.

—Eres un romántico —manifestó con dolor—, pero tú te vas y nosotros nos vamos a quedar aquí. Yo me voy a quedar aquí.

Le hice la pregunta que me ardía en los labios.

—¿Crees en Castro?

—De niña me hicieron admirarle. Ahora ya no puedo. Ahora veo lo que hay, y a mí me importa poco que seamos comunistas de pie si nos morimos de hambre. No soy una luchadora. Tengo un hijo. Prefiero ser una capitalista arrodillada. Sería lo que fuera con tal de poder trabajar, casarme, ver crecer a mi hijo sano y en paz.

—¿Matarías a Castro si pudieras?

Dejó de apoyar su cabeza contra mi pecho y volvió a acodarse junto a mí. Su voz me sonó de nuevo clara. Tenía sus labios a menos de cinco centímetros de mi cara.

—No lo sé —reconoció tras meditarlo—. Matar es algo muy fuerte. Y hay que servir para eso.

—Pero si supieras que eso va a ayudar a mucha gente...

—También habrá mucha para la que eso será peor que el hambre.

—Yo creía en él, ¿sabes? A ti te educaron diciéndote que era tu líder y el padre de la Revolución, pero yo nací en una dictadura y para mí él fue un dios, una esperanza.

—¿Y ahora?

—Ahora me siento muy confundido.

—Nadie es bueno ni es malo toda la vida.

—Pero necesitamos creer en algo o en alguien.

—Daniel. —Sus dedos rozaron mis labios. Me gustaba cuando me hacía eso, o cuando yo se lo hacía a ella—. ¿Por qué estamos hablando de Fidel?

Besé sus dedos, y tras esto llegó su boca abierta, y su lengua, y empecé a perder el sentido cuando se me puso casi encima mientras me besaba. La deseé y en el momento en que ella sintió ese deseo me lo dijo por última vez.

—Llévame contigo a España.

Ni siquiera mi deseo fue superior al suyo.

—No puedo.

—Haré lo que quieras.

—Eso no es amor.

—Sí lo es. Si me sacas de aquí es amor.

—No sería justo, Anyelín.

—Desde el primer momento fue distinto. Fuimos distintos. Los dos. No niegues eso.

—Anyelín...

Supe que estaba llorando, y eso me hizo sentir fatal. No era un llanto desmesurado, de lágrima viva. Sólo percibí una leve humedad en sus mejillas al besárselas, y en sus ojos. Era fuerte y me lo demostró, dominándose, aunque no tanto como para que yo no lo notara. Tampoco quiso utilizarlo para aprovechar mi posible debilidad. Tuve que agradecérselo.

Ya no volvimos a hablar.

Beso a beso, despacio, como si dispusiéramos de todo el tiempo del mundo, empezamos a hacer el amor.

34

No fue una noche plácida, aunque hubiera hecho el amor durante algunos de los más hermosos minutos de mi vida. Cuando terminamos, Anyelín se quedó dormida como una niña feliz en mis brazos, y yo también acabé olvidándome de todo. Pero al cabo de un par de horas me desperté por primera vez, y tras ello, lo repetí media docena de veces más, hasta acabar en un duermevela preñado de angustias en las que se mezclaban Anyelín, Castro, Armando o Ángeles. Al amanecer, y pese a que era muy temprano, me levanté en silencio, y salvo visitar el cuarto de baño que ya conocía, no hice otra cosa que vestirme para irme cuanto antes. Quería que ella me recordara haciendo el amor. No quería despedirme.

Me sentía como un cobarde y un redomado estúpido.

Sobre la mesita revuelta de la habitación de Anyelín estaban los cien dólares que le había dado la noche anterior. No los toqué. Muy al contrario, saqué el dinero del bolsillo de mi pantalón y añadí cuatrocientos más. Quinientos dólares por unos días especiales y diferentes no es mucho. Quinientos dólares por un sueño como Anyelín es un regalo. Quinientos dólares por hacer el amor con ella tal vez fuera un pago, pero me esforcé en no verlo así.

Y para Anyelín, quinientos dólares bien administrados podían sacarla de las discotecas durante meses, un año quizás. O al menos eso fue lo que quise pensar.

Con unos escasos dólares para gastos salí de la habitación, de la casa y de su vida.

Ella ya nunca iba a salir de la mía.

Mi guardaespaldas estaba en la calle, sentado en el sidecar de su moto y despierto. Al verme aparecer se puso en guardia. Nos quedamos mirando de uno a otro lado de la calle y no sé muy bien lo que sentí por él. Fue una especie de cruce de intenciones. No me dio pena que hubiera pasado la noche en vela mientras yo me lo pasaba de fábula con una mujer. Me sentí como con Armando después de revelarme sus intenciones. Siempre hay algo espectral en un ser humano dispuesto a matar convencido de su razón. La línea que separa a un ejecutor de la ley, a un terrorista o a un guerrillero es muy delgada. Al final alguien muere y las opiniones se dividen.

No supe si ir al Comodoro, ducharme, desayunar, hacer la bolsa y pagar la cuenta. Hubiera sido lo lógico, como también me había sugerido Armando, pero se me ocurrió que tendría que dejar ya el coche y llevarme la bolsa conmigo, o dejarla en el hotel para ir a recogerla después. Después del atentado. ¿Y si no encontraba ningún medio de transporte entre el caos que pudiera originarse?

Después del atentado.

¿Lo tenía asumido? ¿Lo daba ya como un hecho irremediable? ¿Por algún lado de mi ser surgía la vena periodística y profesional que me hacía ver las cosas de otra forma?

No, mierda, no.

No era más que un tipo con un carnet, columnista fácil y escritor de novelas policiacas destinadas a entretener y llenar un vacio en la gente. Nada más. Estanis sí había sido un periodista de verdad. Estanis habría hecho el reportaje de su vida, y habría sabido qué contar y cómo contarlo. Yo no.

Si fuera un periodista de verdad, me quedaría en Cuba después del atentado, informaría, actuaría, aunque si cogían a alguien del grupo de Armando y salía a relucir mi nombre...

Dejé caer la cabeza sobre el pecho, abatido. Estaba delante de mi coche, sin decidirme a entrar en él, con mi vigilante ya sobre la moto dispuesto a seguirme. Miré al cielo y vi un cielo azul tachonado de nubes blancas que se amontonaban en la distancia. Un bello día para tomar el sol bajo una palmera en el Caribe, y a ser posible, acompañado de una mulata sugestiva. La vida puede ser a veces tan sencilla.

Acabé de reaccionar, entré en el coche de alquiler y lo puse en marcha. Pasé del Comodoro. Y a la mierda la sugerencia de Armando. La bolsa estaba hecha en un minuto, metiendo las cosas dentro, y la cuenta se abonaba en otros cinco. No quería huir. Así que lo que hice fue orientarme para llegar al Malecón y cuando lo hube hecho conduje muy despacio por las calles recién amanecidas pero ya llenas de gente. En las proximidades del Malecón el movimiento se hizo pronto más denso y abigarrado. La aventura de los balseros seguía por tercer día consecutivo, y junto a ella la curiosidad de los mirones o la ansiedad de los que les acompañaban para despedirles. Las noticias que debían llegar del otro lado del mar probablemente no eran buenas, pero el flujo no menguaba por ello.

Aparqué el coche a una distancia prudencial, como siempre en la calle paralela al Malecón, y caminé hasta la avenida. Todo lo que había comido el día anterior fue un desayuno tardío y unas tortitas, pero no tenía hambre. Me senté en la parte alta del Malecón, allí mismo, sin necesidad de caminar demasiado, y comprendí qué me pasaba. Me revestía una capa de trascendencia que no lograba obviar. Por primera vez en la vida era el protagonista de algo trascendente, histórico. Bueno, ¿protagonista? No, más bien testigo. Pero estaba allí. Muchos dirían que tenía suerte. Mi única realidad en ese momento era un angustioso nudo en el estómago.

Y un tiempo que, pese a mi inmovilidad, empezó a transcurrir inexplicablemente rápido.

Vi crecer el día en La Habana, lo vi avanzar y brotar con un esplendor que sólo desaparecía si giraba la cabeza y miraba a mi espalda, en dirección a las casas castigadas por el abandono y la falta de cuidados. Por delante, el Caribe era una masa plomiza y opaca salpicada de islitas flotantes, islitas que se movían en busca de Xanadú con su carga humana y su precariedad. De no ser porque el sol acabó calentándome demasiado la cabeza, habría seguido allí hasta el momento de acudir a la esquina de Capdevila y Morro. Pero el sol era implacable y tuve que moverme, abandonar mi posición y echar a andar. No llevaba mi cámara, y lo lamenté, porque habría hecho algunas buenas fotografías. Otro fallo: habría podido, tal vez, fotografiar al comandante antes y después de morir.

Eso me hizo detener. ¿Realmente habría podido?

Cuando uno cree conocerse bien y de pronto descubre que no es así, se siente muy jodido. Y yo me sentía muy jodido ante mis turbulencias mentales. Muchísimo. Por primera vez tenía la oportunidad de saber lo que siente el cámara que filma negritos hambrientos, refugiados derrotados o prisioneros de guerra que saben que van a morir por razones de una limpieza étnica.

—Señor, ¿no va a su hotel?

Giré la cabeza. Mi guardaespaldas y vigía estaba a mi lado.

—No.

—Le queda poco tiempo.

—Lo sé.

—De acuerdo.

Se alejó de nuevo, dejándome con mis pensamientos. Parecía uno más de aquellos desheredados. Uno que estuviera dispuesto a meterse en el embullo a las primeras de cambio. Miré la hora. Si tenía que estar a las doce en mi sitio tendría que moverme antes, para que la manifestación pro Castro no me pillara en medio. Claro que si Fidel tenía que hablar a los manifestantes..., un discurso de los suyos, de la buena época, bien podía durar cuatro horas. Y mi avión no esperaría tanto.

De acuerdo, empecé a verlo claro: lo que no quería era ser testigo de la muerte del comandante, aunque ése fuera el acuerdo, verle morir para certificarlo al mundo.

Dios... en ese momento habría vuelto a por Anyelín y me habría ido con ella a uno de los cientos de desérticos cayos de la costa noreste de Cuba.

Nunca había estado atrapado por nada. Nunca me había sentido atrapado por algo.

Y entonces sentí deseos de llorar.

Casi nunca lloro. Soy un sentimental pero raramente puedo romper esa pequeña distancia que hay entre la emoción y el desgarro interior. En esta ocasión no fue diferente. Sentí el deseo pero no lloré. Y ya no era por el recuerdo de cuantas personas iba a llevarme conmigo en la memoria, sino por todo Cuba. Mi emoción era Cuba. Mis lágrimas eran porque estaba arrebatado. Y en primer lugar se me ocurrió que a quien debía odiar era a los yanquis.

Ninguna hormiga puede moverse debajo de la pata de un elefante.

Tuve que reaccionar y ponerme en marcha de nuevo. Ahora sí regresé al coche, seguido por mi implacable cuidador. Subí a él y enfilé hacia La Habana Vieja. Tuve que estudiar en el mapa dónde sería mejor aparcar, y al final decidí hacerlo en Colón con San Lázaro, a unas calles del lugar del atentado, y de cara ya a la dirección del Comodoro. Me bajé de mi vehículo de alquiler y caminé hasta el monumento al general Gómez. Faltaba más de una hora para la manifestación «espontánea» y el lugar ya estaba lleno de gente que gritaba sus primeras consignas. No sólo eran hombres y mujeres mayores. También había muchos jóvenes, de ambos sexos. El fervor se iba haciendo más y más patente a medida que pasaba el tiempo.

Vi la portada del *Granma* del día. Javier Solana, ministro de Asuntos Exteriores de España, decía que «mantener la ayuda española a Cuba debía hacerse quizás con más razón que nunca». Se me ocurrió pensar que con la de españoles que se iban a Cuba de vacaciones, y los que se iban con la bragueta abierta para follar bien y barato, la ayuda estaba garantizada. Pero ese pensamiento me demostró que lo único que hacía era rodearme de cinismo barato. No se trataba de eso.

Compré el *Granma* y leí el resto de las declaraciones de mi ministro. Eran políticas, pero mostraban la clase de lazos que siempre habría entre España y la isla. Un párrafo decía: «España mantiene su intención de colaborar en la formación de cuadros de personas para que en el futuro puedan gestionar una sociedad distinta a la que ahora existe en Cuba y la de propiciar una transición pacífica y rápida a una sociedad que comparta nuestros valores y los de la mayoría de comunidad latinoamericana. Ese tipo de ayuda y cooperación debe ser mantenida e incluso la Unión Europea la está poniendo en marcha en aquellos capítulos donde no la tenía e incrementándola en apartados de la ayuda más directa a los ciudadanos». Al final, Solana decía que había en la isla y fuera de ella «personas intransigentes e intolerantes que trabajaban para que la situación fuese cada vez más dramática». La embajadora de Cuba en España, Rosario Nava, aseguraba que «los rebeldes carecen de ideología propia y actúan incitados desde el exterior».

Le devolví el *Granma* al vendedor, por si quería volver a venderlo, y seguí caminando. Las primeras banderas cubanas, y los grandes retratos de Fidel, tanto en su etapa guerrillera como en la actual, proliferaban ya en los alrededores del monumento. Empezaba a ser difícil moverse por las calles. Comprendí que nunca llegaría a Capdevila con Morro si me empeñaba en oír el discurso o seguía allí. Yo tenía que estar en aquella esquina esperando. Era Castro el que tenía que caminar por la calle, no yo. Así que acabé resignándome.

Me sentí como un autómata programado que no tiene voluntad propia.

Y empecé a darme cuenta de algo: que no sabía si llegado el momento de la verdad, yo me contentaría con quedarme allí, viendo morir a Castro.

Aunque las alternativas no me gustasen nada.

No soy un héroe. No soy un traidor. ¿Quién era yo?

—¡Viva Fidel!

—¡Venceremos!

—¡Ellos no ganarán!

—¡Que se vayan, que se vayan!

Unos cubanos pedían a los balseros que se fueran. ¿No era eso una guerra civil encubierta?

—¡Con Fidel hasta el fin!

—¡Mejor morir de pie que vivir de rodillas!

—¡Orgullo cubano!

Miré a mi alrededor y vi a mi guardaespaldas a menos de tres pasos. Era la única forma de no perderme de vista. Su cara era pétrea, estaba cincelada en mármol duro. Lo que nos rodeaba a él le resbalaba. Pensé que me habría gustado tener a mi lado a Suarmis, a María Elena, a Annia, a Anyelín, a Omar, a la recepcionista del hotel y a la chica de la ducha, para preguntarles su opinión.

Cada vez faltaba menos y mis excusas eran más débiles.

Sin darme cuenta llegué a Capdevila con Morro. Sin darme cuenta miré el cruce de calles, y luego las casas. Fue instintivo. No vi a nadie ni nada sospechoso. Pero el asesino estaría ya por allí, en alguna parte. Y no un asesino como Lee Harvey Oswald, con un rifle de precisión y mira telescópica. Armando lo había dicho. Tal vez fuera una simple escopeta de caza, o algo peor. Algo de lo más cutre para acabar con la vida de un héroe castigado por la evolución de la historia.

Me apoyé en la pared, y dejé que el tiempo siguiera pasando.

Ángeles solía decírmelo: a veces sólo esperaba.

Otras no hacía más que perseguir sueños y quimeras.

Tiempo.

Oí, a lo lejos, un clamor, un griterío. Tal vez fuera Castro dirigiéndose a la multitud «por sorpresa». ¿Y si no venía por allí como parecía planeado? ¿Y si cambiaba el recorrido? Supongo que era mi última esperanza. El griterío subió, calló, se hizo silencio, y luego, de tanto en tanto, aparecía y desaparecía. Tenía que ser él, mi comandante. Miré el reloj y vi que eran las once y cincuenta y cinco minutos.

Veinte minutos después todo seguía igual.

Salvo que yo estaba sentado en el bordillo, incapaz de sostenerme en pie. Empezaba a sentirme mareado.

Entonces el griterío cobró vida y forma, se hizo cercanía, volumen, esencia. Vi gente que corría calle arriba y calle abajo, y las consignas se me hicieron audibles. Me incorporé y estiré el cuello. Por Capdevila avanzaba una comitiva cerrada rodeada por manifestantes que daban saltos y ondeaban banderas. En el centro de la comitiva divisé la gorra militar, alta, impresionante. Y bajo ella vi por primera vez los ojos de Fidel Castro.

Levanté la cabeza, buscando al asesino, pero seguí sin ver a nadie.

—Váyase... Váyase...

No lo dije en voz alta. Fueron mis pensamientos. Pero estallaron en mi mente como una bomba atómica.

—Por favor...

El comandante llegó a unos diez metros del cruce.

Y entonces, casi con el magnetismo de nuestra descarga de energía, miró hacia mí.

35

Estaba sudando por el calor, desde mucho antes, desde que el sol me había descargado toda su potencia en el Malecón, pero ahora el sudor se detuvo y por un lado sentí que se convertía en sangre, mientras que por el otro me transportaba al Polo Norte.

—Váyase... Váyase...

Creí que se estaba desatando un terremoto en La Habana. Pero no era el suelo lo que temblaba, era yo. Los ojos de Castro me parecieron vivos, y cansados, y fuertes, y dulces, y temibles, y muchas más cosas imposibles de descifrar y aún menos de calibrar. De hecho toda la escena empezó a desarrollarse en menos de un segundo, como si el tiempo se hubiera detenido y todos nos moviéramos en cámara no ya lenta, sino superlenta.

Aquellos ojos me devolvieron al pasado.

A mis días de mitos y leyendas.

Eran los ojos de un superviviente. Ojos que flotaban sobre una barba blanca y que brillaban oscuros bajo la gorra y el uniforme verde. Y al depositarse en mí, yo dejé de ser Daniel Ros Martí, periodista y escritor de Barcelona, hombre de mediana edad, separado, padre de un hijo, amante de Anyelín, beatlemaníaco y otras demás historias. En ese simple momento yo dejé incluso de ser una contradicción.

Hasta que algo rompió esa magia, el magnetismo de un fragmento esencial de mi vida.

—¡Daniel! ¡Nos encontramos en todas partes!

Giré la cabeza asustado. De todas las personas del mundo, aunque estuviesen en la isla, a quienes menos podía esperar encontrarme era a Bernabé Castaños y a Natividad Molins.

Sin embargo eran ellos, estaban a mi lado, me miraban felices.

—¡Es emocionante!, ¿no?

—Nos asustaste, ¿sabes? Pero cuando lo contemos en casa...

Estaban a mi lado, satisfechos, algo impresionados, no demasiado valientes, pero decididos a ejercer su papel de guiris descerebrados pasando de todo. Ni siquiera se habían dado cuenta de la presencia cercana de Fidel Castro, ya que ellos habían llegado hasta mí por la derecha mientras que él lo hacía de frente.

No pude hablarles.

Me había quedado sin voz.

—Váyase, por favor... Váyase comandante...

Eran mis pensamientos, pero sonaban tan fuertes en mi cabeza que me asombraba de que nadie fuera capaz de oírlos.

Miré a Bernabé y a Natividad, horrorizado. Fue tan sólo una visión fugaz. Después pasé de ellos y volví a fijarme en Castro. Caminaba en dirección a mí, en dirección a nosotros. Levanté la cabeza buscando por enésima vez al asesino. Lo malo era que ya no podía ver nada, sólo sentir mis contradicciones. Armando había hablado de «injerencias», de no alterar la historia. ¡Mierda!, ¿y mi historia? ¡Él se había injerido en la mía!

Una gota de sudor me nubló la visión del ojo izquierdo.

—¿No es ese... Fidel Castro? —oí gemir desfallecida a Natividad Molins.

Alguien me había pegado la lengua al paladar, y los pies en el suelo. Abrí el ojo izquierdo pese a las molestias y me encontré con el comandante a media docena de pasos, rodeado por varios de sus adláteres que le protegían. También había cámaras siguiéndole.

—¡Es Castro! —oí la exclamación de Bernabé Molins—. ¡Qué emocionante!

¿Dios, no le sobrarían dos balas al asesino para ellos?

Natividad Molins hizo lo que todos los guiris horteras hacen: llevarse su cámara de vídeo a los ojos. Ése fue el detonante de todo.

Primero, por un lado, varios hombres se nos echaron encima, no sólo para impedir la filmación sino interponiéndose entre la cámara y Castro por si se trataba de algo más. Segundo, otros le rodearon a él sin dejar el menor resquicio por el que pudiera pasar un suspiro. Tercero, Castro, que no dejó de caminar en ningún momento, llegó hasta nosotros.

Pensé que en cuanto el asesino disparara, su propia sangre iba a mancharme.

—¿De dónde son?

Me estaba hablando. Fidel Castro me estaba hablando a mí. Tuve que hacer un esfuerzo para dominarme.

—Españoles.

—Entonces compañeros.

—¡Oh, excelencia...! —oímos gritar a Natividad Molins.

Castro me tendió su mano.

Era tan sencillo decirle: «Señor, van a dispararle.»

—Señor...

—Gran país el suyo, y gran presidente Felipe González.

Nos estábamos dando la mano. Ahora los que estábamos congelados en mitad de un segundo éramos nosotros. A nuestro alrededor la ceremonia de la confusión seguía. Yo esperaba verle estallar la cabeza de un momento a otro. Iba a darme un infarto.

—Señor, van a...

Fue Natividad Molins.

Ella.

No sé si quiso darle un beso a él, al comandante en persona, o si se acercó demasiado. Lo cierto es que por puro instinto Castro se apartó, lo justo, lo suficiente, unos centímetros.

Y en ese instante yo noté el picotazo de la bala.

La bala dirigida al líder de la Revolución cubana que acababa de rozarme a mí, justo en el brazo izquierdo, por la parte interior.

No se escuchó ningún disparo, nada. Silenciador o no, los gritos de la gente lo ahogaron todo. Natividad Molins fue apartada, empujada, y Castro, que acababa de dejar mi mano, se iba ya para seguir su camino. En otro segundo la atención popular le siguió a él y pasó de nosotros. Yo era incapaz de hablar, estaba conmocionado, y me dolía el picotazo. No sé por qué recordé la escena culminante de *Chacal*, cuando De Gaulle agachaba la cabeza y eludía la bala de su asesino.

—¡Pero bueno...! —voceó Natividad Molins.

—Nadie nos va a creer —dijo Bernabé Castaños.

Ni a mí.

Se me doblaron las rodillas y me sentí mareado. Entonces miré el impacto de la bala, por si a pesar de todo me había dado en mitad del estómago y me estaba muriendo.

No, la bala estaba donde se suponía que debía estar, incrustada en la pared gris y opaca, en mitad de un pequeño desconchado producido por el impacto, y a mi me brotaba ya un hilo de sangre por el lugar del roce. Nada grave, más una quemadura por ese roce que por haberme siquiera agujereado la piel.

—¿Daniel, qué haces?

Estaba tratando de recuperar la bala.

—¿Daniel?

—Por favor, ¿queréis iros a la mierda?

—¿Cómo dices?

—Vámonos, querida.

—Pero...

Bernabé era estúpido, pero no tonto. Son cosas distintas. Lo de la mierda había sido bastante claro. Se la llevó de allí y me alivié de encontrarme solo. Mis uñas sin embargo no lograban extraer el proyectil. La gente casi había desaparecido, siguiendo la estela de Castro. Los gritos sonaban ahora a la vuelta de la esquina, Capdevila abajo, o arriba. Gritos de victoria.

Mi guardaespaldas apareció junto a mí en el instante en que lograba retirar el pequeño plomo aplastado de la pared. Le miré los pies, temeroso. No quería incorporarme y encontrarme con un cuchillo en el cuello o una pistola apoyada en el pecho.

No hubo nada de eso.

—Váyase —me dijo.

Oír la misma palabra que yo había estado gritando en mi mente me desconcertó.

—¿Qué? —tardé en reaccionar.

—Váyase —repitió él.

Creo que sólo entonces comprendí que el plan había fallado, que Castro seguía vivo, que Cuba seguiría igual.

Sólo entonces.

Recordé las palabras de Armando en el Parisién. Toda nuestra conversación pasó por mi cerebro.

En los ojos de mi vigilante había una soterrada tristeza, una carga muy profunda de desesperación. Las dos caras de la moneda.

Guardé la bala en mi mano, y eché a andar.

Todo había pasado.

Al llegar al coche, casi diez minutos después, por fin pude llorar.

36

Seguía muy aturdido al llegar al Comodoro, casi tanto como el día en que Ángeles me dijo que se iba, o como si me hubiesen zarandeado hasta ponerme el cuerpo del revés. De no ser por la bala y por mi pequeña herida, todo me seguiría pareciendo irreal, fantástico, un sueño imposible. También recuerdo haber mirado mi mano derecha dos o tres veces, como si la huella de Castro siguiera en ella.

La mano de Castro, los ojos de Castro, la voz de Castro, las palabras de Castro.

Hay hombres grandes y hombres pequeños. No sé si Castro era grande, pero en cualquier caso yo sí me sentía pequeño.

Entré primero en la recepción del sector de los bungalows y por suerte me encontré con la chica de los puros. Le dije que me había herido y que necesitaba algo para limpiar la herida. Se movilizó al instante y en un minuto llegaba a mi bungalow con lo necesario para una cura de urgencia. Insistió en hacerlo ella misma, y se lo agradecí. Cuando se marchó le pedí que me preparara la cuenta, pues ya me iba. Dijo que lo lamentaba, pero que esperaba que me lo hubiese pasado bien en Cuba. Le dije que sí.

Metí las cosas en la bolsa, de cualquier forma. No estaba para plegar camisas ni pantalones. Lo único que quería era irme cuanto antes, escapar. En recepción aún estaban viendo si tenía gastos extra además del teléfono. Me dieron la cuenta, la aboné con tarjeta de crédito y salí para ir al edificio principal a devolver las llaves del coche. Iba bien de tiempo, así que no corría, caminaba con los ojos fijos en el suelo, aún incapaz de pensar. Lo del coche fue más protocolario. Tuvo que salir un empleado a ver si lo devolvía en condiciones y todo ese rollo. Ningún problema. Ya libre de ataduras salí fuera por última vez, para coger un taxi que me llevara al aeropuerto. Hubiera podido comer algo en el hotel, pero decidí que lo haría ya con el billete de vuelo en la mano.

Me quedaba dinero para un taxi oficial, pero me sentí solidario con los piratas y dejé que el primero que se me acercó para ofrecerse me cogiera la maleta. Le dije que iba al aeropuerto y se deshizo en reverencias. Debió de ver que no era muy comunicativo, o que tenía una cara de mala hostia feroz, de esas que dicen bien a las claras que no quieres hablar con nadie, porque se calló después de la segunda pregunta. La primera había sido si me lo había pasado bien en Cuba. A las dos respondí con sendos gruñidos monosilábicos.

Salíamos por la entrada del Comodoro cuando la vi, discutiendo con los dos hombres que defendían el acceso al recinto de la presencia de extraños.

No sé por qué ya no me causó ninguna sorpresa ni conmoción.

Anyelín.

—Pare, ¡pare! —detuve el coche.

Ella no me había visto. Gritaba que era muy importante, muy urgente, que me llamaran al bungalow 523. Estaba hecha un nervio, casi fuera de sí. Nunca recordaba haberla visto congestionada o siquiera tan alterada. Uno de los dos celadores le repetía que ya había llamado y que le acababan de decir que yo me había ido un par de minutos antes.

Sólo tuve que llamarla.

—¡Anyelín!

Giró la cabeza, y vi como sus ojos se iluminaban y su expresión cambiaba como de la noche al día. Pero ya no era una expresión sensual, de novia abandonada que busca el último beso. Era el rostro de la alegría y la determinación. Cubrió la media docena de pasos que nos separaban a la carrera y al llegar hasta mí se detuvo. Ni se me echó al cuello ni... Sólo se detuvo, irradiando energía.

—¡La he encontrado! —gritó—. ¡Oh, Daniel, he dado con ella!

Me quedé boquiabierto.

—¿Maura?

—¡Sí, vamos!

Miré el reloj. Disponía de tiempo para sentarme en el aeropuerto y comer algo, nada más. Pero lanzarme por las calles de La Habana, de nuevo, a la caza y captura de un fantasma...

Tenía el corazón paralizado, pero aún así, de pronto, se me ocurrió algo más.

—Anyelín, si es un truco para que pierda el avión...

Me lanzó una mirada de dolorosa tristeza.

—Oh, Daniel —suspiró—. ¿De veras crees que te haría eso?

Casi estuve a punto de sonreír y decirle que sí. Pero me contuve. Ella me cogió de la mano y me empujó al coche. Nos metimos en él de cabeza y ella misma se encargó de darle las nuevas señas al taxista pirata, que estaba algo desconcertado por el cambio de intenciones de su pasajero.

—Diezmero. Ya le indicaré la calle.

El hombre me miró a mí, y tuve que asentir con la cabeza diciéndole que era correcto.

—¿Dónde está eso? —le pregunté a ella a continuación.

—Es un barrio de La Habana, al sur de la bahía.

No hubo más explicaciones de momento, porque Anyelín me pasó una mano por la nuca y me besó. Ni ella misma supo lo mucho que necesitaba ese beso, y lo mucho que se lo agradecí.

Fue como si me limpiaran el cerebro, una especie de Tres En Uno capaz de sacarme toda la mierda que llevaba dentro. Lo disfruté, participé, me dejé arrastrar por él, y al separarnos, me sentí mucho mejor.

Con la mente del revés pero mucho mejor.

—Oh, Daniel —musitó mi compañera.

Hasta el más duro se habría perdido en aquellos ojos.

—Gracias.

—Te lo debía. Te has portado tan bien conmigo...

Yo me refería al beso.

—¿Cómo diste con ella?

—La mujer de que te hablé. Por unos dólares la gente haría lo que fuera. Ha venido a verme esta mañana para decirme en casa de qué amiga está oculta Maura. He salido disparada para el Comodoro. Me ha dicho que lleva allí sin moverse mucho tiempo.

Desde la muerte de Estanis.

—¿Estás contento, Daniel?

—De verte.

Ahora la besé yo a ella, largamente. Después de lo de Castro ni yo mismo me había dado cuenta de cómo la necesitaba. Creo que en ese momento me la habría llevado a España conmigo, o me habría quedado yo en Cuba. Uno de esos momentos de debilidad total, de rendición, de entrega máxima. Un «ya no puedo más» casi de drogadicto rendido a la droga. Por suerte no hablamos de ello.

—Gracias por los quinientos dólares.

—Te mereces más.

—Es mucho dinero.

—Me siento mal de todas formas.

—Te prometo que con eso...

No la dejé seguir. Le di un beso rápido para sellarle los labios.

—No prometas nada —le pedí—. Haz lo que debas hacer, lo que tengas que hacer, lo que quieras hacer. No le debes nada a nadie salvo a ti misma y a tu hijo. No tienes que justificar nunca nada. Sólo vive, Anyelín, y trata de ser feliz por todos los medios.

Era todo un rollo ridículo, pero lo sentía así, tal y como se lo dije. Era clásico de mi vena sentimental.

A ella le gustó.

—Te quiero.

Terreno resbaladizo.

—Algún día volverás —agregó.

Un día era una vida. Más una eternidad. Demasiado fácil.

Cuba había podido cambiar menos de una hora antes, si aquella bala hubiera encontrado el camino de su objetivo, si el destino, yo, Natividad Molins y las demás circunstancias no se hubieran aliado para impedirlo.

Pensé en ello.

¿El destino?

¿Le hubiera dicho a Castro la verdad? ¿Hubiera llegado a tiempo de impedirlo? ¿Habría callado a pesar de todo?

Ya nunca lo sabría, aunque creía recordar que yo estaba hablando cuando...

Anyelín me cogió de la mano y apoyó su cabeza en mi hombro. Volvía a ser una niña, una muñeca dulce y excitante. Una mujer como jamás había conocido.

Ya no hablamos hasta que se separó de mí para decirle al taxista:

—Es en la calle Dolores, entre la B y la E.

El hombre se orientó como pudo, pero aun así, tuvo que preguntar a una mujer tocada con los inevitables rulos de colores en la cabeza. Era como una especie de uniforme capilar para todas ellas. Le señaló una calle y en cinco minutos detuvo el vehículo. Anyelín apuntó un edificio bajo y grisáceo, sin marcos en las ventanas y con la puerta abierta. Le dije al taxista que esperase, y bajamos los dos. Yo hice algo más: fui al maletero, lo abrí, abrí también mi bolsa de viaje y saqué de ella las bragas rojas. Las guardé en el bolsillo.

Tras ello cruzamos la calle cogidos de la mano, no tan rápido como necesitaba para no perder demasiado tiempo, pero tampoco tan despacio como para hacer de la escena un prolegómeno eterno. Sentía una especial aprensión ahora que llegaba al final de mi larga búsqueda.

Porque era el final de mi larga búsqueda.

Lo supe nada más asomarme por la puerta.

Maura estaba allí, de pie, caminando justo en mi dirección. Llevaba su larga y ensortijada cabellera suelta, un vestido muy corto y muy ceñido, y toda su salvaje hermosura explotaba como una fruta que acabase de reventar bajo el impulso de la naturaleza. Era lo más bello, junto con Anyelín, que había visto en mucho tiempo. Exactamente igual que en las fotografías que llevaba conmigo. Exactamente igual que la de su desnudo incitante. Si Estanis había caído, podía entenderlo. Si Estanis había vuelto a la adolescencia con ella, podía entenderlo. Y si Estanis había muerto con ella, al menos habría muerto feliz. Bueno... ¿alguien muere feliz?

Se nos quedó mirando, a los dos, con cara de miedo, ojos de miedo, y su estremecimiento me demostró que ese miedo también habitaba en su cuerpo.

Hizo ademán de huir, por puro instinto, pero yo fui más rápido. Estaba preparado.

37

Cuando la cogí por el brazo, se revolvió igual que una gata salvaje, y levantó su mano libre sacándome las uñas. Me gustan las manos perfectas con uñas largas, pero las de Maura iban a sacarme los ojos.

—¡No! —gritó Anyelín.

Por si acaso logré atraparle la mano. Temí que el siguiente paso fuese ese toque tan femenino de levantar la rodilla para hundírmela entre las piernas. No se dejó arrastrar por tan baja influencia y pareció ceder. La tenía muy cerca, y cuando me miraba a la cara era una aurora boreal encendida. Calor sobre frío.

—No quiero pelea, sólo información —le dije aprovechando el breve impasse.

—Escúchale, por favor —pidió Anyelín.

—¿Quién eres tú? —Maura se dirigió a ella.

—María me dijo dónde encontrarte. Mi nombre es Anyelín.

—Miguel me dijo que habíais estado en nuestra casa... —pareció acusarnos como si eso demostrara que éramos malas personas.

—Y casi me hizo una cabeza nueva —reconocí—, aunque supongo que sólo trataba de protegerte.

—¿Qué quieres?

—Me llamo Daniel, soy español, periodista, y amigo de Estanis.

—No conozco a ningún Estanis —dijo demasiado rápido. Sus ojos la delataron, aunque tampoco era necesario.

Saqué las bragas rojas con una mano, sin dejar de sujetarla con la otra. Cuando se las enseñé, pese a ser mulata, yo diría que se puso pálida. Dirigió su mirada a la prenda, luego a mí, taladrándome con sus expresivos ojos, y su mandíbula inferior tembló. Con ello lo hizo el labio. No sé cómo sería en la cama, aunque podía imaginármela, pero bastaba un leve chispazo como aquél para encenderla lo mismo que un ascua rebosante de luz.

—Escucha, Maura. —La solté definitivamente—. Mi amigo murió en unas circunstancias muy extrañas, y necesito saber qué pasó. No tienes nada que temer, aunque muriera por aquella sobredosis y tú se la dieras, no te haré nada ni diré nada. Me voy a España dentro de muy poco rato, así que tampoco iba a tener tiempo, ¿comprendes?

Maura volvió a mirar a Anyelín.

—Dice la verdad —me apoyó.

Saqué el billete de avión de mi bolsillo. Le enseñé la hora de vuelo y el día.

—No tengo mucho tiempo, como ves —suspiré—. Por favor.

—Te dará dinero, ¿verdad, Daniel?

Saqué todo lo que me quedaba, y retiré diez dólares para el taxi. Adiós comida en el aeropuerto, aunque ya no iba a darme tiempo ni para eso...; si no acababa perdiendo el vuelo. Se lo puse a Maura en la mano. No lo conté, aunque no era mucho, cincuenta o sesenta dólares.

—No es por dinero —reconoció Maura bajando los ojos al suelo—, aunque Dios sabe que lo necesito.

Se derrumbó. Llevaba escondida desde la muerte de Estanis y ya no podía más. Se hallaba al límite de sus fuerzas. Decidí aprovechar eso como toque final.

—No tienes ya por qué esconderte. Nadie te busca, la policía dice que fue un accidente. No pueden acusarte de haber estado allí salvo por estas bragas, y son tuyas —se las di.

Las cogió, las miró un momento y luego las dejó caer sobre la mesa. Fue la rendición final. Caminó hasta una silla y se derrumbó sobre ella. Anyelín y yo hicimos lo mismo. Mi compañera en la entrada, y yo frente a Maura, para mirarla cara a cara.

—¿Qué sucedió? —traté de apremiarla porque el tiempo corría ya en mi contra.

—Ni siquiera hay mucho que contar, aunque... —Cerró los ojos y su cabeza se echó hacia atrás, desparramando toda su inmensidad capilar por la espalda, antes de volver a recuperar el hilo del inicio de su narración—. Cuando le conocí, me pareció un turista más, un hombre mayor, solitario y triste. La clase de hombre que puede encapricharse de una mujer joven aquí, tan lejos de todo. La clase de hombre que luego es generoso y que te compensa por... —Volvió a dirigir una rápida mirada en dirección a Anyelín—. Hay turistas que sólo quieren sexo, y se creen que porque pagan tienen derecho a todo. Yo nunca me he relacionado con ellos. Así que cuando le vi a él... Bueno, me acerqué, le pregunté cómo estaba solo, qué hacía... Me dijo que era periodista, español, e investigaba para un reportaje. Me brindé a ayudarle y me dijo que no buscaba sexo. Me reí, le dije que no podía irse de Cuba sin haber estado con una cubana, y menos si hacía un reportaje sobre el sexo en Cuba como me especificó.

No me costó demasiado imaginarme a Estanis Marimón luchando contra sus sentidos con alguien como Maura delante, seduciéndole y enturbiándoselos.

—Creo que llevaba demasiados días aquí —continuó ella—, así que me resultó fácil hacerle caer. Lo necesitaba, ¿sabes? Era tierno, cariñoso, dulce, sentimental, y por encima de todo lo necesitaba. Me habló de que estaba casado desde hacía muchos años, y que amaba a su mujer. Se sentía culpable por estar en la cama conmigo. Le hice ver que no hacía daño a nadie, que a veces las personas necesitan estar con alguien, hablar con alguien, o amar a alguien diferente aunque sólo sea por unos minutos... o unos días.

—¿Le convenciste para que te dejara estar con él?

—Sí —asintió Maura—. Me dijo que no recordaba haber hecho el amor igual en muchos años, y luego dijo que desde que había llegado a Cuba nada le parecía lo mismo, ni siquiera él. Me habló de que se sentía bloqueado, como lo estamos nosotros.

Me entró un ramalazo de sudor frío por la espalda.

Ya no era yo solo. Estanis también... give away sgn fit

—Pero no te dio de alta en el hotel como su acompañante.

—Iba a hacerlo, al día siguiente. Tenía algo importante entre manos, y se mostraba muy excitado por ello. Me dijo que su vida iba a cambiar, y que aquí se estaba jugando una de las partidas más importantes de la política de estos años.

—¿Sabes de qué hablaba?

—No, ni me interesaba. No me lo dijo pero aunque lo hubiera hecho... —hizo un gesto de claro desprecio—, lo único que yo quiero es vivir en paz. Contemp

—Estanis llamó a España para decir que tenía algo importante entre manos y que se quedaba unos días más. ¿Estabas tú con él cuando hizo esa llamada?

—Sí.

—¿Crees que pudo ser una excusa para quedarse unos días contigo?

—No lo creo. Conmigo tuvo una experiencia supongo que inolvidable en alguien como él, que nunca tuvo un desliz por lo Slip que me dio a entender, pero realmente hubo un cambio importante entre el momento en que le conocí y esa llamada. Sea como sea, aceptó mi propuesta de quedarme con él porque fuera lo que fuera que quisiera hacer le obligaba a permanecer unos días más aquí.

Miré el reloj. Tenía que salir zumbando hacia el aeropuerto. Los detalles debían quedar al margen. Si de todas formas Maura no sabía nada del complot para matar a Castro...

—¿Conociste a un tal Armando?

—Sí, era uno que le hizo de taxista.

—¿Les oíste hablar?

—No.

Me rendí.

—¿Que pasó la noche en que murió mi amigo?

—Estábamos en la habitación de él, un bungalow en el Comodoro. Tiene una terraza que...

—He dormido en ese bungalow. —La detuve para hacerle ver que ya sabía su distribución interior.

Me miró con algo de pasmo y terror.

—¿En serio? —balbuceó.

—Sigue, por favor.

—Pues... —trató de recuperarse—, hicimos el amor, y tras haberlo hecho, yo me puse el vestido que llevaba para salir a la terraza. Sólo el vestido. Lo hice porque como la terraza da a la piscina, si había gente bañándose de noche... Con las cortinas echadas si alguien entra en el bungalow y no sabe lo de la terraza, no la ve. Supongo que eso fue lo que me salvó.

—Así que le mataron, ¿no es cierto?

—Sí.

Creo que siempre lo había intuido, lo mismo que Elisa, aunque al comienzo me pareciese asombroso.

—¿Quién fue?

—No lo sé —suspiró Maura.

Mis esperanzas empezaron a desvanecerse.

—¿Viste algo?

—Sí, lo vi todo.

—Por favor...

—No llevaba ni dos minutos en la terraza cuando alguien llamó a la puerta del bungalow. Yo lo oí, así que me acerqué a la puerta de cristal, que estaba entornada, y atisbé por entre las cortinas. Naturalmente yo no tenía por qué estar allí, así que no salí. Estanis fue a abrir y le oí pronunciar un nombre con extrañeza. No lo entendí —agregó al ver que iba a preguntarle eso.

—¿O sea que Estanis le conocía? —cambié la pregunta.

—Sí, eso era evidente. Me dio la impresión de que estaba tan sorprendido como... inquieto.

—¿Por tenerte a ti en la terraza o por la visita?

—No lo sé.

—¿Hablaron?

—No, todo fue muy rápido. Mientras Estanis le preguntaba qué hacía él allí, el hombre sacó algo de un bolsillo, una pequeña barra de hierro o cualquier cosa parecida, y le golpeó en la cabeza. Estanis cayó al suelo en redondo. Tras eso, su asesino le cogió, le levantó un poco, frotó la herida con el canto de la mesa, y volvió a dejarle en el suelo. Entonces sacó una jeringuilla, fue a la cocina y regresó a los pocos instantes con... esa cosa que le inyectó. Sabía que le estaba matando, pero no pude hacer nada. Yo... —empezó a llorar en silencio—, si hubiera gritado, si hubiera... Pero pensé que me mataría también a mí, y aunque no lo hiciera él, pensé que la policía me detendría y...

—Cálmate —le pedí.

Puse mi mano en su brazo. Su tacto me recordó al de Anyelín. Ella no se movió.

—Si yo...

—Después de que le inyectara esa cosa, Estanis estaba sentenciado —le dije para tranquilizarla.

Levantó su cara de niña asustada. El morbo había desaparecido y tanto sus ojos como sus labios tenían un rictus de dolorosa impotencia. Había vivido aterrorizada desde esa noche, sin saber nada de lo que había sucedido después.

—¿Qué hizo el hombre tras inyectarle la droga a mi amigo?

—Nada. Se marchó.

—¿No registró nada, no buscó nada?

—No. Dejó la jeringuilla en el suelo, se quedó junto al cuerpo unos minutos, sentado, como si tal cosa, y luego le cogió una mano, comprobó su pulso y se marchó. Le vi sonreír, ¿sabes? El muy cerdo sonreía. Había matado a un hombre bueno y sonreía.

—¿Qué hiciste tú después?

—En cuanto él salió por la puerta y la cerró, entré dentro, recogí mi bolso que estaba en la habitación y salí de nuevo por la terraza. Nadie me vio. No pasé cerca de ningún vigilante. Me escabullí por entre las sombras y alcancé la salida del hotel sin problemas. Esperé a que salieran grupos de personas para camuflarme entre ellos.

—Y te dejaste las bragas.

—No pensé en ellas —reconoció—. Debieron de caerse al suelo... No sé. Estaba demasiado asustada para darme cuenta de nada.

La policía las había encontrado con todo lo de Estanis y sin pararse a pensar en su peculiaridad las puso en su maleta. En un caso claro de muerte por sobredosis nada importaba más que eso. Y en un extranjero en vacaciones, cuanto antes se acabara todo...

—¿Te llevaste el dinero que tenía él en la habitación?

—¡No! —negó con virulencia inusitada.

—¿Y el asesino?

—Tampoco. No entró en la habitación para nada.

La policía había decidido que sus servicios bien valían algo. Quedaba tan sólo una pregunta final.

—Maura, ¿viste al asesino bien?

—Sí.

—¿Cómo era?

—No hay mucho que contar. —Su cara reflejó indiferencia—. No tenía nada relevante ni especial. Como de treinta años, bastante alto, muy delgado, cabello corto... Lo único que recuerdo de él era su bigote, pequeño, no de esos grandes y aparatosos. Apenas una línea por encima del labio superior...

Finalmente... la luz.

Cerré los ojos.

Ni siquiera sé si Maura siguió hablando. Yo ya no la oía. No después del primer estremecimiento.

De pronto noté una mano en mi hombro. Abrí los ojos, giré la cabeza y me encontré con Anyelín a mi lado.

—¿Estás bien? —quiso saber.

Debía de llevar bastantes segundos perdido en mí mismo. Maura también me miraba con algo de extrañeza en su descompuesto rostro.

—Estoy bien —dije envolviéndome en un largo suspiro.

El día estaba siendo muy largo, muy duro, muy conflictivo. Y todavía me quedaba el largo viaje de vuelta a casa.

Con la verdad.

—He de irme, Maura —me puse en pie—. Y ya no tienes por qué seguir escondida. No hay nada que temer.

—¿Te he podido...? —vaciló.

—Mucho. Me has ayudado mucho.

—Bien —sonrió por primera vez.

Un poco de luz volvió a sus ojos y a sus labios.

A mí me pesaban todas las negras sombras de la realidad.

Tenía el tiempo más que justo para llegar al aeropuerto y no perder el avión, aunque el taxista tendría que pisarle al gas de firme.

38

Fue una carrera contra el tráfico, contra el tiempo, contra los efectos de la manifestación de apoyo a Castro y al régimen esparcidos por La Habana y contra la pesada losa que me aplastaba el cerebro. Sólo la mano de Anyelín, acariciando las mías, me servía de compensación. La mano y sus labios, como si cada beso fuera el último, y como si con cada uno ella me recordase que seguía a mi lado.

Y que me esperaría.

Inútilmente, por los siglos de los siglos, amén.

Apenas hablamos hasta llegar al aeropuerto, pero el silencio fue más importante que las palabras. Le di al taxista pirata mis últimos diez dólares, salí, recogí la maleta y me abalancé por el vestíbulo hacia los mostradores de la derecha, en los que ya no había nadie. Son necesarias dos horas de antelación para chequear y yo me presentaba apenas dos minutos antes del cierre. La encargada de verificar mi billete, preguntarme si quería fumador o no fumador y ponerle la etiqueta correspondiente a mi maleta, me miró con ojo crítico por mi intempestiva aparición. Pero como no llevaba maleta y no tenía que facturar nada, ni podía ya elegir entre fumadores y no fumadores, lo único que hizo fue darme la tarjeta de embarque y recordarme:

—Vaya inmediatamente, señor. El pasaje ya está subiendo a bordo.

Tampoco es que le hiciera mucho caso. Como yo, otras dos docenas de hombres aprovechaban hasta el último segundo para despedirse de sus jineteras. El vestíbulo era un pequeño mar de cuerpos abrazados y de lágrimas. Tal vez por eso me dio menos corte que Anyelín se me echara al cuello y me besara como lo hizo. Muy cerca de mí, oí a tres hombres hablando como los de la piscina del Comodoro, a gritos, como si estuviesen en China y nadie entendiese el español.

—¡Fíjate, fíjate, ésa fue la de Varadero! ¿Has visto unas tetas iguales en la vida?

—No está mal, pero mira ésta.

—Sois unos maricas. Yo sí que me llevo un harén, ¡cinco!, y porque repetí con la segunda y la última que era... ¡Huf, que fuerte la tía!

Se enseñaban fotografías como los pescadores se enseñan las presas que han capturado. Como Hemingway se fotografiaba con los peces espada que sacaba de las aguas de los cayos. Eran los nuevos depredadores. No tenían que alargar los brazos para mostrar el tamaño de sus capturas. Se pasaban las fotos, aunque luego le echaran toda la imaginación del mundo hablando de las habilidades de cada cual.

De no haber estado con Anyelín, me habría sentido peor de lo que me sentía oyéndoles.

Después de todo, el reportaje «Españoles en Cuba» o «Sexo para reprimidos en Cuba» tenía que ser escrito, y me encantaría escribirlo. Quizás también escribiera una novela. Pueden decirse más cosas en una novela, y más siendo policiaca.

Anyelín me estaba besando. Me concentré en ese beso final, olvidándome de los de las fotos. Era uno de esos besos largos y densos, cargados de emociones y sensaciones. Un beso que debía durar una eternidad.

Al separarnos, le agradecí que no llorara, aunque le costaba dominarse.

Entonces me hizo la pregunta.

—Sabes ya quién mató a tu amigo, ¿verdad?

—Sí —reconocí.

Me miró a los ojos con su atisbo final de ternura.

—Suerte, Daniel —me deseó.

—Suerte, Anyelín.

Cuba es hermosa. La gente es hermosa. Mis contradicciones viajaban conmigo.

Vivirían conmigo.

Recogí la bolsa del suelo, cerré los ojos para capturar la imagen final de Anyelín y di media vuelta para alejarme de ella y pasar el control de pasaportes.

¿Que más puedo decir?

39

Fue un vuelo asqueroso.

Ocho horas en la zona de fumadores, ahogándome. Hubiera dado un millón por un asiento en la zona de no fumadores. Y encima en el bloque central, con una mujer enorme al lado, a la izquierda, de esas que necesitan dos asientos por lo menos, y que no paraba de toser y empalmar cigarrillos mientras me miraba como si yo fuera un crápula por aquello de ir solo e imaginarse que había ido a Cuba a lo que había ido; y un gilipollas que sí había ido a lo que había ido al otro lado, el derecho, pero del que procuré pasar intentando escribir mi artículo para el dominical. Digo que él sí había ido a lo que había ido porque si se hubiera muerto en ese momento, le habrían enterrado con la misma cara de satisfacción que llevaba cincelada en el mármol de sus facciones, con una sonrisa que le iba de oreja a oreja y los ojos alucinados. Ése acababa de descubrir La Suprema Verdad. Igual iba a España a decirle a sus padres que se casaba. Ése era de esos. Para postre me dolía la herida de la bala. Podía ser un roce pero era como tener una aguja al rojo clavada en la carne.

Mi único temor final, afortunadamente disipado de inmediato, nada más subir al avión, fue comprobar que Natividad Molins y Bernabé Castaños no viajaban en el mismo vuelo que yo.

Cuando aterricé en Barcelona, después de hacer escala en Madrid, estaba ya canceroso del humo del tabaco, tenía todo el sueño y el cansancio acumulado a lo largo de la semana, y mis alternativas eran muy simples: ir a casa a dormir, ir al periódico a cumplir o ir a finiquitar la misión que Elisa me había encomendado al marcharme a Cuba. De las tres, la primera era la mejor.

Obviamente, también, la única imposible.

Y en cuanto al periódico, que les dieran mucho por ahí.

Subí al taxi y le di al taxista la dirección de la casa de Elisa.

No sabía muy bien con qué me iba a encontrar, pero quería pasar el trago cuanto antes. Se lo debía a Estanis Marimón y también a ella. Tampoco sabía cómo empezar ni qué decir. Mi única prueba era la palabra de Maura, y le había jurado que no la molestarían por ello. Sin ella como testigo...

Anyelín, Castro, Estanis, Maura... No puede decirse que estuviera en mi mejor momento.

Recordé que Rodrigo se había instalado allí, en el piso, para hacerle compañía, cuando él mismo me abrió la puerta. Nos quedamos mirando los dos con atención. Yo agotado, cosa que se me notaba. Él expectante, cosa que también se le notaba. Yo no estaba para estupideces ni disquisiciones suplementarias. Ni le pregunté. Pasé por su lado, entré directamente y no paré hasta la sala. Parecía que había transcurrido un siglo desde que estuve allí una semana antes. Y desde luego así había sido. Dejé la bolsa de viaje en el suelo y me senté en una butaca. Rodrigo hizo lo mismo en la de enfrente, de espaldas a la puerta. Entonces nos miramos a los ojos, bajo el silencio espectral de la casa y su penumbra constante pese a ser de mañana.

—¿Está tu tía? —le pregunté.

—Duerme. Sigue bastante mal.

—Quizás sea mejor así —suspiré—. Lo que he de decir te afecta a ti.

—¿Acabas de llegar de Cuba? —ignoró la aseveración.

—Sí, acabo de llegar de Cuba.

—¿Has averiguado algo?

—Sé quien mató a Estanis, si es eso a lo que te refieres.

—¿Y quién le mató?

—Tú.

No se inmutó, aunque percibí un pequeño y fugaz centelleo en sus ojos. Siempre me había parecido un estúpido y un cretino. Ahora me daba asco. Conocía demasiado bien la historia.

—¿Estás de broma o qué?

Moví la cabeza horizontalmente.

—Yo estaba en España, ¿recuerdas? Fui a buscar el cadáver y me vine con él —insistió.

—Déjate de bobadas, Rodrigo. Tu tío estaba en Cuba, solo, y aprovechaste la oportunidad. Un viaje relámpago, de ida y vuelta. Sabías el hotel en que se alojaba, el número de la habitación porque llamó a tu tía para decirlo. Lo sabías todo. El plan perfecto. Lo único que no podías prever era que hubiera alguien allí, con él.

—¿Alguien?

—La mujer de las bragas rojas. Te vio desde el otro lado de las cortinas de la terraza. No me costó mucho dar con ella, y te describió a la perfección.

Conseguí darle en toda la mandíbula, o más abajo, porque se quedó rígido. De todas formas volvió a superarlo bastante bien. Cuando uno se ha pasado la vida viviendo del cuento y de los demás, tiene estómago y cara para eso.

—No seas idiota, Daniel.

—No, colega, el idiota eres tú. Nadie habría sospechado lo que hiciste, pero ahora bastará con encontrar la agencia de viajes que te vendió el pasaje, y con enseñar tu fotografía a la tripulación del vuelo, o más fácil todavía: en la recepción del hotel en el que te hospedaste. Tú estabas en La Habana ese día, y lo más seguro es que llegaras también ese día y te largaras al siguiente. Crees que no dejaste rastro, pero las babosas siempre lo dejan.

—¿Por qué iba a matar yo a mi tío?

—¡Joder! —me entró un enorme cansancio suplementario. ¿Quería que se lo contara yo a él?—. Vamos, Rodrigo. Siempre has vivido de tu tía, ella te ha dado dinero, te ha protegido, te ha amparado como a un hijo. Estanis no te aguantaba, pero callaba y callaba por ella, para no contrariarla, porque tú eras el hijo que Elisa nunca pudo tener. Lo malo de eso es que cuando se es un hijo de puta nunca se tiene suficiente. Querías más, y Estanis no estaba dispuesto a dártelo, era un freno. Así que, ¿solución? La ideal para ti: matar a Estanis. ¿Ves? Ya te has instalado en su casa, «cuidando» a tu tía. Perfecto. Si no recuerdo mal, Elisa está delicada de salud, tiene problemas coronarios, y ahora este disgusto... ¿Querías matar dos pájaros de un tiro y quedártelo todo o ibas a esperar a que ella se muriese tranquilamente ahora que Estanis no hacía de freno para sacarle el dinero a ella? Claro, tu tía no te habría negado nada, le habrías «administrado» sus bienes, pero si se moría pronto... el único heredero eras tú. Perfecto. ¿A cuánto sube el dinero del seguro de vida de Estanis? ¿Treinta millones? No está mal. ¿Y lo que tienen ahorrado? Todas las parejas mayores tienen ahorros para la vejez, y la mayoría se mueren con ellos en el banco. ¿Y este piso? Tampoco está mal, ¿verdad? Sumándolo todo es un buen pellizco, y todo tuyo. Tu garantía para subsistir unos años más, como una sanguijuela.

—Mi tía no te creerá —tuvo la desfachatez de decirme.

—Exhumarán el cadáver, Rodrigo. Y bastará con hacer la autopsia que no se le hizo en La Habana. Entonces verán que primero fue el golpe y después la sobredosis, no al revés.

—Eso no es posible.

—Eres un poco corto, chico.

—Ya basta —se puso en pie—. ¿Quieres destrozar a mi tía con eso? Sólo me tiene a mí.

—Es mejor que viva sola. Nadie puede vivir con el diablo.

Ahora logré enfurecerle. Por primera vez dio la impresión de que perdía los estribos, y con ellos los nervios. Su mano atrapó uno de los viejos candelabros del aparador. Yo seguía sentado, así que lo tenía realmente mal. Nunca lograría levantarme del todo para evitar el impacto.

Nos quedamos mirando como animales enjaulados.

Y entonces sonó la voz.

—Rodrigo.

Ella estaba en la puerta de la sala, con una bata pretérita, el cabello grisáceo y despeinado, calzando unas zapatillas igualmente viejas. Parecía una anciana. Los ojos flotaban sobre sendas bolsas atormentadas y su cuerpo era como si hubiera perdido masa y volumen. Ni él ni yo la habíamos oído llegar, pero desde luego no acababa de hacerlo.

—Tía...

Elisa llegó hasta él. Le miró con unos ojos tristes y abatidos. Mi cansancio era un juego comparado con el suyo. El suyo era infinito, abrumador. Sin dejar de mirarle a los ojos le quitó el candelabro de la mano. Rodrigo no reaccionó.

—¿Cuánto tiempo llevabas ahí, Elisa? —hice yo la pregunta.

—El suficiente —contestó ella sin mirarme.

El silencio se apoderó de los tres, y fue aún más lúgubre que el de la casa en sí. Elisa no se movía, y yo tampoco me atrevía a hacerlo. Despacio, muy despacio, Rodrigo fue el primero que acabó perdiendo toda estabilidad. Sus ojos cedieron ante los de su tía, y después fue su cabeza la que acabó bajando lentamente.

—¿Fue así? —le susurró ella—. ¿Por dinero?

No hubo respuesta.

—Te lo di siempre. Y te lo habría dado todo, a espaldas incluso de Estanis —continuó Elisa—. ¿Por qué tenías que matarle?

Rodrigo continuó callado.

Vencido.

Hasta que su tía levantó una mano, certera, directa, violenta, y le abofeteó en la cara. Una sola vez. No hizo falta más. El estallido sonó como una descarga cerrada que esparció ecos eléctricos por la sala. Tras ello la mano de Elisa quedó flotando entre los dos, temblando.

No llegó a bajarla de nuevo.

Volvió a subirla, esta vez con ternura, y la depositó en el mismo lugar de la bofetada, acariciándole la mejilla.

Fue peor que el golpe. Mucho más doloroso y efectivo.

Rodrigo empezó a llorar suavemente, todavía de pie, con la cabeza caída sobre el pecho. Esperaba una reacción por su parte, que huyera, que nos matara...; qué sé yo, todo menos eso.

Había sido capaz de viajar miles de kilómetros para matar a un hombre a sangre fría.

Y ahora se echaba a llorar, como un niño malcriado, asustado por una bofetada y un castigo.

Elisa se apartó de él. Tampoco esperaba lo que hizo. La creía más frágil, menos fuerte. Caminó hasta el teléfono, lo descolgó y marcó un número de tres cifras. No tuvo que aguardar demasiado.

—¿Policía, por favor?

Me levanté y acudí a su lado. Alguien le daba un número. Colgó y lo marcó.

—Pide por el inspector Muntané —le dije yo.

Rodrigo seguía llorando, de pie, abrazado a sí mismo.

Me dio asco, pero a su tía seguía inspirándole piedad.

Una extraña piedad movida por el amor.

—Te ayudaré, Rodrigo. No tengas miedo.

Estaba sola, y le esperaban días muy amargos, enferma y herida, pero nunca he visto en la vida a nadie más dispuesto a luchar. No lo entendía pero así era.

Esperamos a que se pusiera Paco. Y mientras lo hacíamos, ella formuló la pregunta final, la única que, de pronto, tenía sentido. Lo comprendí al notar en sus ojos aquel miedo extraño que la había azotado también la primera vez, una semana antes, cuando me dio las bragas de Maura.

—¿Había alguien con él?

La pregunta iba dirigida a los dos. Pero la respondí yo.

—No, nadie. Rodrigo puso aquellas bragas rojas en la habitación para despistar.

Le miré, y también ella. Rodrigo levantó la cabeza. Tuvo que volver de donde estuviera, pero lo hizo plenamente consciente de lo que estábamos hablando, y de lo que podían significar sus palabras. Cuando Elisa había entrado en la sala nos dijo que acababa de escuchar «lo suficiente». Si hacía esa pregunta, era que su aparición se había producido después de que yo hablara de Maura.

Rodrigo asintió con la cabeza.

—Es cierto —confirmó mis palabras—. Las dejé ahí para que la policía pensara que fue una...

Hasta los hijos de puta pueden tener un rasgo final de decencia.

Me relajé. Solté el aire retenido en mis pulmones. Y por último, mientras Rodrigo se dejaba caer en la misma butaca que yo había ocupado minutos antes, oí la voz de Paco Muntané a través del auricular.

40

Volví a entrar en mi casa, como una semana antes, con la misma sensación de cansancio, pero ahora multiplicado por un millón. Una semana antes yo regresaba de vacaciones. Todo lo contrario de esta vez.

Esta vez regresaba de muchas partes, porque todas estaban en Cuba. Regresaba del paraíso, del infierno, de la turbulencia, del amor... Y lo hacía con un caos mental de mucho cuidado, sin dormir, doliéndome la herida, pensando en Castro y en los balseros y en... Anyelín.

Creo que el dolor principal provenía de ella.

Pero en ese momento ni de eso estaba seguro.

Lejos de Cuba ya no sentía el bloqueo. Sólo me sentía mal.

Dejé la maleta en el suelo del vestíbulo, incapaz de llevarla más adentro, y no caí en ninguna tentación, es decir, pasé de correo y de contestador automático. A la mierda con todo. Hacía un calor de dos pares de narices. Lo primero fue abrir las ventanas. Lo segundo poner un disco. No uno cualquiera. Necesitaba «Strawberry fields forever». Lo tercero sentarme, apoyar la cabeza en el respaldo y cerrar los ojos.

La canción empezó a actuar de bálsamo, aunque mi mente me llevaba a los campos de fresas trotando desnudo por ellos junto a mi jinetera. Una sinfonía de luz y color.

Permanecí así el tiempo que duró la canción, y al terminarse, cogí el mando a distancia y volví a su inicio. Ya no cerré los ojos. Me llevé la mano al bolsillo superior de mi camisa y de él extraje dos cosas en apariencia olvidadas, porque no las había tocado ni una sóla vez a lo largo del viaje de regreso a España. Una era la bala deforme, otra el panfleto, comunicado, manifiesto o lo que fuera que me dio Armando para que publicara tras la muerte de Castro.

Miré la bala. Aquel pedacito de plomo había estado a punto de cambiar la historia, y no sabía si para bien o para mal. No lo sabía, ni lo sabría nunca. Después leí el texto de aquel comunicado, lleno de frases solemnes, de justificaciones, de tonos libertarios.

Descubrí que seguía estando dividido, entre mi cariño a una leyenda y mi sentir democrático. Era como amar a dos mujeres a la vez. Uno nunca sabe a cual dejar... aunque por lo general siempre pesa más la esposa. Por lo general.

De haber tenido fuego en el hogar, lo habría quemado. No por parecerme horrible, ya no podía juzgar. Bueno o malo eran conceptos similares cuando todo se mezcla y tú estás en medio. Lo habría quemado para no tener nunca la tentación de publicarlo. Oficialmente no había sucedido nada, Castro no estaba muerto, ya no tenía articulo que escribir. Y aunque lo hiciera, nadie me creería, pero pondría en peligro la vida de Armando y los suyos. ¿Valía la pena? Él mismo me dijo que las injerencias solían destruir la estabilidad de muchos países, que el mundo debía dejar que cada nación resolviera sus propios problemas.

Pensé no sólo en Cuba, sino en Bosnia, en Ruanda, en...

Rompí el documento, en dos, en cuatro, en ocho, en dieciséis trozos. Los dejé en la mesita. Después volví a sopesar la bala machacada con mi mano. Armando y yo también habíamos hablado de casualidades. Dijimos que no existían.

Sin embargo, Estanis había muerto por un diabólico azar cuando se hallaba ante el sueño de su vida, y Castro se había salvado por otro mucho más absurdo. Dos imbéciles como Natividad Molins y Bernabé Castaños formando parte de la gran conjura de los necios.

El mundo es de ellos.

En Cuba, la primera semana de agosto de 1994, nunca sucedió nada, salvo que miles de cubanos se manifestaron por primera vez contra el régimen y muchos miles más se echaron al mar dando pie a una nueva crisis internacional, la de los balseros. El resto, simplemente, no existió.

Pero yo me sentí como si en Cuba hubiera aprendido de mi mismo mucho más en aquellos días que en todos los años de mi vida.

Viviendo o escribiendo.

Me dormí escuchando por tercera vez «Strawberry fields forever».

Cuba, Brasil, Vallirana, 1994-95

Esta edición de CUBA se terminó
de imprimir en los talleres de
BALMES, S.L. el 4 de
Febrero de 1997